徳間文庫

将軍家見聞役 元八郎㊁

孤狼剣

上田秀人

徳間書店

MW01700701

目次

主な登場人物

三田村元八郎 元定町廻り同心、今は小普請組に属す。宝蔵院一刀流の継承者。

三田村順斎 元八郎の父。元町奉行所同心で、今は隠居の身。太捨流の遣い手。

徳川吉宗 江戸幕府第八代将軍。

徳川家重 吉宗の長子。将軍継嗣。

徳川宗春 尾張藩第七代当主。だが吉宗に隠居慎みを命じられる。

由 吉宗の孫娘。表向きは順斎の娘として育てられている。

貞五郎 江戸相撲の元関脇。一時期、元八郎配下の岡っ引きを務めていた。

村垣香織 元八郎の許婚。お庭番。普段は柳橋芸者・伽羅を名乗っている。

大岡出雲守忠光 家重の寵臣。発話が不自由な家重の言葉を唯一理解できる。

大岡越前守忠相 元江戸南町奉行で、今は寺社奉行を務める。吉宗の懐刀。

柳生主膳 柳生新陰流の印可を持つ剣豪。宗春に仕える。

一条兼香 関白。桜町天皇の信頼のもと朝廷を主導する。

夜火の菊次郎 江戸、大坂で名を轟かす盗賊。

伏見宮貞建親王 家重の義兄。

広橋侍従 兼胤 桜町天皇の股肱の臣。伏見宮と親しい。

序章

闇が光った。

黒々とした気配だけが行きかい、跳(と)びすさる。中天にたたずむ三日月の明かりも届かない影のなかで殺気だけが交錯していた。

漆を塗られた刀は光をはじくことなくひらめき、手裏剣が音もなく襲う。

三対一の戦いはなかなか終わらなかった。。囲まれた一人はすばやい動きで三人の攻撃をよく防いでいた。

「がふっ」

三人が同時に刀を構えて飛びこんだ。同士討ち覚悟の攻撃をさすがにかわしきれず、断末魔の苦鳴を漏らして一人が倒れ、やっと静かな戦いは終わりをつげた。

生き残った影が懐から火縄を出し、倒れた男の面体(めんてい)をあらためると、死体を担いで足音もたてずに走り去った。

徳川将軍家の寝所は政（まつりごと）を執る江戸城表と大奥とをつなぐ中奥にある。火事や地震にそなえて庭に面し、西に向かっては建物がなく、蓮池堀からの風がよく通る。

老境に入って大奥へ渡ることのなくなった吉宗（よしむね）は、毎夜ここで過ごしていた。吉宗の寝ているのは上段の間、御簾（みす）で区切られただけの下段の間には寝ずの番の小姓組（こしょうぐみ）が二人控えていた。

二人の小姓が同時に声もなく倒れた。その気配に吉宗が目を覚ましたとき、上段の間の御簾が開けられ、小姓を殺した曲者（くせもの）が入りこんでくるところであった。

「無礼者め」

吉宗の叱咤（しった）も聞かず、曲者が刀を振りかざしたとき、天井裏から影が落ちてきた。

「ちっ」

曲者は、後ろ向きに三間（約五・四メートル）も跳びすさった。

「上様のお命を狙うとは、慮外者め」

落ちてきた影が脇差をかまえた。

「三太夫（さんだゆう）」

吉宗が愁眉（しゅうび）を開いた。

現れたのは、お庭番村垣三太夫である。大柄な体軀は、吉宗をその背後にすっぽりと隠した。

「捕らえよ」

お庭番一の遣い手の三太夫が負けるとは吉宗は思ってさえいなかった。

「はっ」

吉宗の命にこたえた三太夫めがけて、曲者は猿のように跳んだ。

「…………」

背後に吉宗をかばっている三太夫はかわすことができない。三太夫も跳んだ。二人が空中で撃ち合った。

床へ落ちた曲者が崩れた。

「生かして捕えることはできませんでした」

三太夫が素早く吉宗の側によって平伏した。曲者は三太夫の一撃を胸に受けて死んでいた。

「いたしかたあるまい。いろいろ吐かせたかったが、無理であったかも知れぬ。しかし、おそるべきものよな。ここまで入り来んでくるとは」

吉宗が曲者をみてつぶやいた。

「そうか、紀州にも来おったか」

数日後、江戸城吹上お庭に一人たたずみながら、八代将軍吉宗がつぶやいた。いや、一人ではない、吉宗の前にある植えこみの陰に三太夫がうずくまっていた。

「はっ。藩主公菩提寺長保寺へ入られる寸前に仕留めたそうにございます」

長保寺には、紀州家初代頼宣以下、吉宗の父二代光貞、兄三代綱教、同四代頼職が眠っている。その遺品の多くも納められていた。

奇妙なことに初代の頼宣を除いた三人は、全員宝永二年（一七〇五）に死んでいる。そのおかげで、本来は藩主の座につけない四男の吉宗におはちが回ってきたのである。

「領内深く、海士の郡にまで入りこまれるとは油断じゃの」

吉宗がきびしく咎めた。

「申しわけございませぬ」

「なにやつじゃ」

「身分を証すようなものは何一つ身につけてはいなかったそうでございますが、異様に手足が長く、動きが素早かったとのこと」

「身体に特徴のある忍というと、先日とおなじじゃな。尾張のお土井下組か」

「おそらくは」

「三太夫、根来の者どもに国境の守りを固めるように申し伝えておけ」

「はっ」

村垣三太夫が平伏した。

「宗春がこと、もう捨ててはおけぬな」

吉宗が呟いたのは、尾張徳川家七代当主徳川宗春のことである。宗春が三十九歳の若さで急死した兄継友の跡をついだのは、いまから八年前、享保十五年（一七三〇）の冬であった。

「尾張権左中将徳川宗春卿にございまする」

宗春を吉宗に紹介したのは、しきたりにしたがって老中筆頭松平左近将監乗邑であった。

「このたび兄の遺領をおぼしめしにより継がせていただきましてございまする」

江戸城大広間で宗春が平伏した。

「尾張家は幕府にとって特別な家柄、政に励み忠節をつくすよう」

吉宗も型どおりの挨拶を返した。

これで終わりのはずであった。だが、宗春は体を起こすときっと吉宗をにらみつけた。

「領内のことは口出しご無用にねがいまする。それと吾が忠誠を尽くすのは真の将軍家にのみ」

宗春が胸を張った。

「これっ」

「左中将どの」

大広間に居並んでいた老中若年寄のなかからたしなめる声があがった。

「御三家筆頭の尾張どのといえども聞き捨てならぬな」

吉宗が気色（けしき）ばんだ。

「御三家筆頭とは異なことを言われる」

宗春は平然と非難を無視した。

「尾張家は御三家筆頭ではござらぬ」

「なにを言われる、尾張は紀伊、水戸の三家の長ではござらぬか」

老中の一人が口をだした。

「もの知らぬ男よな。神君家康公が定められた御三家とは、将軍家、尾張家、紀州家の三つ。従って御三家筆頭とは将軍家のこと」

「水戸家は紀州家の控えでしかない。水戸徳川家初代頼房公は、紀伊初代頼宣公の同母の弟。どこの家でも次男は控えであろう」

尾張初代義直と頼宣は母が違う。

「その証拠に、将軍家世継ぎと尾張、紀州の当主はともに大納言に任官するが、水戸家は中納言にしかなれぬ。家康公は、次の将軍になるのはこの三家だけと決められたのだ。覚えておけ」

宗春は老中たちをにらみつけた。

「わが兄四代当主吉通と紀州家の当主であられた上様は、もとは同格でございました。七代将軍家継さまの跡を争ったその兄は亡く、その子も逝き、六代を継いだ兄継友もこの世を去りました。この代変りがなければ、上様とわたくしは座る場所を変えていたかもしれませぬ」

宗春が思いきったことを言った。

「そうかもしれぬ。だが、現実はこうじゃ」

吉宗は能面のような顔で言った。

「めでたき席なれば咎めだてはせぬが、次は許さぬ。下がれ」

「馬鹿な」

「ご寛大なるお言葉、宗春感激いたしましてございまする」

大仰に平伏した宗春が、大広間からさがっていった。

列席した老中たちが一様にざわめいているなかで、一人冷たい視線を宗春の背中に送っている者がいた。水戸徳川権中納言宗翰であった。その目に殺気がこめられていることに吉宗だけが気づいていた。

そして時は流れ、なにかにつけぶつかった尾張宗春と吉宗の争いに終止符がうたれた。

御三家尾張徳川家の付け家老竹腰山城守正武と成瀬隼人正正泰が、江戸城に呼び出された。

「いま聞かせたことに、なにか返すことがあれば申せ」

八代将軍吉宗の声が、江戸城黒書院に重々しくひびいた。

「…………」

返答をもとめられた二人は、黒書院縁側に平伏したまま無言でこたえた。

「神君家康公より尾張家につけられたそなたたち付け家老どもが、いいわける言葉もないとあれば、いたしかたあるまい」

付け家老は家康が自分の子供たちを独立した大名にしたときに、補佐役として選んだ譜代大名のことである。それぞれ万石をこす領地を持ってはいるが、大名として扱われることはなかった。いまも黒書院に入ることもゆるされず、襖際で小さくなっていた。

「大権現さまのお血筋とはいえ、このまま見過ごすわけにはいかぬ。ようけたまわれ」

吉宗の声が一層の厳しさを増した。付け家老二人が額をいっそう強く畳に押しつけた。

「尾州中納言宗春の所行よろしからず。尾張の国政を任すにたりぬをもって、隠居慎みを命じる」

「はっ」

「おそれいりたてまつります」

言い渡しを聞いた竹腰、成瀬二人の声には安堵のひびきが含まれていた。

吉宗はそんな二人を冷たく見下ろして、中奥へと消えていった。

江戸城を下がった竹腰正武はその足で市ヶ谷御門外の尾張藩上屋敷に立ち寄った。

「将軍さんのお呼び立てはなんだった」

自慢の長煙管でたばこを吸いながら宗春が正武を迎えた。宗春は三代藩主であった綱誠の二十男で藩主を継げる身分どころか、家臣の家へ養子にでも行ければ万々歳という冷や飯食いの出である。江戸屋敷で飼い殺しにあっていた時代が長く、言葉遣いは大名らしくない伝法なものであった。

「明日、ご上使が参られます。隠居慎みでございまする」

正武が簡略に用件だけを述べた。

「そうかい、隠居だけですんだか。ふふふ、この首斬りとばすことはできなかったか。冷徹な吉宗も四代続けて殺すのはさすがに寝覚めが悪かったか」

宗春がうつろな笑いをあげた。

「殿」

「で、だれを跡にすえるつもりだ。まさか、田安宗武を養子にと言われたのではあるまいな」

正武の咎め立てる声を宗春が無視した。

妻を娶らなかった宗春には嫡子がいない。

「宗勝さまではいかがかと重臣一同申し上げましたところ、ご快諾いただきましてございます」

「川田久保のか」

「はい」

川田久保は高須と並んで尾張藩の支藩である。ともに二代藩主光友の子を藩祖としていた。

「ならばよい」

宗春は心底ほっとした様子を見せた。

「殿」

竹腰正武が、目を光らせた。

「なんだ」

「お土井下組は藩主公の危難を救うためにのみ存在いたしまする。御隠居なされたうえは、お土井下組へご下命なさることはご遠慮くださいますように」

「……わかった」

「では、これで」

竹腰正武はそそくさと宗春の前から下がった。

翌日、吉事は午前中、凶事は午後という慣例にしたがって上使が尾張家上屋敷に来たのは昼八つ（午後二時）過ぎであった。ここで一悶着がおこった。上使三人のなかに外様大名の広島藩主浅野吉長が入っていたのだ。

「御三家への上使に外様大名をよこすとは、将軍家もあまりといえばあまりの仕打ち」

宗春に近い家臣たちが憤慨し、上使を追い返そうとした。

「終わり初物でいいじゃないか」

尾張と終わりをかけたしゃれで宗春は笑って上使を迎え入れた。

「徳川中納言宗春、隠居慎みを命じる。尾張家家督は松平宗勝につつがなくお許しになる」

宗春はただちに上屋敷を出て木挽町築地の下屋敷へと移った。わずかな身の回りの供だけを許された行列は、とても今日まで六十一万九千五百石の藩主だったとは思えぬ寂しさであった。

元文四年（一七三九）一月十三日のことであった。

「八重」

下屋敷に入った宗春は、愛妾の部屋へと入った。正室を持たぬ宗春には下屋敷と中屋敷にそれぞれ側室がいた。

「そなたの兄を呼んでくれ」

「はい」

「お呼びでございましょうや」

まもなく、背丈はそう高くはないが引き締まった体軀の男が、宗春のもとにやってきた。

「きたか、主膳(しゅぜん)」

呼ばれたのは柳生(やぎゅう)主膳であった。主膳は尾張柳生の正統を継ぐ剣士だが、剣を極めようとするあまり稽古で何人もの藩士を殺してしまい、指南役を解かれ柳生家の系譜からも外されていた。宗春が妹を側室として召しだしたことから、主膳も江戸に出てきていた。

「隠居謹慎となったわ」

「殿、無念でございます」

主膳の目に涙が光った。

「そういってくれるのはそなただけよ。竹腰のじじいにいたっては小躍りせんばかりであったわ」

尾張家の存続をだいいちと考える竹腰正武は、ことあるごとに吉宗に逆らう宗春のことを嫌っていた。

「わしを売ることで家を護ったのであろう」

今回のことで、裏で竹腰正武と吉宗が取り引きしたことは明白であった。

「わしが隠居になるのはやむをえん。今までもったのが不思議なぐらいじゃからな」

宗春は兄継友の急死によって、享保十五年（一七三〇）に藩主を継ぐと、吉宗がおこなっていた倹約、世にいう享保の改革に逆らうかのように派手な政をおこなった。

江戸では禁じられていた芝居や遊郭の新設を尾張に認めただけでなく、自らも白牛にのって遊郭がよいをするなど幕府の神経を逆なでし続けてきたのである。

「紀州に送りこんだお土井下組の者の消息が絶えてすぐにこれじゃ。やはり、吉宗には隠さねばならぬことがある。あやつは、紀州藩主になるために兄たちを殺すだけでは飽きたらず、将軍の地位につくために我が兄たちも殺しおった」

宗春の言葉に熱がこもる。

「吉宗をこのままのうのうとさせておくことは我慢できぬ。わが兄の無念を晴らさねばならぬ」

宗春の兄四代吉通（よしみち）、それに五代を継いだ吉通の息子五郎太の二人は、八代将軍の継承を巡ってのわずかな間に相次いで変死していた。

「はっ。われら尾張柳生にお任せくださいませ。かならずや吉宗の首を御前に晒《さら》して
ご覧にいれまする」
　主膳が言った。
「いや、吉宗の首など欲しくはないわ。放っておいても吉宗はすでに老境、こっちが
手をくださずとも天が招くであろう」
「では、誰を」
「家重《いえしげ》じゃ。世継ぎ家重をやれ」
「…………」
「吉宗にとって家重はまさに掌中の玉よ。不憫《ふびん》な息子ほどかわいいとは下々《しもじも》とかわら
ぬ親の情。やっとの思いで将軍の世継ぎとして朝廷にも認めさせた息子を殺されたら
どれほど落胆するか。ひょっとしたら狂い死にするかもしれぬ。家重の首を目にした
ときの吉宗の顔が見たいものだ」
　宗春の顔に暗い陰が浮かんだ。
「承知つかまつりましてございまする」
　平伏する主膳に、宗春は金を渡した。
「隠居したとはいえ、このくらいの金ならいつでも用意できる。なにごとも金がかか

るのは当然じゃ。入り用はいつでも八重に申せ」

「ちょうだいつかまつりまする」

　主膳が押し頂いた。

「指南役を解かれたとはいえ、吾こそ正統、一代一人の柳生の印可は我が手にございます。尾張柳生に属するものすべて、この印可のもとに命をささげまする。ご安心くださいませ」

「頼んだぞ」

　翌日、尾張藩下屋敷から一通の手紙が飛脚によって尾張へと運ばれていった。

第一章　初春の宵

一

江戸の町は正月の名残りに浮かれていた。とくに十五日は奉公人が待ちに待った藪入りである。奉公人の休日であり、店の主人や親方からこづかいをもらって里帰りする。暮れ六つ（午後六時頃）には店に戻らなければならないが、一日自由が満喫できるとあって、前夜より丁稚たちはそわそわしていた。

富沢町の履物屋但馬屋の暖簾をわけて顔を出したのは三田村元八郎であった。珍しく紋付き袴姿であった。

但馬屋の主の後兵衛が顔をほころばせた。

「これは、お珍しい、まま、奥へ」

「新年明けましておめでとうございまする」

「ご挨拶が遅れました。おめでとうございまする。本年もよろしくお願いいたしまする」

二人は互いに新年の祝いを述べてにこやかに笑った。背丈の高い元八郎と小柄な後兵衛の取り合わせは、奇妙な相性を醸しだしていた。

「しばらくお見えではございませんでしたが、お出かけでございましたか」

「はい。いつも留守宅をお気にかけていただき感謝しております」

元八郎はここからほど近い日本橋平松町の但馬屋の持ち家を借りて住んでいた。元八郎が定町廻り同心のときの出入り先であった但馬屋は、今も変わらず後ろ盾になってくれていた。

「どちらへ」

「父のところで正月を過ごしておりました」

元八郎の父順斎は小石川に隠居所を建て、妹の由と女中の喜代の三人で気楽な生活を送っている。

「お元気でいらっしゃいますかな、ご隠居は」

「おかげさまで」

元気すぎるぐらい達者な父は、元八郎がいるあいだ、今日は浅草、明日は神田と毎日のように出歩いていた。元八郎はその供から解放されたところであった。

「ところで、今日はなにかご用でも」

但馬屋が訊いた。

「じつは、近々嫁をもらうことになりまして、つきましては仲人をとお願いにあがったようなわけで」

元八郎は頭をかきながら言った。

「それはそれはおめでとうございまする。お相手は、どちらのお嬢さまでいらっしゃいますかな」

但馬屋が一膝のりだした。

「ご存じの伽羅でして」

「伽羅……柳橋芸者の」

「はい」

「これはお似合いじゃ」

但馬屋は喜色満面で膝を叩いた。

「私に娘、いや、孫娘がおりましたらぜひともらっていただくところでございますが。そうですか、あの伽羅さんと。いや、めでたい」

但馬屋は喜んで仲人を引き受けてくれた。

「日取りは、吉日をえらびましてな」

店先までおくりに出てきた但馬屋に頭をさげて、元八郎は江戸の町を歩いた。

長居をしたつもりはなかったのだが、夕暮れになっていた。初春を迎えたとはいえ、まだ風は冷たい。元八郎は身震いした。

「いまさら飯を炊くのもめんどうだな」

十日以上留守にした一人暮らしの家には火さえない。

つぶやいた元八郎は江戸橋、京橋を越えて三十軒堀町へ向かった。ここにはうまい湯豆腐をくわせる煮売屋がある。だし汁をはった鍋のそこに千六本に切った大根を敷き、むき蛤（はまぐり）を重ねた上に豆腐をのせる。順斎に教えられて、元八郎も冬には何度か食べにきていた。

「お世継ぎさまじゃ」

「浜御殿からのお戻りじゃな」

「また一日絵を描かれていたのじゃろ。あれで大丈夫かの。噂では口もまともにきけぬというが」

「しっ。役人に聞こえたらたいへんだ」

暖簾をくぐろうとした元八郎の耳に話し声が聞こえた。足を止めてみると人々が土下座していた。その向こうに駕籠脇を数十人の警固の侍で固めた行列がいく。

「家重さまか」

元八郎は、懐かしい思いにかられた。

ゆっくりと新橋を渡り数寄屋橋御門へと向かう行列に影が走り寄った。

警固の侍が血を噴きあげて倒れた。

太刀を抜き放ち、走りながら元八郎は大声をあげた。

「曲者でござる」

しかし、元八郎が着くまでに対応できた者はいなかった。半数もいない曲者たちに、警固の侍は太刀打ちできず、たちまちにしてあたりは阿鼻叫喚の渦となった。

家重の駕籠まわりの警固がどんどん倒されていく。行列の前後の侍たちもその場に釘付けにされ、駕籠に近づけない。

元八郎は駆け抜けながら二人の曲者を倒し、駕籠脇へとたどり着いた。

駕籠の前に立ちふさがった侍に曲者が斬りかかった。元八郎は飛びこむようにしてその刀を払い、斬りおろしたが、かわされた。曲者はくるりと振りむき、元八郎に向かってきた。

「無礼者、家重さまの行列と知っての狼藉か」

元八郎の詰問にこたえたのは鋭い袈裟がけの一撃だった。元八郎は一歩踏みこんで太刀の峰ではじき返し、がら空きとなった胸に突きをたたきこんだ。

「ぐはっ」

倒れる曲者をそのままに元八郎は、周囲を見た。警固の侍はもう半分も立ってはいない。

「やるな」

一つの動きで二人の侍を斬りはらった男が元八郎に向かってきた。

「何者だ、顔を見せろ」

曲者たちは一様に黒覆面をしていた。

「小者の命に用はない。死にたくなければ、どけ」

二人は二間（約三・六メートル）の間合いで対峙した。剣の間合いにしては近すぎたが、どちらも動けない。

元八郎は青眼に、曲者は地面に剣先が刺さりそうな下段であった。

背中に家重の駕籠をかばっている元八郎は、これ以上下がることはできない。

「駕籠前を開けさせろ」

元八郎の叫びに、やっと警固の侍たちが統制をとりはじめた。もともと武芸をかわれて小十人組に入った者たちである。落ち着きをとりもどせば、なまなかなことではやられない。駕籠の前から襲ってきた曲者たちが、追い払われた。

「陸尺、お駕籠を御門内へ」

戦いが始まってすぐに陸尺たちは、駕籠をおろして離れていたが、元八郎の声に駆け寄ってくると、駕籠を担いで走りだした。

「あいやあ」

元八郎が口を開いたのを隙と見て、曲者が斬りかかってきた。下段から斬り上げてくる速さは尋常ではない。

「おう」

青眼から太刀を振り落として元八郎は防いだ。二つの刀がぶつかり火花が飛び散った。その間に、家重の駕籠はかなりの距離をかせいだ。

「ちっ、引け」

元八郎と対峙していた曲者の一言で、斬りむすんでいた連中が逃走にはいった。

「逃がすか」

「待て、追うな」

その後を追おうとした元八郎を声が止めた。

「出雲守さま」

家重の寵臣大岡出雲守忠光であった。

「あやつらを追いませぬと」

「それより、家重さまをお護りしてくれ」

大岡出雲守の言葉に目を向けると、走っていく駕籠についている小十人組は数名しかいない。他はまだ曲者と戦っているか、地に伏しているかであった。

「わかりました」

元八郎は急いで駕籠についた。

駕籠は無事に城内に入った。元八郎は、和田倉御門に入るまで付き添い、駕籠が見えなくなるのを待って去った。

数日後、日本橋平松町の居宅に一人の侍が訪ねてきた。

「三田村元八郎どののお宅はこちらでござろうか」

「いかにも」

「拙者、西の丸小姓大岡出雲守が家臣、伊藤成治と申す。主人出雲守が三田村どのにお見えいただきたいと申しております」

「大岡出雲守さまが、わたくしをお呼びでござるか。うけたまわった」

「では、ご同道願いたい」

元八郎は手早く身なりを整え、伊藤のあとに続いた。

大岡出雲守忠光は、十四歳のとき将軍家世継ぎ家重の小姓として出仕し、今は八百石の禄を受けている。幼少のころ熱病にかかって言語不明瞭となった家重の意思をただひとり理解できる人物として、その存在は幕府のなかでも重い。

「呼びたててすまんな」

小姓組は三日に一度の泊まり詰め、日詰、休みを繰り返すのが決まりだが、家重が手元からはなさない出雲守の休日は、二月に一度もない。その珍しい休日に出雲守が元八郎をまねいた。

「まずは、礼を言う。先日は危ないところを助けてもらった」

「いえ、警固の方々は腕のたつお方ばかり、逆にじゃまをいたしたかと恐縮しております」

「いや、道場での腕がいかに実戦では役にたたないかを知ったわ。三田村が来てくれなければ、家重さまもわしも……」

曲者の狙いは家重である。しかし、家重に万一のことがあれば、大岡出雲守が生きてはいられないのは当然であった。

「お世継ぎが江戸の城下で襲われたとあっては外聞にかかわる。今回のことはなかったことにせよとの上様のおおせでな。また、そなたに報いることができぬ」

大岡出雲守が頭をさげた。

「いえ、そのようなことはどうぞご放念ください」

褒美ほしさにやったわけではない。元八郎は首をふった。

元八郎は、二年前の元文二年（一七三七）に家重を世継ぎから廃し、弟の田安宗武を将軍にとたくらんだ老中松平左近将監乗邑らの陰謀に巻きこまれ、家重を助けている。

「聞けば、越前守どののもとは致仕したそうだな」

便宜上寺社奉行大岡越前守の家臣になっていた元八郎は、事件のあと大岡家を退身していた。

「はい」

「いまはなにをいたしておるのか」

「なすこともなく無為にすごしております」

「そうか」

大岡出雲守はじっと元八郎を見た。

「もう一度力を貸してくれぬか」

「とおおせられますと」

「家重さまの手足となって働いてほしいのだ。宗武さまも今は田安家の当主になられたし、左近将監どのは老中にとどまられているとはいえ、昔日の勢いすらない。だが、先日のようなことが起こるのだ。なぜ命を狙われたのかわからぬのでは、城中といえども安心できぬ。敵を探り、それを破るとなると誰にでもできるというものではない。頭もきれ、腕もたたねばならぬ。なにより戦いなれしておらねばならぬ。それには三田村が適任だと思うての、家重さまのお許しはすでにいただいておるのじゃ」

「御上にはお庭番の方々がおられるではございませんか」

まもなく元八郎の妻となる柳橋芸者の伽羅はお庭番村垣家の娘である。伽羅の縁でお庭番のすさまじいまでの力を元八郎は知っていた。

大岡出雲守が首を横にふった。

「お庭番は上様のものじゃ。我らの思惑で使うことは許されぬ」

吉宗はすでに老境にありながらも成人した家重に将軍職をゆずろうとはしない。

「伊賀組、甲賀組は老中の手にある。力を失ったとはいえ、まだ左近将監どのは老中筆頭。とても使えぬ」

大岡出雲守のいうように、家重は将軍家お世継ぎでありながら股肱と呼べる家臣はすくない。大岡出雲守と、西の丸若年寄の西尾隠岐守忠尚くらいである。

「頼む。家重さまの目となって見、耳となって聞いてくれぬか」

大岡出雲守が頭をさげた。

「どうぞ、お顔をおあげくださいませ。承知いたしました。喜んでお仕えさせていただきまする」

元八郎の脳裡にかつて浜御殿で目通りしたときに絵をくれた家重の姿がうかんだ。

その夜、江戸城中奥御座の間で吉宗と寺社奉行大岡越前守忠相が話していた。

「そうか、出雲守が三田村をな」

「いかがいたしましょうや」

すでに元八郎のことは知られていた。

「まあ、よかろう。一人でなにができるというものでもなかろうし、家重の警固にはちょうどよい」

「おせのとおりとは存じますが、三田村は昔日あれだけのことをなした男でございますが」

大岡越前守が危惧した。

「いいではないか。三田村だけを見張っておれば、出雲守の動きはすべて知れよう。手間がかからぬ」

「はあ」

それでも納得のいかない顔を大岡越前守がしていた。

「それに、あのときの功を脇差一つですますわけにもいくまい。家重に仕えるのなら、御家人として五十俵ほどくれてやらねばなるまい。手配してやれ」

「はっ」

大岡越前守が、首肯した。

「越前、なぜそなた三田村を手放した」

吉宗が、きびしい目を向けた。

「それは、三田村が退身いたしたいと申しましたゆえ」

「馬鹿め。ものの役にたつ男というのは、野放しにすれば、こちらに牙をむくかもしれぬ。飼い犬に手を噛まれてはなにもならぬ。犬には紐をつけておくものだ。浪人させてしまえば、どこへ行こうがなにをしようがどうしようもないではないか」

「申しわけございませぬ」

「とくに三田村は、余の孫娘を手中にしておるうえに、先だっての一件でかなりのことを知ってしまった。越前、そなたのことであるから抜かりはないと思うが、いっそう気をつけておくようにの。万一の場合は……」

吉宗の目が冷たく光った。

「承知いたしました」

深く大岡越前守は平伏した。

「主膳、どうしたことか。尾張柳生の精鋭を二十名も繰り出しておきながら、家重の首をとるどころか、逆に五名の士を失うとは」

宗春の声はきびしかった。

「申しわけもございませぬ」

「幕府の小十人組など真の剣を知らぬ者どもとあざ笑っておったのは誰じゃ」

「面目もございませぬが、じつは思わぬ助勢が入ったのでございまする」

「助勢だと」

険しい声を宗春が出した。

「まさか、企てが漏れていたのではあるまいな」

「いいえ、それはございませぬ。柳生にそのような二股ものはおりませぬ」

「では、何者だ」

「風体は浪人者のように見えましたが、かなりの遣い手。またたく間に三人がやられましてございます」

「柳生を三人もか。主膳、おぬしがいて、そやつを倒せなかったのか」

「対峙はいたしましたが、家重の駕籠が逃げだしましたので、この場は引いたほうが得策かと考え、あえて勝負は避けましてございまする」

「狙いは家重ゆえ、判断はまちがっておらぬが、これでしばらくは家重は城から出てくることはないぞ。どうするつもりじゃ」

「されば、家重のまわりの者どもを次々に血祭りにあげて参るだけで。身体の弱い家重が、これに耐えられるかどうか」

主膳の目が鈍く光った。

「なるほど、吉宗の前に家重を苦しめるか。それはおもしろくなりそうじゃな」

宗春の日にも同じ光が宿っていた。

二

数日後、城中御用部屋は、京都所司代から届けられた一通の手紙にざわめいていた。

「大嘗祭に続いて香椎宮、宇佐神宮、春日大社への奉幣使を復活させたいと申されるのか」

飾りとなった老中筆頭松平左近将監に代わって御用部屋を牛耳る松平伊豆守信祝が、うなり声をあげた。

「昨年、大嘗祭をあげられたところではないか。またぞろ金のご無心か」

幕府から朝廷に与えられている禄高は四万石という。それで御所を維持し、天皇の生活と親王の生活、女御たちの面倒まで見るのはかなりきびしい。事実、御所の修繕まで手がまわらぬので、築地塀のあちこちに破れさえある。金のない朝廷がなにかことをなすには幕府に頼るしかなかった。

「六十年から絶えていた大嘗祭をおこなえたのは、上様のおぼしめしではないか。それでは足りぬと申されるのか」

先年老中になったばかりの本多中務大輔忠良が憤慨した。

元文三年（一七三八）十一月三日、桜町天皇は御所において大嘗祭を挙行した。大嘗祭とは天皇の即位ごとに先祖の霊を弔う儀式のことで、かならずおこなわなければならないものだが、費えを捻出できず滞っていた。それを吉宗の援助でおこなったのだ。ために幕府はかなりの金をつかった。

「御上は後水尾帝以来の豪儀なお方というが、まさか王政復古を目指しておられるのではあるまいな」

「朝廷に幕府を倒すほどの力はございますまい」

「わからぬぞ。西国あたりの外様に誘いをかければ……」

「幕府に弓ひくほどの大名などはありますまいが、ちと朝廷には釘をさしておかねばなりませぬな」

「いかにも。公家どもが幕府を弱腰になったと見て、錦旗を担ぎださぬようにおさえねば」

「所司代にきびしく申しつけようぞ」

「そうでござるな」

御用部屋の意見が決まりかけたとき、ずっと黙っていた左近将監が口を開いた。

「朝廷を舐めてはいかぬ。所司代の話など右から左で聞きながすのがあやつらじゃ」

「では、どうせよと言われる」

「朝廷に近い者を替えるのよ。そう禁裏附きをな。強面のものに」

しばらくして、江戸から一人の旗本が京へ赴任していった。直心陰流の遣い手の曾根五郎兵衛である。徒頭から禁裏附きという珍しい人事であった。

同じ日、三田村元八郎も幕臣に復帰した。五十俵高で小普請組頭池添土佐守常正の組下に入ることになった。

小普請組は無役の御家人の集まりである。なにもすることはない。いつでも動けるのでそのほうがよいと役付になるのを元八郎が断ったのだ。

「おめでとうございます」

言い渡しがあって帰ってきた元八郎を伽羅が出迎えた。

「来ていたのか」

二年前に吉宗のお声掛かりで許嫁になった二人であったが、元八郎が剣の修行を今一度やりなおしたいということで婚儀は延び延びになっていた。

「お座敷はいいのか」

お庭番村垣家の次女である香織は、探索の都合で柳橋芸者伽羅になっている。美貌のうえに踊りも三味線も一流で、柳橋第一の売れっ子であった。

「はい、今夜も二つほどお座敷がありますので、日中にと」

昼前の伽羅は座敷着ではない。風呂あがりの櫛まき髪に春らしい小袖。紅い珊瑚の玉簪がよく似合っている。

「姿のいい鯛を求めてあります。焼きましょうか」

二人は二刻（約四時間）ほどの逢瀬を楽しんだ。


城中から出ることを家重が慎んだおかげで、しばらくは平穏な日々が続いた。大岡出雲守に呼び出されることもなく、季節はいつの間にか春の終わりになっていた。

日中は汗ばむが陽が落ちるとまだ肌寒い、そんな夜、供を連れた立派な旗本の前に覆面の男がたちふさがった。

「不審な奴。儂を西の丸小姓柳田文吾と知っての狼藉か」

「役目が身の不運と知れ」

覆面の男が太刀を抜き放ち刃を三度きらめかせた。柳田文吾、槍持ち、供侍の三人が血しぶきをあげて倒れた。

小者が、提灯を放り投げて逃げ出した。挟み箱を持つ中間は腰が抜けたのか動けない。曲者は小者より速く動いた。何歩も逃げきれずに、小者は地に伏した。ゆっくりと血刀をさげながら近づいてくる曲者を見て、中間は失神した。気を失った中間の首に刀を突きさし、血脈を断つと刀にぬぐいをかけ、曲者は闇に溶けていった。

死体は翌朝早くに見つかった。場所が町家（まちや）であったため、月番の南町奉行所から定町廻り同心左田求馬（さだきゅうま）が駆けつけてきた。

「旦那、こりゃあ、まずい。この身なりじゃお歴々ですぜ」

岡っ引きがつぶやいた。五人ぶんの血の海に沈んでいるとはいえ、柳田の身なりは際だっていた。

「お目付に知らせてこい。それまでは町方の仕事だ」

求馬は小者を走らせると、死体の検分にはいった。

「見事なものだ。全員一太刀で急所をやられている。かなりの遣い手。先生、傷口をよく描いておいてくださいよ」

求馬は町絵師に頼んだ。町奉行所には手配書きの似顔絵や死体の絵を描いたりする絵師が出入りしている。求馬は、絵師を連れてきていた。

まもなく徒目付（かちめつけ）をつれて目付が出張ってきた。

「これは……」

柳田の顔を見て目付は絶句した。

「町方の者」

求馬が呼ばれた。

「ご苦労であった。ここより我らが仕切る」

「承知いたしました」

三十俵の町方同心と千石高の目付では身分が違いすぎる。求馬は黙ってひきあげた。

斬殺の一件は柳田文吾が刀の柄に手をかけていなかったことから柳田家は改易、町方に辻斬りに対する警戒を厳にするようにと老中から通達が出ただけで終わった。

しかし、これが始まりだった。

三日後に西の丸小十人頭名賀多兵衛が、七日後には西の丸小十人津田隼人が、十五日後にも西の丸小十人安藤和衛がやはり帰城途中を襲われ、小者ともども斬殺された。

全員柄に手をかけるまもなく一刀のもとに倒されていた。

安藤和衛が殺された翌日、元八郎は大岡出雲守に呼びつけられた。

「三田村、気がついたか」

「なににでございましょうか」

「そうか、そなたは知らなかったか。殺された彼らは、全員あのときに生き残った者たちじゃ」

「そうでしたか」

家重が襲われたとき、四十五名いた供侍のうち、無傷だったのはわずかに八名でしかなかった。そのなかには大岡出雲守も含まれている。

「おそらく、あのときの曲者であろう。残った者には警告を発しておいた。しかし、あきらかに家重さまに敵対する者の仕業じゃ。家重さまはいたくお心を傷めておられる。あのままでは、床に臥せられるかもしれぬ。三田村、探ってくれ」

大岡出雲守が頭をさげた。

「承知つかまつりました」

元八郎は請けた。

大岡出雲守の忠告をうけて皆警戒しはじめ、下城は固まって帰ったり、供侍を増やしたりしたためか、辻斬りの姿は消えた。

しかし、出雲守に命じられてから、元八郎は毎晩江戸市中を見まわっていた。

「今夜は儂もつきあってやろう」

何夜目か、順斎がそういい、二人は順斎の住まいのある小石川から江戸城へ向かって歩いていた。

すでに暮れ四つ（午後十時）をすぎ、人通りはない。

元八郎は、小石川大塚吹き上げの成瀬隼人正屋敷の前に倒れ伏している人を見つけた。

「あれは」

「元八」

順斎が走る。元八郎は周囲に気を配った。

「見ろ」

死体の側に屈みこんでいた順斎が指さした。

首から肋骨を断ち割った一撃は腹まで届いていた。よほどの腕でなければ、こうはいかない。

「見事なものだ」

元八郎は、倒れている小者らしい二人に目をやった。提灯持ちは提灯の柄を握りしめたままである。挟み箱持ちは箱の上に仰向けになっていた。

「おそらく、あの暗がりからいきなり飛びだし、駆け抜けざまに刀をふるったのであろうが……」

順斎も言葉を飲むほどの凄腕だ。

「おまえが先日話していた家重さまの行列を襲った者と考えていいようだな」

「はい」

あの晩対峙した曲者から発せられる殺気を元八郎は、覚えていた。いまでも皮膚が縮むおもいだ。

「父上、なにを」

元八郎は驚いた。

順斎が侍の刀を抜いて左手に握らせていた。

「あほう。こうしておかねば、また家が潰れるではないか。この歳なら妻も子もあろう。お家断絶となれば、明日から路頭に迷うことになる。こうしておけば……」

「なるほど」

元八郎は、順斎の世慣れたやりくちに感心した。

「なにをしている」

そこへ提灯が近づいてきた。提灯の上部に三本の波形が入っている。三波と南をかけた紋は南町奉行所である。

「松井ではないか」

順斎が声をかけた。

「これは、三田村さま」

松井陸太は南町奉行所臨時廻り同心である。見習い同心のころに順斎についていたことがあって、いまでも盆暮れの挨拶はかかさない。松井は小者をつれて巡回している途中のようであった。

「三田村さま、これは」

松井が提灯で死体を照らした。

「われらもいま見つけたところよ。こいつを送って家を出たら、すでにここに倒れていた」

元八郎が大岡出雲守に命じられて夜回りをしていることをあかすわけにはいかない。

「三田村ではないか」

松井はやっと元八郎に気づいた。

「ごぶさたしております」

元八郎は提灯の明かりのなかに姿をだした。

「そうか、あの伝通院の裏でしたな。三田村さまの隠居所は」

松井は二人がここを通りがかっただけだというのを納得したようであった。

「おや、こんどの仏さんは、刀を握っておられるな。油断されていなかったということか」

松井はめざとく刀に目をやった。

「しかし、血のりも刃かけもないところを見ると、相手に傷を負わせてはいませぬな」

「我らが来たとき、まだ血は乾いてなかったが、争う声も不審な人影も見ておらぬ」

「さようでしたか」

松井はあたりを見まわした。

「これは、尾張家付け家老成瀬さまのお屋敷ですね。門前のことです、なにか見聞きしたかもしれませぬ。ちと門番に訊いてみまする」

大名ではないとはいえ、成瀬家は家康公以来の譜代である。町方の入れるところではないが、家にかかわりのないことならば話をしてくれるかもしれなかった。

「門番どの」

松井は表門わきの潜りをたたいた。

「誰か、すでに四つ（午後十時ごろ）をまわった。門限はすぎておる。戸は開けられぬぞ」

門番は遊びがすぎて門限に間に合わなかった藩士とでも思ったのか、冷たい応対を返した。

「南町奉行所の者でござる。ご門前に人が斬られておることについてお話を」

「なに」

あわてて潜りが開いた。

「あそこに」

松井が指さす先を見た門番は、真っ青になって屋敷のなかへ走っていった。

すぐに数名の藩士が走り出してきた。

「なんだ、我が藩の者ではないではないか」

藩士がほっとした顔を見せた。

「町方の者、この者は我が家とはなんの関係もない。そうそうに引きとらせるように。門番、夜中に騒ぐな」

言い終わると藩士たちは屋敷のなかへと消えていった。

「ちょっとよろしいですか」

松井は藩士たちに叱られてしょげている初老の門番足軽に声をかけた。

「なんじゃ」

「なにかご覧になったり聞かれたことはございませぬか」

門番小屋は潜りのすぐ右手にある。出窓も持っている。外の音は聞こえやすい。

「なにも気づかなんだぞ。なにかあれば儂が最初に飛び出しておる」

門前でなにかあれば、その大名あるいは旗本が責任をもって対処するのが通例である。捨て子などされたら、里親探しまでしなければならなかった。

「お手数でござった」

それ以上問いつめることなく松井は頭をさげた。

「門番にさえ気づかせぬほど素早かったということでしょうか」

松井がそう言ったとき、城のほうから走ってくる一団があった。小者に呼びにいかせた徒目付のようであった。

「松井、儂らは消えるぞ。ややこしいことになっては困るでな」

順斎の言葉に松井はうなずいた。

二人は身をひるがえして隠居所へ戻った。

「お早いお帰りで」

女中の喜代が出迎えた。

「そこで、辻斬りが起こってしまってな」

「ひっ」

聞かされた喜代がふるえた。

「喜代、酒をたのむ。元八郎、来い」

順斎は元八郎を居間へさそった。

「どう見る」

「成瀬家のことですね」

「ああ」

満足そうに順斎がうなずいた。

「門前に人が斬られているというだけで、あの慌てぶりはなにかあるように感じました」

「下手人は、わざと成瀬家の門前で斬り殺したのかどうかだが……」

順斎の疑問に元八郎も首肯した。

「まあ、飲め」

酒の入った片口を順斎は元八郎へ差しだした。

「ここで思案してもわからぬわな。あまりに手証が少なすぎる」

「はい」

「しかし、見事な斬り口であった」

順斎も太捨流をよく使う。二年前には一人で甲賀忍数名を倒しているほどだ。その順斎が絶句したのだ。

「提灯持ちの小者を下段から斬りあげ、そのまま主の侍を袈裟がけにし、残った小者の胴を横なぎか」

「おそらく」

「三人とも骨まで断たれていた。その骨も割ったのではなく斬っている。なまなかの腕じゃあない」

「…………」

「儂が、家重さまの行列を襲った曲者を見ておればのう」

「申しわけありませぬ」

元八郎は、一子相伝宝蔵院一刀流の継承者である。普通の剣とは修行が違う。道場に通ったこともない。それだけに他流の剣を知らないのだ。

「宗武さまは、おとなしくされておるのか」

「はい」

順斎に言われるまでもなく、元八郎が最初に疑ったのが家重と将軍の座を争って負けた田安宗武であった。田安家の怪しい動きは察知できなかった。

「左近将監どのでもないのであろう」

「はい」

「すでにお世継ぎと朝廷も認めた家重さまをいまさらねらう輩がいるとはのう」

「由は大丈夫なので」

元八郎が訊いた。

「あれ以来、不審なことは一度もないわ」

由は表向き順斎の娘ということになっているが、吉宗の孫娘である。ある事情で順斎が預かり娘として育てていた。三年前に由が狙われたことから、元八郎は将軍継嗣に関わる騒動に巻きこまれ、京にまで行くことになったのだった。

「明日にでも、いままでやられた人々のことを調べなおしてみまする」

「それしかないの」

順斎も同意した。

その日、元八郎は小石川の隠居所に泊まった。

翌日、元八郎は八丁堀に義兄左田求馬をたずねた。町同心の朝は他役に比してのんびりしている。求馬はまだ組屋敷にいるはずだった。

「おや、元八郎じゃないか」

相変わらず元気な姉の孝が出迎えた。

「義兄上は」

「奥だよ」

勝手知った屋敷である。元八郎はあがった。

「元八郎ではないか。朝からどうした」

左田求馬は、まだ着流しのままであった。

「お聞きしたいことがありまして」

「なんだ」

「辻斬りでやられた人についてお話を伺いたくまいりました」

「……辻斬り」

求馬が首を傾げた。

「おぬしいまは小普請組であろう。辻斬りとどういうかかわりがあるのだ」

「まだ、お耳には入っておりませんか。じつは昨夜、父とわたくしが小石川で辻斬りでやられた方を見つけまして」

「なに、また出たのか」

さっと求馬の顔色が変わった。

「で、下手人は見たのか」

「いえ、すでに逃げ去った後でございました」

「そうか。それならば、我慢できまいな」

求馬が苦笑した。順斎も元八郎も町奉行所同心のころは横紙破りで有名であった。管轄も慣習も無視した探索で下手人を捕えるのも多いかわりに、もめ事もかなり起した。求馬はその血が騒いだと思ったようであった。

「斬られた方々がお歴々だったから、身上書きなどは手元にないがな。最初の斬り口の絵だけあるわ。どうせ、お旗本のことは町方の支配外。見せるぐらいはかまわんだろう」

求馬は文箱から数枚の絵を出してきた。

「儂はそろそろ行かねばならぬ。絵は持っていっていいぞ」

求馬が立ち上がった。

「わたくしも一緒に」

絵をふところに入れて元八郎も立ち上がった。

銭湯に立ち寄る求馬と別れて、元八郎は小石川の順斎の隠居所へ戻った。

「同じゃな」

絵図面を見ていた順斎がうなずいた。

「迷いのない太刀筋だの。人を斬るのになんの感慨もないようじゃ」

順斎は背筋をふるわせた。

「斬るときは一刀のもとにほふるのが情けというものではございませんか」

元八郎が言った。

「まだわかっておらぬなあ」

順斎がため息をついた。

「人というのは心の生きものじゃ。何をするにも心がかかわる。飯を食う、女を抱く、人を斬る。すべて心の命じること」

「………」

「乱世ならいざ知らず、この太平の世の中に人が人を斬るということはそうあることではない。不幸なことにおまえも儂も経験してしまったが、おまえはどうじゃ。何人斬った」

順斎の問いに、元八郎の脳裡に斬らざるをえなかったすべての敵の顔が浮かんできた。

「思い出したようじゃの。おまえはうなされることはなかったのか。儂はあったぞ。やむをえぬ仕儀ではあったとはいえ、何人もの人を斬った。斬りあっているさなかは必死ゆえ、どうということはないが、なにもない夜にかれらの断末魔の顔がまざまざと浮かんで飛び起きたことが何度もあった」

元八郎も同じである。これに悩まされて、大岡越前守のもとを退身することになったのだ。剣の修行というのは口実でしかなかった。

「二年経とうが三年過ぎようが、心にこれだけの傷が残るのだ、人を斬るということは。剣を振るっているときは無我夢中だと思っておるだろうが、そんなことはない。かならず心は見ている。だからどれだけ名人上手の一撃とはいえ、剣の動きにはわずかにぶれがでる。それが人というものだ」

順斎の顔にも苦渋の陰が濃い。

「しかし、こやつは違う。何人斬っても剣に迷いがない。これは人ではない」

「人ではない……」

「そうじゃ。剣を振るうことに心を奪われたか、もしくは人を殺しすぎてなにも思わなくなったか。どちらにせよ、こやつは手強いぞ」

順斎に言われて、元八郎はほぞをかんだ。あのとき、大岡出雲守に止められても曲者のあとを追って正体をたしかめておくべきであった。元八郎や小十人組が倒した曲者は、即死にはいたっておらず、皆逃げおおせていた。

「いまのおまえではとうてい勝てぬぞ。人を斬り殺すことにおびえ、剣先が伸びておらぬからな」

さすがは父である。元八郎のことを見抜いていた。

「だからといって、町方や徒目付の手におえる相手ではない。けっきょく、おまえがやるしかないのだが……」

順斎がじっと元八郎を見つめた。

三

元八郎は大岡出雲守を訪ねた。唯一その意をくんでくれる家臣だけに、家重が側から離さない。元八郎が大岡出雲守に会えるのは十日に一度あるかないかであった。

「その話なら聞いておる」

元八郎が成瀬家の前で見たことを話すと、大岡出雲守はうなずいた。

「成瀬家はどのような家なのでございましょうか」

元八郎は問うた。

「成瀬家とは、尾張家の付け家老の一人で、三万五千石をとる犬山城主であるな。そなたも存じておろうが、付け家老とは家康公がそのご子息方に藩政の相談役としてつけられた譜代の家臣のことをいう。成瀬家は初代正成どのが家康公駿府ご隠居時代に老中職を務めたほどの人物だという」

「では、お大名ということで」

「いや、大名ではない。もとは大名であった者が多いが、いまはあくまでも直参ではなく陪臣じゃ。禄高は多くても江戸城中に席を持たず、単独で登城することはなく、幕府の役目に就くこともできぬ」

「はあ。大名ではないが、譜代の家柄ということでしょうか」

「そうじゃな。いいかたは悪いが半端な家じゃな。それは成瀬らも気にしているのであろう。ここ何代にもわたって、付け家老の職を解き、譜代大名に戻してくれるようにと幕府閣僚へこまめに頼んでおるようだ。儂のところにも盆暮れはなにかと気をつかってくれるわ」

大声で大岡出雲守は笑った。豪儀な人物である。くれるというものを断ることはしない。

「ところで、なぜそのようなことを」

大岡出雲守が元八郎に訊いた。元八郎はあの晩成瀬家の家臣の態度に不審を覚えたことを告げた。

「そうか。成瀬の者がのう」

腕を組んで大岡出雲守が目を閉じた。

「三田村、そなた尾張侯が隠居慎みを命じられたことを知っておるか」

「はい」

元八郎は首肯した。江戸の町でも吉宗の倹約令に反発する者は多く、堂々と逆らっていた宗春の人気は高かった。その宗春が吉宗に押しこめられた。一時、江戸はこの話題でもちきりになった。

「御三家ともなると、いかに将軍とはいえ、そう簡単に隠居を申しつけるわけにはいかぬ。老中や若年寄とも相談するのは当然、なによりも付け家老と話をせねばならぬ」

「はあ」

「そのへんの大名の家老とは違うからの。神君家康公がとくに選ばれてつけられた守り役でもあり、目付役でもある。なにかあったときの責は免れぬ。このたびも上様は付け家老の成瀬と竹腰の二人を城中にお召しになって、宗春さまの罪状を一つ一つあげられ、弁明を求められたのじゃ。だが、彼らは何一つこたえなかった。よって、宗春さまの隠居慎みが決まった」

「それでは、守り役とは申せませんでしょうに」

元八郎が声をあげた。

「そうじゃ。たしかに尾張の藩士だけでなく、他の者たちからもそういう話は聞こえて参るがな。だが、それでよかったのじゃ」

「よかったとおおせられますと」

「あのとき、付け家老どもが抗弁するようであったら、宗春さまがおこないは尾張藩あげてのこととなり、尾張藩を減封のうえ国替えされるつもりでおられたのだ、上様は」

「御三家を減封国替え……」

「これほど他の大名に効をそうする手段もあるまい。家康さまの血筋とはいえ、ご遠慮なされぬとなれば、上様のご施政に逆らう者はなくなるであろう」

「それはそうでございますが」

「それを素早く察知した付け家老どもは、沈黙することで上様のご意志を受けたのだ。

だから尾張家は安泰であったが、そのようなこと、言いふらせることでもあるまい」

「では、事情を知らぬ者たちに付け家老の成瀬家と竹腰家は憎まれていると」

「うむ」

しかし元八郎の疑問は氷解しなかった。

「さて、儂はまたお城へ戻らねばならぬ。家重さまがここのところいろいろと学んでおられるでな。お側についておらねばならぬのだ。夕餉をともにせぬか」

質素ながら心のこもった食事をすませて、大岡出雲守はふたたび城中へと向かった。

大岡出雲守の誘いに元八郎は恐縮したが、すでに二人ぶんの膳が用意されていた。

「御門までお供を」

将軍家世継ぎの寵臣とはいえ、まだ八百石取りの小姓組でしかない大岡出雲守の屋敷から江戸城へは少し離れている。すでに五つ（午後八時）にちかく、初夏の陽はとっぷりと暮れていた。

「すまぬな」

提灯持ちの小者に続いて供侍が二名、そして騎乗の大岡出雲守が、その後ろに供侍が二人と槍持ち、最後に挟み箱を持った中間が二人という行列である。元八郎は、一足で駆けつけられる間を開けて行列に続いた。

屋敷から角を曲がって三丁（約三三〇メートル）ほど進んだとき、元八郎は全身が粟立つような殺気に気づいた。

「出雲守さま」

元八郎が走りだすのと同時に物陰から人影が二つ躍り出た。

「曲者じゃ」

元八郎の声が聞こえたのか、出雲守が大声をあげた。だが、そのとき提灯持ちの小者と、前を護っていた供侍の二人は倒れていた。

「殿」

後ろの供侍がなんとか刀を抜いて馬の前に出た。そこへ元八郎が駆けつけた。

「出雲守さまを早く」

元八郎は二人の供侍を下げると、前に出た。

「すまぬ」

出雲守は、向きを変えて馬を走らせた。

追いかけようとした一人の前に元八郎が立ちふさがった。

「おっと、そうはいかねえ。どうやら、家重さまの行列を襲った奴らしいな」

あのときと同じ覆面姿である。

「きさまは、あのときの……またもやじゃまだてするか」

「ほう、頭領自ら辻斬りか」

声で元八郎は気づいた。家重の駕籠脇で対峙した敵であった。

「出雲守が家人か」

「顔もさらせない悪人に名乗る名前はない」

元八郎はゆっくりと太刀を高青眼へとあげていった。

「宝蔵院一刀流か」

曲者は一目で元八郎の流派を見抜いた。戦国の末からじつに百五十年ものあいだ一子相伝で隠されてきた宝蔵院一刀流をである。

「あの夜は違う構えであったようだが、こっちが本物のようだな」

多人数を相手にするときは、太捨流のほうがいい。元八郎はこの二年、順斎から太捨流を学んでいた。

「よくわかったな」

一瞬の気の動きが命にかかわる。元八郎は心中の動揺をかくした。

「槍に逃げるしかなかった宝蔵院が未練の剣。とっくに絶えたと思っていたが」

元八郎はその言葉に思いあたった。

「きさまら、柳生か」

宝蔵院と柳生には深い因縁があった。ともに神陰流(しんかげ)上泉伊勢守(かみいずみいせのかみ)の弟子でありながら、同じ大和の住人であったことが災いし、一国一人(いっこくいちにん)の神陰流印可を争うことになった。結果、宝蔵院胤栄(いんえい)が破れ、印可は柳生宗厳(むねよし)が得た。それ以来、柳生と宝蔵院は宿念の仲となった。

「ふふふ」

頭領は含み笑いをした。

「出雲守を逃がすことになったのは残念だが、まあいいわ。おまえを倒しておけば、あとは雑魚(ざこ)ばかりのようだからな」

すっと太刀を下段におろした。

上段のような威圧感はないが、下段の剣はどのように変化するか見きわめにくい不気味な構えであった。

二人のにらみあいが続いた。緊張に耐えきれなかったのは、もう一人の曲者であった。すこしずつ位置をかえ、元八郎の背後へ回り、間合いを踏みこえ、とびこんできた。強敵と対峙しているとはいえ、元八郎に油断はなかった。すっと下がることで逆に間合いを詰め、脇差を抜きざまに脇から後ろへと突きだした。

「ぐへっ」

間合いを狂わされ、太刀を振るえなかった曲者の腹に脇差が刺さった。

そのまま体を入れかえ曲者の身体を盾にした。

「やるな」

頭領が笑った。後ろから襲った曲者の間合いを狂わせることは、同時に頭領との間合いも変えることになる。そのうえ、脇差を使い太刀を動かさなかったことで隙ができなかった。

「しかし、儂の敵ではないな」

「なに」

「とどめを刺せぬような剣ではな」

元八郎は襲ってきた曲者の背後にいながらとどめをさしていない。

「馬鹿め」

頭領はそう言うと、傷を負った配下の首の血脈をはねた。夜の闇に紅い血が噴きあがった。

「なにをする」

「腹をさされたのでは、もう使い物にはならぬ。役立たずは不要だ」

冷たい声が響いた。

「さあ、こい」

血跡も残さない刃が、ふたたび下段にさがった。

元八郎の太刀も高青眼から水平に伸びる。

「しゃあ」

頭領がいっきに間合いを跳んだ。下段から元八郎の股間を斬りあげてくる。風が裂けたかと思うほどの速さで続いて上段からの右袈裟、ふたたび下段からの斬りあげ、そして左袈裟と息つくまもない。

そのすべてを元八郎は足を送って避けた。刀をあわせたのでは、折れると思ったのだ。それほどの勢いであった。

「逃げるだけか。宝蔵院流に攻めはないか」

「無駄口を叩くと力が抜けるぜ」

元八郎は、袈裟がけにきた一撃を半身になってかわすと、片手で太刀を突きだした。

「ふぬ」

頭領が後ろに跳んでかわした。ふたたび間合いを詰めようとしたところへ、大勢の足音が聞こえてきた。

「ちっ、これまでか」

頭領は素早く身体をひるがえして闇にとけた。

「大丈夫でござるか」

駆けつけてきたのは出雲守の家臣伊藤と大番組の一団であった。出雲守が外桜田門についたところで手配してくれたのである。

「助かりました」

ほっと元八郎は息を吐いた。あのまま戦っていたら、あの気力に負けていた。

「こやつは」

伊藤が訊いた。

「曲者の一人でござる」

「三田村どのが倒されたか」

「傷は負わせましたが……」

それ以上のことは口にするのも気が重かった。

「覆面を」

元八郎に言われた大番組の士が、覆面を剝ぎ、提灯の明かりを近づけた。

「見たこともない顔でござるな」

元八郎は、懐を探った。紙入れすらない。身元を証すようなものはなに一つ持ってはいなかった。

「刀も業物なれど無銘、拵えもそこらの刀屋で扱っているようなもの」

手がかりにはならないと伊藤が嘆息した。

「もう一人は」

「逃げられました」

伊藤の問いに元八郎は苦い顔でこたえるしかなかった。

残された死体は遅れてきた徒目付によって持ちさられた。元八郎も大番屋へ連れていかれることになった。

「小普請組の者だそうだな」

幕府のすべてに監察権を持つ目付の取り調べはきびしい。旗本のなかでも俊英といわれるものが選ばれ、親戚親兄弟とも縁をきって役目をつとめるほど厳粛である。だが、元八郎は曲者が柳生の者であるとはもらさなかった。思いあたることがないでとおしたのだ。

「その者は余の存じよりじゃ」

大岡出雲守の口添えがなければ、元八郎はその夜帰ることができなかったかもしれない。目付は不服そうな顔で元八郎を解放した。

元八郎が自宅に戻ったのは深更にいたってからであった。

家には伽羅が待っていた。

「来ていたのか」

「はい」

座敷の帰りに寄ったのか、伽羅は芸者姿のままであった。かすかに酒が匂った。

「どうかされましたか」

それでも、元八郎の身体から漂う剣気を見逃さなかった。

元八郎はすべてを語った。

「やはり、さようでしたか。元八郎さまが御家人に戻られたにもかかわらず、小普請組だということで、もしやまた探索のお仕事にかかわっておられるのではないかと思っておりましたが」

伽羅の口調に不満が見えた。

「どうなるかわからぬので、詳しい話はしなかったが、勘弁してくれ」

女は惚れた男のすべてを知っていないと満足しない。伽羅ほどの女でも同じであった。

「そんな」

頭を下げた元八郎に伽羅があわてた。

「お酒の用意をいたしましょう」

台所に消えた伽羅が苦笑しながら戻ってきた。

「なにもないのですね」

盆にとっくりと茶碗だけがのっている。

「男の一人暮らしだ。仕方ないだろう」

元八郎も笑った。

「どうぞ」

二人は酒を口にした。

「柳生でございますか」

目付にも黙っていたことだが、伽羅には告げた。

「ああ、断言はしなかったが、おいらの構えを見ただけで宝蔵院一刀流だと見抜いた。柳生以外には考えられない」

「どのような太刀筋でした」

伽羅の兄の村垣三太夫は新陰流目録の腕前だ。

元八郎は座敷にたって、頭領がみせた下段からの変化の剣を演じてみせた。

「それは、おそらく柳生流の浦波（うらなみ）という剣ではないかと」

「浦波」

「はい。うち寄せる浪のように何度も何度も繰り返し撃ちこんでくる太刀で、最初の一撃を下がってさければ、その隙につけこみ、また一撃を刀で受ければ、そのまま巻き落とすようにして刀をはじき飛ばす。先の先を取るようでありながら、そのじつ、相手の動きに応じて変化する後の先の太刀」

まさに伽羅の言葉どおりであった。

「柳生といえば、将軍家お家流」

「はい。いまの柳生家の当主は飛騨守俊平（ひだのかみとしひら）さま」

「どのような方だ」

「柳生家のお血筋ではございません」

「なに」

「柳生家の血は先代で絶えました。俊平さまは、松平越中守定重（まつだいらえっちゅうのかみさだしげ）さまのご子息で、末期養子に入られた方です」

「越後高田城主のか」

「はい」

越後高田の松平家といえば、十八松平の一つ久松松平家の末である。久松松平は家康の異父弟を祖とする名門で、将軍家の相談役として幕府に重きをなす家柄であった。

「将軍家のお相手をする柳生家の当主としては、大名の血筋でなければなりませぬ。剣も遣えねばなりませぬが……」

伽羅がそこで口を濁したということは、剣士としてはさしたることはないということなのだろう。

「じゃ、柳生家当主じゃねえな」

伽羅も頷いた。

「江戸柳生の技を受け継いでいるのは誰だ」

「さあ、江戸柳生は剣の技というより名誉を残してきただけでございますから」

江戸柳生の祖は、柳生宗矩である。大和柳生三千石の領主で筒井順慶に属していたが、筒井家が秀吉の怒りをかって改易されたときに巻き添えをくい、領地を失って諸国を放浪することになった。

関ヶ原の合戦で家康の前に駆けつけた功により旧領を回復された。旗本になってからは二代将軍秀忠につけられ、秀忠の剣を手直ししながら幕府初代総目付、いまの大目付として大名の監察に辣腕をふるった。宗矩によって取りつぶされた藩は数えきれない。やがて一万石の大名に成りあがるが、早くに柳生を離れたことで、一代の名人柳生石舟斎宗厳の教えを受け継げず、柳生流一代一人の印可は、兄の息子利厳に奪われている。

「柳生の剣を伝えているとなれば、尾張柳生でございましょう」

柳生流の印可をもらった利厳は、最初加藤清正に仕え、のち尾張家に随身していた。

「尾張か」

元八郎の頭に成瀬家のことが浮かんだ。

「尾張柳生については、一つ気になることが」

伽羅が言った。

「なんだ」

「一代一人の柳生印可を受けた者が、正嫡を外され、いまの当主は印可を持っていないとか」

「印可は流派にとってなによりもたいせつなもの。印可を持つ者が流派を継ぐのではないのか」

「そうではございますが、その者は剣の道にのめりこんで、剣とはすなわち人を殺すことなりと稽古で数度人を斬り殺し、試合となればかならず相手を死なせたとか。それで柳生から放逐されたと」

「鬼だな」

「尾張へ忍んだお庭番も二人斬られておりまする」

「そのものの名前は」

「柳生主膳」

告げた伽羅の顔におびえが浮かんでいた。

「殿、いや、ご隠居さま」

竹腰正武が顔をあげた。

「なんじゃ、こんな夜分に」

愛妾八重を侍らせた宗春は不機嫌そうな顔をみせた。

「お人払いを」

「隠居の儂に人払いなどするような話はいらぬわ」

「では申し上げます」

正武は八重を睨みつけた。

「ここ最近、江戸を騒がせております辻斬り騒ぎをご存じでござりましょうや」

「辻斬りとは物騒な話じゃな。だが、儂は知らぬなあ。なにぶん隠居慎みでここから一歩もでられぬだけではなく、儂の動きを見張っておる連中もおるからな」

宗春が嫌みな笑いをうかべた。

「それならばよろしゅうございまするが、まさかお腹いせになにかされるようなことは」

「辻斬りが儂だというのか」

「いえ、みょうな連中をお使いになってはおられぬかと」

「みょうな連中だと」

「柳生主膳をよくお呼びになると聞きましたが」

「主膳は八重が兄ではないか。儂の無聊を慰めようと話をしに来てくれておるだけ」

「尾張から柳生のものが二十名ちかく、江戸へでてきているという話も耳にいたしました」

「知らぬ」

「ご隠居さまとはかかわりないお話だと申されますか」

「くどい」

「それをうかがって安堵いたしました。では、あやつらは無断出府ということで、藩法に照らし処罰させていただきます。失礼いたしました」

竹腰は下がっていった。

「殿」

いつの間にか主膳が来ていた。

「竹腰の言い条、よいのか」

「かまいませぬ。柳生のものは剣士であって藩士ではございませぬゆえ」

「あやつもかたづけるか」

「いえ、竹腰ごとき小者に手出しして大物を逃すことになっては本末転倒でございます」

「そうじゃな。これをとらせる」

宗春は手文庫から百両の金を取りだした。

「苦労はさせぬ。竹腰め、儂がこれほどの金を持っているとは知るまい」

宗春は藩主の座を追われると感じて以来ひそかに宝物の一部を金に換えて隠しもっていたのだ。

「ありがたくちょうだいいたしまする」

主膳が金を押しいただいた。

四

翌朝、伽羅を送りだして、家をでようとした元八郎を大岡出雲守の家臣伊藤が訪ねてきた。出雲守の呼び出しであった。

「昨夜は助かった。礼をいう」

出雲守が元八郎に頭をさげた。

「いえ、ご家中の方に死者が出られましたことをお詫びいたします。わたくしが行列のお供をしておけば……」

元八郎は悔やんでいた。

「そうではないぞ、三田村。そなたが行列と一緒にいてくれれば、たしかにあの者たちは死なずにすんだかもしれぬ。しかし、そなたは我が家臣ではない。家臣でない者を行列にいれたとなれば、何かあったときにいろいろと困ったことがおきる。昨夜はあれでよかったのだ」

出雲守が慰めた。

「ところで、あの者たちの正体はわかったか」

元八郎は、尾張柳生ではないかという話をした。

「尾張か。ふむ、宗春さまの手の者か」

出雲守が腕を組んだ。

「隠居慎みに文句があるなら上様に申されればよいものを、家重さまをねらうとは筋違いもはなはだしい」

「はあ」

「しかし、尾張はいま上様のご機嫌を損ねまいと汲々としているはず。隠居させられた宗春どのに尾張柳生をうごかすだけの力はあるまい」

「それが、尾張柳生にはもう一つの柳生があるようでございまする」

元八郎は廃嫡された主膳のことを告げた。

「なるほど。はぐれもの同士、気があったのか」

大きく出雲守が、ため息を吐いた。

「じつは、困ったことになった」

「どうなされました」

「家重さまが、余の命が欲しいのなら、他の者を狙うようなまねはするな。城に籠もっていることで他の者へ手出しされるくらいならば、余が出むくとおおせられてな。またもや、浜御殿へお出ましになると言われるのだ」

「危なすぎまする」

元八郎は大声を出した。

「であろう。儂も何度もお止め申し上げているのだが、お聞きいれくださらぬ」

出雲守が首を力なくふった。

「家重さまは、お優しすぎるのだ。お身のまわりのものが次々と命を奪われてまいるのを見ておられぬ」

吉宗がいつも言っていることである。施政者には優しさも必要だが、ときには冷酷さも求められる、それが家重には欠けていた。

「家重さまも言いだされれば、お聞きくださらぬしなあ」

「警固をあつくするしかございません」

「それもならぬとおおせじゃ。警固の人数はいつもより少ないぐらいにせよと。でなくば、城に籠もっておるも同然ではないかと」

「…………」

元八郎はなにも言えない。

「腕のたつ者で固めるしかないと思うのだが、先日も警固していたのは小十人組じゃ。旗本のなかでは指折りの剣術遣いばかりであったにもかかわらず曲者に太刀打ちできなんだ」

「蔭供をつかまつります」

元八郎は、背筋を伸ばした。

「わたくしと父順斎、それに村垣香織と小者の貞五郎で」

「そうしてもらうしかないか」

「で、いつ家重さまは、浜御殿に」

「半月後と言われておる」

家重が浜御殿に行くのはいつも絵を描くためであり、お忍びということで町触れさえだされない。

「もちろん、このことを知っているのは、儂とそなただけじゃ」

御門をまもる大番組に報されるのさえ、行列がとおる寸前である。余人が前もって知ることは難しい。だが、前夜刺客は待ちかまえていた。どこかで漏れているのだ。

「ついでに尾張が飼い犬も追い出してしまいたいものじゃ」

出雲守の言葉に元八郎は黙ってうなずいた。

数日後、元八郎は小石川の家に順斎を尋ねた。武家娘姿になった香織も同道していた。

「二人でここに来るのはひさしぶりじゃの。あがれあがれ。初鰹が手に入ってな」

江戸者にははしりのものを尊ぶというみょうな気風がある。なかでも初夏に房総沖でとれる鰹を珍重し、誰よりも早く口にすることを競った。魚屋も房総沖から早舟を仕立てて、江戸に運ぶなどしたため、鰹半身で二分（一両の半分、米五斗近くが買えた）という馬鹿のような値で取り引きされた。

「みろ、一匹買いじゃ」

順斎が鰹の尾をもって自慢した。

「これは凄い」

元八郎ももとは粋とはしりを尊ぶ町同心である。初鰹に目の色を変える一人であった。香織も目を大きくした。

「まあ、きれいな鰹。今年はまだ、どこのお座敷でも頂戴しておりませぬ」

座敷で客の食べ物をねだるのは芸者の下であるが、初鰹だけは別扱いであった。客も初鰹を芸者や太鼓持ち三味線弾きなどにおごることで自慢するのだ。

「だろう」

隠居してから包丁を持つようになった順斎が見事に鰹をさばいた。

「晩飯には少し早いが。さあ、食べようか」

隠居所でにぎやかな夕食が始まった。

「しょうがをつけぬのか」

順斎が由に目をやった。由は鰹を醤油につけるだけで薬味を使わない。

「からいのは苦手でございまする」

「やれやれ、まだまだ子供じゃのう」

由も十七歳になった。嫁に行ってもおかしくない年齢である。もちろん、由に嫁入りの話など来ているはずもない。吉宗の孫なのだ。そのへんの家に嫁に出すというわけにはいかない。

「そんなことはございませぬ。わたくしもしょうがの味がわかりだしたのは、数年前からですから」

香織が笑った。

「ほら、伽羅ねえさまもそう言われておられまする」

由が口をとがらせた。由は香織がお庭番の娘だということを知らない。純粋に兄の許嫁として慕っていた。

夕餉はなごやかに終わり、由は女中の喜代から教わっている縫い物の稽古に奥の部屋へと行った。

「で、おまえらが揃ってきたというのは、なんだ」

順斎が茶をすすりながら訊いた。

「じつは……」

元八郎が説明するあいだ順斎は黙っていた。

「元八、おまえ、柳生主膳とかいうのと刀をあわしたんだろ」

「はい」

「倒せるのか」

「………」

「おそらく家重さまの行列を襲ってくるのは、かなりの数であろう。こんどは小十人組もわかっているから先日のようにやられっぱなしということはあるまい。だが、柳生の遣い手となると身を守るのが精一杯であろう。とてもあてにはできまい。失礼ながら香織どのでも危なかろう。敵味方が入り乱れてしまえば、手裏剣も使えぬ。貞五郎も同じじゃ。膂力はあっても剣を学んだわけではないからな。一人二人なら相手できようが、それ以上は無理だろう。となれば、儂とおまえだけしかいないことになる。二人のうちどちらかが家重さまをお守りすることになる。となると、柳生主膳の相手はどうする」

「わたくしが」

「あほうめ。人を斬ることにためらいを覚える今のおまえで太刀打ちできると思うか」

きびしい言葉に元八郎は沈黙した。

「かといって、引き受けてしまった以上、知らん顔というわけにもいくまい」

順斎が立ちあがった。

「香織どの、浦波の太刀というのを見せてもらえぬか」

「はい」

三人は隠居所の裏にでた。小さな庭に夏の長い陽が残っていた。

香織が順斎を相手に浦波の太刀をつかってみせた。

「あのあと、兄から一度手ほどきを受けましたが、なかなか及びませんので」

「いや、よくわかった」

順斎は恐縮する香織をほめた。

「形は違うが、ようは太捨流の車と同じだな。来い、元八郎」

順斎が木刀をかまえた。

二人はものの形が見えなくなるまで汗をかいた。

「いよいよ家重が城から出てくる。坊主が報せてきたわ」

尾張家下屋敷の奥座敷で宗春が笑った。坊主とは江戸城御殿坊主のことである。老中の御用部屋にも出入りできるだけに、城中のことはすべて見聞きしている。宗春は藩主の時代から金をまき、坊主を手なずけていた。

「父親に似ぬの。親父なら大岡越前が犠牲になろうとも一歩も動くまいに」

「仰せのとおりで」

うなずいたのは柳生主膳であった。

「準備は怠りないな」

「はっ。町家に柳生を控えさせておりまする」

「竹腰め。柳生を放逐したことがぎゃくに虎を放ったとは気づいておらぬ。馬鹿な奴じゃ」

「はい」

主膳も笑った。竹腰正武は、尾張から出府してきた柳生を放逐し、さらに主膳の責も問おうとしたが、証拠がなく、とがめられなかった。

「いつもじゃまに入る男の正体はわかったのか」

「それが、残念ながら」

無念そうに主膳が首を振った。

「こういうことは町方の人間が詳しいのだ。尾張家出入りの与力はまずいな。筒抜けになるであろう、家老どもに。誰ぞ知らぬか」

「町方の小者ならば一人存じておりますが」

「そいつを使え。金を惜しむな。今度こそ家重の首を数寄屋橋門にかざってくれるわ」

「はっ」

主膳は宗春の前をさがって、その足で本所松倉町へと向かった。

「これは、やっとうの先生」

柳生主膳が訪ねたのは、南を割り下水、北を源森川、東を横川、西を隅田川に囲まれた一角を縄張りとする、狐の源次(げんじ)であった。狐の源次は、表向き人入れ人足稼業をおこないながら十手を預かっていた。貞五郎と違って頭に悪という字がつく男だった。

主膳と源次は賭場で知り合った。この近く寄合旗本金森某の屋敷でひらかれる賭場を仕切っているのが源次であり、そこに通っていたのが主膳である。負けがこんで頭に血ののぼった侍が刀を抜いて暴れたのを主膳が取りおさえて以来のつきあいであった。源次の前では主膳は小さな剣道場の主ということになっていた。

「先生の頼みとあれば、なんでもおっしゃってくださいな」

「人捜しを頼む」

主膳は元八郎の人相風体をていねいに話した。

「ひょっとすると」

元八郎は三年前まで定町廻りだったのだ。いかに本所は縄張り違いとはいえ、源次が知らないはずはなかった。

「知っているのか」

「ちょっと待っておくんなさい。一度あたってみやすから。もし違ったら先生に悪いでやすからね」

「いつわかる」

「明後日もう一度おいでください」

「頼みがある」

「わかった。源次、これで子分たちに一杯飲ませてやってくれ」

「こりゃあ、どうも」

主膳の差し出した数枚の小判に源次の頬がゆるんだ。

「頼んだぞ」

主膳は本所を後にした。

その翌日、元八郎は貞五郎を訪ねた。

「旦那、お呼びくだされば、あっしから参上しますのに」

恐縮する貞五郎を前に、元八郎は案内された居室へ腰をおろした。

「いや、気にするねえ。今じゃ、おいらのほうが暇なんだからよ」

元八郎が寺社奉行小検使を辞めてから、貞五郎は女房のやっている料亭播磨屋の主におさまっていた。

「そんなことはありませんよ」

そこへ女房のお鏡が茶を持ってきた。

「この人この図体でしょ。一日家にいられたんじゃ、暑苦しくて」

「馬鹿野郎、亭主に向かって暑苦しいとはなんだ」

お鏡に貞五郎が嚙みついた。

「おいおい、夫婦喧嘩は犬も喰わねえというが、朝飯代わりにおいらに馳走するのはやめてくれ」

元八郎は笑った。

「こりゃあ、失礼しました。おい」

「わかってますよ」

お鏡が台所に急ぎ足で向かった。

「で、旦那。あっしになにかご用で」

「…………」

「なんでもおっしゃってください。あっしの命は旦那に救ってもらったんだ。遠慮はなしですぜ」

貞五郎が元八郎をうながした。

「また力を貸してほしい」

「ようがす」

貞五郎はなにもきかずに胸を叩いた。

「すまんな」

元八郎は頭をさげた。それ以上言わなくていいことが身にしみて嬉しかった。

朝食を馳走になって播磨屋をでた元八郎は、妙な視線を感じていた。

「おいらのあとをつけているようだが」

つけてきているのが侍なら思いあたることはあるが、どうやら町人のようであった。それも遊び人ふうであった。

「下手くそめ。あれじゃあ、町方の用にはたたねえな」

下手すぎる尾行に元八郎は小声で笑った。

「旦那」

まこうかどうしようかと悩んでいるところへ声をかけられた。

「おう、伽羅じゃねえか。髪結いの帰りか。似合ってるじゃねえか。島田のびんを細めにするとは、粋だな」

「お褒めにあずかり、おかたじけ」

伽羅がにっこりと笑った。

元八郎はとっさにつけてきている者の正体をみきわめるにちょうどよいと考えた。

「一杯つきあってくれないか」

元八郎の目配せに気づいた伽羅が、うなずいた。

「そこのそば屋でいいか」

二人は目についたそば屋に入った。

「おやじ、二階を借りるぜ」

二階の小座敷へ二人があがった。

「どうされました」

伽羅が訊いた。

「貞五郎の家から帰る途中なんだが、あとをつけてきている奴がいるようだ」

伽羅がそっと立って窓障子をほんの少し開いた。

「あれですね」

伽羅が目で指し示したので、元八郎も覗いてみた。そば屋の出入り口を見通せる町角に浴衣一枚の男が立っている。裾(すそ)をはしょった姿を見ても堅気には見えなかった。

「あそこのもそうじゃありませんか」

伽羅がもう一人見つけた。同じような風体の男が、反対側の町角でこちらを見つめていた。

「見覚えのない顔だな」

二人は顔を見あわせた。

「ここでまいてもいいが、あいつらを後ろで操っている奴が知りたいな」

「では、あたくしがあやつらのあとをつけましょうか」

「そりゃあ、無理だ。おめえほど目立つ女があとをつけたんじゃすぐにばれちまうぜ」

「じゃ、どうしましょうか」

　そこへそば屋のおやじが酒を持ってきた。

「おやじ、ちょっと訊きたいが、おめえさん播磨屋の貞五郎を知っているかい」

「へえ、このあたりの顔役さんで。あの方がおられるおかげで地回りも無茶を言ってきません」

「悪いが、人を走らせてくれねえか。おいらは三田村というもんだが、貞五郎に誰か気の利いた若いのをよこしてくれるようにと伝えてくれ」

　心付けを受け取ったおやじが、駆けおりていった。

　酒を飲んで待っていると貞五郎の下働きをしている徳治がやってきた。元八郎に小遣いをもらうとすばやく裏口から出ていった。

　二人はまもなくそば屋を出た。伽羅はそこで元八郎と別れた。元八郎は平松町の家へと足を向けた。

家で待っていると一刻（約二時間）ほどして徳治が戻ってきた。

「どうだった」

「あいつら本所の狐の源次の手下でやさ」

「狐の源次だあ」

元八郎はその名前に覚えがない。

「本所廻り同心の後藤さまの手証をもらっている野郎で、あくどいことで名のとおったやつで」

「そうか。ご苦労だったな」

元八郎は徳治をねぎらって帰した。

「柳生の手が回ったか」

いま元八郎のことを探る必要があるのは柳生だけだ。ついに素性が知られたなと元八郎は思った。

源次のもとを主膳が訪ねたのは、約束の日の夕方だった。

「わかったか」

「へい。やはり南町奉行所同心の三田村元八郎でやした」

「もっともいまは同心から五十俵取りの御家人に出世したようでやすが。詳しいことはここに。家の場所も書いてありやす」

「よし。少ないがとっておいてくれ」

主膳は金をわたすと書きつけを懐にねじこんで源次の家を出た。

「なにをする気だか」

主膳の姿が消えてから源次がつぶやいた。

「金儲けに繋がりそうだな。まあ、金にならなくてもこっちだけでもいいがな。柳橋一の芸者、伽羅もつながっていやがった。一度おもちゃにしてみてえと思っていたんだ。こいつばかりは先生といえども教えられねえ」

源次が小判をもてあそびながら笑った。

主膳はすぐに宗春の元へ報告に行った。

「そうか、正体が知れたか」

「はい」

「で、どうする」

「今夜、襲いまする」

「大丈夫か」

「お任せください」

主膳が請け負った。

下屋敷を出た主膳がにやりと笑った。

「見張りのつもりか」

主膳は小さくつぶやいてそのまま柳生の隠れ家となっている町家へと向かった。

「犬が一匹ついてきている、始末しておけ」

主膳は町家のなかに入るなり出迎えた配下に命じた。黙ってうなずいて出ていった配下がすぐに何もなかったような顔で戻ってきた。主膳も首尾を聞きかえさなかった。

「今夜、一人片付ける。四人儂についてこい」

木戸が閉まってからでは面倒だと、主膳らはまだ明るいうちに動きだした。

そして世間が静まる暮れ四つ（午後十時）、いっせいに元八郎の家に討ちこんだ。

「誰もおりませぬ」

「しまった。留守か」

主膳がほぞをかんだ。一度襲撃に失敗すれば相手が警戒してしまう。

「戻れ」

周囲の家が騒がしくなってきた。主膳たちは急いで去っていった。

その夜、元八郎は出雲守に呼び出されていた。いよいよ迫ってきた家重の浜御殿行きの相談をするためである。

「それでいこう」

話し合いが終わったのは深夜である。元八郎は出雲守の屋敷に泊まった。

家に戻った元八郎は、玄関から居間にかけて踏みあらされた光景を目の当たりにして、息をのんだ。

「いきなりきたか」

元八郎の居所を知った日に襲撃にくる。まさに即断速攻だ。柳生主膳の恐ろしさを元八郎はあらためて感じた。

「大丈夫でございまするか」

隣に住んでいる常磐津の師匠が怖々のぞきこんで訊いた。

「まぬけな泥棒よ。何も取るものなんぞおいてないのに」

元八郎は肩をすくめて見せた。

その晩から元八郎は小石川に泊まることにした。まだ主膳と戦って勝つ自信がもてなかったからだ。

「いざとなれば無我夢中になるものさ」

順斎はそう言って元八郎の好きにさせた。

家重の浜御殿行きをひかえた前日の夜、湯屋から帰る途中の伽羅を数人の人影がかこんだ。

「おとなしくしろい」

押し殺した声を聞いた伽羅が吹きだした。

「なにがおかしい」

「あたしを誰だか知ってやっているんだろうねえ」

「やかましい」

一人が短刀（あいくち）を抜く。刃がきらりと光った。

「その綺麗な顔に傷をつけてほしくなければ、だまって駕籠（かご）に乗りな」

伽羅はおとなしく駕籠に乗り、運ばれていった。

「手荒なまねをして悪かったな」

伽羅が駕籠から出されたのは源次の家であった。

「おまえさんはどなたさんだい」

毅然と立った伽羅の美しさに源次は一瞬言葉を失った。

「お、おいらは、この本所を預かる源次っていうもんだ」

「その親分さんがあたしになんのご用で」

「おめえも知っているもと南町同心の三田村さまのお命にかかわる大事なことだ」

「三田村の旦那の」

「そうさ」

源次がにやりと笑った。

「お命にかかわる大事なら、奉行所に言やあいいじゃないか。芸者のあたしに話してもしかたないじゃないか」

「いやいや、奉行所なんかに知れたらもっとたいへんなことになる。おいらも命がけでさぐったことなんだからな」

「恩着せがましいねえ、言いたいならさっさとしなよ」

「命のかかった話をしようってんだ、他人じゃそういうわけにはいかねえと」

源次が、伽羅の手をにぎった。

「ふざけるんじゃないよ。この伽羅を甘く見てもらっちゃあ困るねえ」

伽羅が源次の手をはらいのけた。

「このあま、やさしくしてりゃつけあがりやがって」

源次が平手打ちを喰らわそうとしたが、かるくいなされたうえに、体勢の崩れたところを足蹴にされた。

「男を蹴飛ばしやがったな。もうこのままじゃおかねえ。素裸にひんむいてさんざんもてあそんだあと、岡場所にたたき売ってくれる。野郎ども」

さきほどの男たちが出てきた。

「遠慮することあねえ。足腰たたねえようにしてやんな」

だが、こんな連中が束になっても伽羅の身体に触れることはできなかった。あでやかな袖がひるがえるたびに悲鳴があがり、たちまち男たちは伸びてしまった。

「て、てめえ、ただの芸者じゃねえな」

残った源次が空威張りをはった。

「一人になったねえ。どうします親分さん」

「よ、よるな、化けもの」

「じゃ、すべてを白状しちまいな。三田村の旦那のあとをつけるように命じたのは誰だい」

「し、知らねえ」

伽羅が源次の左腕をねじりあげた。

「い、痛い。放しやがれ」

「芸者に腕を折られたとあっちゃあ、もうこのあたりで大きな顔はできないねえ」

土地の顔役が女にやられたとあっては、明日から生きてはいけない。

「わかった。言う。頼んできた奴の名前は知らねえ、そこの金森さまの賭場で知りあった剣術遣いだ」

「どんな男だい」

「背丈は、十人並みだが肩幅が張っていて、ちょっと見はいい男なんだが、目つきが違う」

「どう違うのさ」

「ぎやまんのように冷たいんだ。見つめられると背筋がぞっとする。山のなかで大きな蛇にであったような」

「そいつは他にもなにか頼まなかったかい」

「…………」

「しゃべっちまいな」

「本郷三丁目代地に町家を探してくれと。それも二十人ぐらいが住めるほど大きな家を。でも、てごろな空き家がなく、二葉町のもと米屋を斡旋した」

「そうかい、ありがとうよ」

伽羅は、源次の腕をはなした。

「じゃ、帰らせてもらうよ。そうそう、一つだけ教えてあげるよ。女をものにしたかったら、力ずくじゃなく男ぶりできな」

伽羅はそう言うと自宅に駆け戻り、忍装束に着替えて小石川まで走った。すでに四つをすぎ町木戸は閉じられていたが、屋根の上をとびこして走るには関係がない。

「元八郎さま」

「伽羅か」

「嫁女、屋根裏から来るのはやめてもらいたいな」

元八郎と順斎は同じ部屋で寝ていた。

「申しわけありませぬ」

「どうかしたのか」

降りてきた伽羅が今日あったことを話した。

「二葉町か」

「浜御殿へのお成り道に面しているぞ」

「おそらく、そこがやつらの巣窟になっておるのでございましょう」

「どういたしましょうか、父上」

元八郎が訊いた。

「二十名ほどが入れる家と言ったのであろう。何人かは減らしたと考えても十四、五人。それだけの剣士を相手にわしらだけでは難しいぞ」

「では、徒目付にでも申して、大番組でも出していただきましょうか」

「どう説明するつもりじゃ。ここに家重さまを襲う曲者が潜んでおりますとでも言うつもりか。表向き家重さまの行列は襲われていないことになっているのだぞ」

指摘に元八郎は黙りこむしかなかった。

「では、どうすればよろしいでしょうか」

伽羅が訊いた。

「行きあたりばったりでいくことだな。こちらがいくら考えても相手は思いどおりには動いてくれないものだ」

順斎はそう言うと布団にくるまった。

「さあ、いよいよ明日だぞ。寝ておけ」

五

まもなく梅雨入りだというのに、抜けるような青空が拡がっていた。

元八郎と伽羅は朝早くに小石川を出た。元八郎は出雲守に二葉町のことを報せに、伽羅は着替えと武器を取りにもどったのだ。

「すまんな。由の着物では小さすぎよう。亡くなった母のものしかなくてな」

伽羅は元八郎の母が着ていた留め袖を着ていた。

「では、後ほど」

二人は水道橋を渡る手前で別れた。

「そうか、そんなところに潜んでおったか。よく調べだしてくれた」

出雲守は元八郎をねぎらった。

「家重さまは、中食をお済ませになってからお城を出られる。二葉町にかかるのは昼八つ（午後二時）前ぐらいになりそうじゃ。どう思う、行きからくるであろうか」

「前は暗くなってからでございました。襲う側にとっては暗いほうが顔も見分けにくく都合がよいかと思いますが、このたびは逆をついてまいるのではないかと」

「明るい昼間はこちらも油断しているからの」

「はい」

「わかった。では小十人組には油断せぬように申しつけておく。そなたたちはどうする。二葉町のあたりで待つか」

「いえ、万一違うところで襲われましては話になりませぬ。馬場先御門から陰ながらお供いたしまする」

「そうか、頼むぞ」

元八郎は、急いで出雲守の屋敷から播磨屋へと向かった。

家重の行列が静かに馬場先御門を出た。小さな行列は、駕籠の造りと槍の鞘を見ないかぎり将軍家ゆかりのものとは思えない。一人騎馬で従うのは大岡出雲守である。ほかの小姓たちは足手まといになると残してきた。

駕籠の周囲を固めるのは小十人組である。旗本のなかでは剣を遣えるものの集まりだが、しょせんは道場剣術、先夜がいい例である。だが、今日は顔つきも足拵えも違っていた。足には武者草鞋を履き、刀の柄にも滑り止めの縄がくくられている。

「行こうか」

元八郎は貞五郎をうながした。

「へい」

二人は今日は役付の旗本とその従者といった姿だ。元八郎は羽織袴で貞五郎は紋入りのお仕着せに挟み箱をしょっている。

行列の少し前を順斎が旗本の楽隠居といった姿で杖をつきながら進んでいる。伽羅の姿は見えなかった。

馬場先御門を出た行列は、直進し、鍛冶橋御門を出て右に曲がり、山城河岸をお堀沿いに進む。土橋を渡れば二葉町になる。

「旦那」

貞五郎が小さく声をかけた。

「ああ、ちらほらときやがったな」

江戸城ちかくには大名行列を見物しにくる者が多く立っていた。参勤交代で江戸にはじめて出てきた藩士たちにとって金のかからないいい暇つぶしである。幕府もそれを知っているからうるさく咎めたてることはなかった。

その見物のなかに殺気を放っているのがいた。

「元八郎、前に出ろ」

草履をなおすふりでしゃがみこんでいた順斎が元八郎に囁いた。

「はい」

「貞五郎、あの見張りたちが後ろから襲ってくるのを防げ」

「へい」

三人はゆっくりと動いた。

行列が土橋にかかった。

「やれ」

橋の上に屈んで行列を見送っていた連中がいっせいに立ちあがって斬りかかってきた。小十人組もこんどは油断していない。たちまちあちこちで斬り結ぶ。そこへ二葉町の町家から数人が駆け出してきた。

「雑魚は儂がかたづける」

順斎が杖を捨てると走り出した。

「お駕籠をまもれ」

出雲守が叫ぶ。数人が応じて駕籠脇にあつまる。

一瞬持ちこたえたかと思われた。そこへ橋の下にもやってあった舟から最後の一団が出てきた。横から不意に現れた敵にかろうじて支えていた小十人組の一角がくずれた。

「わたくしが」

うしろから伽羅が走りこんできた。伽羅は今日は若衆髷に羽織袴と男姿である。だが、いかに小太刀の名手とはいえ、一人で多人数の相手はできない。

「きええええ」

元八郎の視界の片隅で真っ向から斬りおろされて小十人組の一人が血を噴いた。また一人、血に染まる。数では小十人組が勝るが、腕が違いすぎる。はじめての真剣勝負に身体が固い。元八郎は一人を倒して新たな獲物を求めてあたりを見回していた刺客に迫った。

「けええ」

素早い動きで元八郎に剣を向けてきたが、速さでは宝蔵院一刀流に勝つ流派はない。剣をあわせそのまま滑らせて喉に突きを入れた。

「ぐしゅっ」

妙な声をあげて剣士が崩れた。元八郎の手に嫌な感触が残る。

「ありゅああ」

手を見ている暇もない。続いての敵が横なぐりの一撃を送ってきた。刀をたてて防ぎ、そのまま体当たりを喰らわせる。吹っ飛ぶ相手の腹に太刀が突きさした。なんともいえない感触に元八郎の動きが止まった。

「馬鹿者、動かんか」

順斎の叱咤（しった）がとぶ。順斎は刀を小さく振っては最小の動きで相手を倒していた。

「あっ」

貞五郎の声が聞こえた。あわてて振りかえった元八郎の目に貞五郎に肉薄する柳生の剣士の姿が見えた。

「えい」

間に合わないと考えた元八郎は脇差を投げた。

伽羅は二人を相手に戦っている。小十人組は駕籠脇を固める数名以外ほとんど残っていない。だが、柳生の数もわずかとなっていた。

「主膳はどこだ」

元八郎は目を走らせた。

「あっ」

反対側の橋の欄干に柳生主膳がいた。まさに走ってくるとしか言いようのない速さで迫ってくる主膳の姿が見えた。

「ぐえっ」

「がっ」

たちまち駕籠脇の二人が倒された。

「お命、頂戴」

まさに主膳が駕籠に刀を突き刺そうとしたとき、大岡出雲守が馬をあいだに割りいれた。

「どけ」

主膳の刀は大岡出雲守の左足を払った。たまらず出雲守が落馬する。

しかし、そのわずかなときが元八郎を間に合わせた。

「主膳」

「ほう、儂の名を知ったか、三田村元八郎」

ゆっくりと主膳が、刀をさげた。

「いまおまえと遊んでいる暇はない。見逃してくれる、どけ」

「おぬしこそ、刀をひけ。このようなことをして尾張藩が無事ですむとでも思っているのか」

「我らは尾張藩士ではないわ。浪人じゃ。幕府に潰(つぶ)された大名の恨みをはらしにきておるのだ」

主膳が大声で叫んだ。

「偽りを申すな」

「うるさい、おまえの相手をしている暇はないと申したであろう」

主膳が下段に構えて間合いを詰めてきた。

「浦波か」

「知って防げると思うな」

主膳の身体が視界から消えた。ぐっと深く沈んだのだ。そこから伸びあがるように剣を斬りあげてきた。元八郎は今日はさがらなかった。こちらも思いきって間合いを詰め、身体を左に開きながら片手で一気に青眼に構えた太刀を突きだした。

「ぬう」

大きく主膳がとびすさった。宝蔵院流の太刀は槍から出ている。通常の太刀より長いものを好む、その差が、主膳の一刀にまさった。

「きえええ」

主膳はすぐに体勢を立てなおすと、ふたたび下段から斬りあげてきた。元八郎も手元に繰りこんだ太刀を真下に叩きつけるように落とした。

二つの刀がぶつかる。三度主膳は下段にもどした。

「やるな。だが、儂はまだ柳生の奥義を出してはいない」

主膳の構えが少しずつ変わっていった。太刀が、下段から下八双へと変わった。

「月影の秘太刀うけてみるか」

主膳が唇をゆがめた。

「宝蔵院流雷撃」

腰をゆっくりと落としながら、元八郎は刀を水平にのばした。

元八郎の周囲から風景が消えた。目に映るのは主膳の刀だけ。音さえも消えた。

「せえい」

主膳が大きく踏みこんですくいあげるように刀を振りあげた。

元八郎は両手をひらくように太刀を水平に振った。一瞬二つの刀が光を放ったように見えた。

蛇のように伸びてくる太刀を外へうち払った元八郎は、そのまま刀を突きだした。太刀を弾がれた主膳はわずかに遅れた。元八郎の突きが主膳の肩をかすった。主膳の太刀に力があったため、元八郎の太刀は致命傷を与えられなかった。

「ちい」

主膳が大きく間合いをあけた。

「お駕籠を守れ」

残った小十人組が駕籠脇に集まった。

「これで勝ったと思うな」

主膳は橋の欄干を飛び越えるとそのまま舟に乗りこんで堀をくだりはじめた。

残っている柳生の剣士を追い払うことが先決である。元八郎は主膳の後を追わなかった。

残っていた柳生の刺客たちは頭領が逃げたことで、気力を失って次々に倒されていった。元八郎は、伽羅に向かっていた一人の腰を斬り、そのまま貞五郎のもとへと駆けた。

「待たせたな」

「いえ」

貞五郎は見事に役目をはたしていた。三名の刺客が行列へ近づくのを阻止したのだ。一人は元八郎の脇差に倒されていたが、残り二人は貞五郎の振り回す棒に押されて入りこめずにいた。

元八郎は素早く足を進めると斬りかかってきた一人の刀を巻きこみ、その勢いで喉に突きをたたきこんだ。そこへ最後の一人が右から上段の太刀を振るった。元八郎は一人目の体を突きとばして防ぎ、味方の体に刀をくいこませ焦っている男の血脈を断った。柳生の刺客が全滅した。

「家重さま」

元八郎は、いそいで駕籠脇へ駆けもどった。

駕籠の戸を開いて家重が顔を見せた。

「だ、だううい」

「ご無事で」

そこへ大岡出雲守が這(は)うようにやってきた。

「儂は大丈夫じゃ。足を斬られたが鐙(あぶみ)のおかげで浅くてすんだようだ。それよりも家重さまをお城へ」

陸尺(ろくしゃく)たちと無事だった小十人組が付き添って駕籠が動き出した。報せをうけた大番組が駆けつけてきた。

そっと元八郎は出雲守を抱き起こした。

「そなたの手の者たちは無事か」

そこへ貞五郎がやってきた。

「大丈夫か」

元八郎は問うた。

先程は気づかなかったが、貞五郎の肩と右手から血が流れていた。

「かすり傷でやす。あねさんは」

貞五郎があたりを見渡した。

「あたしは大丈夫」

伽羅は髪を振り乱していたが、傷はなかった。

「儂の心配はしてくれぬのかな」

順斎がゆっくりと歩みよってきた。

「父上がやられるはずないでしょう」

「親不孝者め」

順斎が顔をしかめた。やっと皆の顔に笑顔が浮かんだ。

「そなたたちが無事で何よりであった。三田村、礼を言うぞ」

出雲守が頭をさげた。

「いえ、わたくしたちなどよりお亡くなりになった方々を……」

元八郎は目を伏せた。周囲に死体が散乱している。柳生の刺客と同数以上の小十人組の士が倒れ伏していた。

「いたしかたのないこととはいえ、尊い命を散らしてしまった」

深く出雲守もうなだれた。

「これで済んだのであれば、この者たちも浮かばれるが……」

出雲守の言葉が幻想でしかないことを元八郎は知っていたが、口にすることはできなかった。

第二章　夏の剣撃

一

京の夏は異様に暑い。小さな町にせせこましい家がぎゅうぎゅう詰めに並んでいることも暑さを増していた。

「今年の夏は、例年にもましてきつうございますなあ」

朝議を終えたばかりの公家が連れに話しかけた。

「季候もそうでござるが、なによりも暑い原因は……」

もう一人が顎(あご)で示した。

「禁裏附きでござるな」

二人はうなずいた。

公家たちの話題は禁裏附きに集まっていた。

禁裏附きとして送りこまれてきた曾根五郎兵衛影年は、徒頭から転任してきた変わり種であった。従来、禁裏附きにはお使番から来るのが通例であった。将軍から大名への使いを務めるお使番は儀典に明るくなければならず、人間も穏やかなものが多かった。

しかし、曾根五郎兵衛は、いざというときに戦いに出る徒組の頭であった。本人も直心陰流の免許という腕前である。

因幡守となった曾根は、赴任してくるなり配下の与力同心たちを集め、毎朝剣の稽古に励んだ。

「朝の早ようから猿のような声をあげて、眠りもできまへん」

「ほんまに。幕府はなにを考えてあんなけったいな男を禁裏附きにしたんやろ」

公家が二人寄ればばその話であった。

「あの者どもをなんとかできぬのか」

怒りをあらわにしたのは時の天皇桜町帝であった。

「主上、あのような者どものことをお気になさいますな」

桜町天皇をなだめているのは、伏見宮貞建親王である。天皇より年上である伏見宮は、活発な気性の桜町天皇を愛し、毎日のように参内していた。

「いや、我慢ならぬ。あれが純粋に剣の修行をなすものであるならば、朕も耳をふさいですごそう。だが、あれは幕府による朕への恫喝ではないか」

桜町天皇は、長く続いた武家支配に限界を感じ、王政復古を夢見て、即位するなりいろいろなことをなしとげてきた。六十年絶えていた大嘗祭をおこなったのもその一つであった。そして桜町天皇は、大嘗祭だけではなく香椎宮などの神宮への奉幣使を復活させ、朝威を昂揚させようとしていた。

「お心安らかにおすごしなさいませ。あの者がいかに大声を張りあげようとも御所のなかまで踏みこんでまいることはございませぬ」

「宮、かつて紫宸殿まで入ってきた者がおったぞ」

「おそれいりまする」

三年前、御所深くまで甲賀忍が襲いきたことがあった。

「二度とあのようなことは起こさせませぬゆえ、ご安心くださいませ」

御所をさがった伏見宮は、邸宅に向かわず、南門をまっすぐ進んだ。やがて道に張りだすように大きな屋敷が見えてきた。

「おられるかな」

「これは伏見宮さま」

取り次ぎが慌てて奥へ引っこんだ。

ここは武家伝奏という幕府と朝廷の取り持ちをする広橋侍従兼胤の屋敷である。

兼胤は今年二十五歳の若さながら、桜町天皇の股肱の臣として朝廷で活躍していた。

伏見宮とも親しい仲であった。

兼胤が伏見宮を客間へとまねきいれた。

「お呼びくだされば、よろしかったのに」

「なに、主上のもとからさがってきたところでな。ふと寄ってみただけじゃ」

伏見宮の顔は笑っていたが、目は真摯な光をはなっていた。

「禁裏附きのことでございますね」

兼胤はすぐに悟った。

「ああ、かなりお気になされておられる」

「曽根因幡もやりすぎですな。たしかに」

禁裏附きの役所は、御所の東、清和院御門をでて、仙洞御所の角を曲がってすぐにある。距離的にも近い。静寂が支配する早朝の気合い声は天皇の眠りをさまたげるに十分であった。

「あれが幕府の恫喝であることは間違いないな」

「はい。これ以上朝廷の思うようにはさせぬということでございましょう」

「せっかく幕府とのあいだがうまくいっておったのになあ」

伏見宮が嘆息した。

二年前、老中松平左近将監と内大臣近衛内前の企んだ朝幕支配は、三田村元八郎らの活躍で潰え、桜町天皇は吉宗の跡継ぎとして家重をみとめた。それに報いるかたちで吉宗は桜町天皇の望んでいた大嘗祭の費用を負担したのだ。このころ公武合体とまではいかなかったが、朝廷と幕府の関係はかつてないほど良好であった。それは二年と持たなかった。

「近衛どのがこりずになにかたくらんでおられるのでは」

兼胤が苦々しい顔をした。

「しばらくおとなしくしておったのにな。父が亡くなって近衛家の当主になったことで、ふたたび関白になりたくなったか」

近衛内前の父家久は、内前が桜町天皇襲撃の一件にからんでいたのが衝撃だったのか、ことの直後に死んでいる。

「偶然なのか、そうでないのかはわかりませぬが、ここ数年のあいだに鷹司、二条、九条の当主が相次いで亡くなり、みな若き者に変わりました。とても海千山千の内前の敵ではございませぬ」

「いまの関白である一条殿だけがたよりだが、あの方はことなかれであるからなあ」

二人が嘆くのも無理はなかった。五摂家と言われる朝廷随一の実力を誇る名門の当主は一条を除いて二条宗基(にじょうむねもと)が十三歳、九条稙基(くじょうなおもと)が十六歳、鷹司基輝(たかつかさもとてる)が十四歳と幼すぎる。とても、権謀渦巻く朝廷で意見をとおすことなどできない。

「主上はあまりに純粋であられるからなあ。また、あの者たちの力を借りることにならねばよいが……」

六月にあった家重の行列襲撃の一件は、白昼のことでもありさすがに隠しおおすことができず、取りつぶされた藩の浪士によるものとしてかたづけられた。

柳生の剣に倒れた小十人組の侍たちは子がおればそのまま禄を与えられ、なければ縁者をもって家を継ぐことが許された。また、家重の行列を護ったということで元八郎は五十俵加増された。ただし、身分は小普請組のままであった。

「あれ以来なんともないようだな」

大岡出雲守がほっとした顔をみせた。

「はあ」

　元八郎は生返事を返すしかなかった。

　尾張から江戸へ出てきた柳生の刺客のほとんどは倒された。また、西の丸若年寄西尾隠岐守から尾張家へ忠告が出され、慌てて尾張家は藩士の国越えを厳禁し、あらたな刺客が江戸へ入ることはなくなっていた。だが、柳生主膳はまだ生きていた。

　元八郎は主膳に勝ったとは思っていない。主膳に焦りがあったからふせげた。あれが一対一の勝負ならばと思うと、背筋に冷たいものが走った。

「ただな、家重さまがいたくお力落としをなされていてな。無理もないが、西の丸小十人組の一つが壊滅したのだからな。我ら旗本は上様とお世継ぎさまをおまもりするためにあるのでございます、かの者たちも誇りに思っておりまする、と申しあげてもお聞き入れくださらぬ」

　無理もない。辻斬りに配下の臣が襲われるということが耐えきれず、自らを囮として敵をおびきだしたはいいが、逆に多くの死者を出すことになったのだ。辻斬りはおさまったとはいえ、結果は無残だ。優しすぎる家重には辛いことであった。

「十月には尾張宗春どのも国表へ逼塞される。あと二月ほどの辛抱じゃ」

　宗春はこの九月半ばに下屋敷を出て尾張の国へ帰国することが決まっていた。これは宗春の無茶にあきれた竹腰正武が、幕府の機嫌を取り結ぶために申しでた一種の処分であった。

一件の直後、尾張家下屋敷では、竹腰正武と宗春のあいだに次のような会話がかわされていた。

「柳生主膳はどこへ行きました」

「さあの。柳生主膳は我が藩士ではなくなったのではなかったかの。先日おぬしが放逐したとか聞いたが。藩士でない者のことを隠居にすぎぬ儂が知ろうはずもあるまい」

宗春は素知らぬ顔で煙管をふかした。

「柳生どもに金をお渡しになっていたことはわかっておりまする。それがどこから手に入れられたものかも。勝手ながら下屋敷の宝物倉は封印させていただきました。そちらにお持ちのお手文庫もお預かりさせていただきます」

「なにをいうか。この手文庫は父光友からいただいたものだ。おまえの思いどおりにすることは許さぬ」

「国表にご逼塞なさる方には無用のものでございましょう」

「なに、国もとで逼塞だと」

宗春が腰を浮かせた。

「なにも知らぬとでもお思いでございましたか。まさか、あのようなことまでなさるとは思いもよりませなんだが、わたくしならまだよろしいでしょう。将軍家に知られずにすむと思われたか。もしそうお考えならあまりにお情けない」

「将軍家は儂にはなにもできまい。三代続いて殺すことはな」

「浅はかな。先代のお亡くなりかたはたしかに異常ではございましたが、将軍家のいや紀州家の仕業という手証がございまするか。ございますまい。それがないかぎり、将軍家はかかわりないこととしてすまされるのでございますぞ。それに反して、ご隠居さまのなされたは、すぐに底の割れるようなまねではございませぬか。あなたさまは、尾張をつぶされるおつもりか。六千人をこす藩士たちを路頭にまよわされてご満足か」

正武が叫んだ。

「儂が命じたという証拠もあるまい」

宗春が拗ねたような口調で言いかえした。

「まだおわかりではないのか。将軍家にとって、あなたさまが命じたことであろうがどうであろうが、そんなことはどうでもよいことなのでござる。将軍家に逆らったというだけで罪などいくらでもつくれまする。おい」

竹腰正武が背後に控えている藩士に命じた。

「ごめん」

藩士二人がするすると進みでて、宗春の手元から手文庫を取りあげた。

「なにをする。この無礼者め」

宗春が手を伸ばしたが、届かなかった。

「いま、名古屋のお城の三の丸にお屋敷を建てておりまする。秋ごろにはできあがるかと存じまする。ご隠居さまにはお屋敷の完成と同時にお移りいただきまする」

「儂は、行かぬぞ」

「なお、身の回りの世話をいたすものはあらためて国もとでご用意いたしまするゆえ、江戸表からはどなたもお連れいただきませぬように。またお八重さま以下の側室方には、今日をもってお去りいただきます。万一お腹にお子さまがおられましても、今後尾張家とはいっさい関係なく、勝手しだいとさせていただきますゆえ。なお、当座の生計（たつき）の費用はご用意いたしました」

「儂は行かぬと申しておる」

「これが将軍家から下された最後のご猶予でございます。これにお従いいただけぬとあれば……」

　正武の目が冷たく光った。

「儂を、主を、きさまら殺すというのか」

　宗春が悲鳴をあげた。

「では、ご出立までお静かにおすごしくださいませ」

　正武は、宗春の言葉を無視して去っていった。

　それから二カ月が経ち、いよいよ宗春は国もとへ逼塞することになった。

　前藩主が隠居後国もとで余生を過ごしたいと江戸を去るときは、江戸城へ登って将軍家へ刀剣や絵画などの名残りの品を献上し、代わりに衣服などを拝領して今生の別れを告げるのが常である。が、罪を受けて国もとへ逼塞する宗春の場合は、親戚にも知らせずひそかに旅立たねばならない。駕籠（かご）には鍵がかけられ、宗春は戸を開けて江戸の風景に名残を惜しむことさえ許されなかった。

　人目をはばかって早朝に出た行列は、戸塚で足を留めた。

　宗春の駕籠は本陣のなかまで運びこまれ、上段の間でやっとおろされた。

「わ、儂をなんだと思っている。三位権中納言（さんみごんちゅうなごん）で先の藩主だぞ。その儂を罪人のごとくあつかいおって」

宗春は駕籠から出るなりわめき散らしたが、誰一人として相手になるものはなく、黙々と去っていった。

「……………」

宗春は、がっくりとしながら、与えられた上段の間の襖に手をかけた。

「お出ましはご遠慮願います」

そこには藩士が数名詰めていた。

「部屋からも出さぬつもりか」

「お戻りくださいませ」

藩士に押されるようにして宗春は戻った。

食事はさすがに前藩主にふさわしいものが出た。だが、酒はでない。話し相手もいない、囲碁将棋などの道具はない、女もだめ。することのない宗春は、寝るしかなかった。

「殿……」

夜中に、宗春は起こされた。

「誰じゃ」

「お静かに、主膳でございます」

床下から聞こえるのは柳生主膳の声であった。

「きさま、よくも儂の前に顔を出せたな」

宗春は、すべては主膳の失敗に責任があるととがめた。

「申しわけもございませぬ。言いわけになりまするが、あやつさえおらねば、家重の首は間違いなくこの手にございました」

「尾張柳生は無敵ではなかったのか」

「返す言葉もございませぬ」

「それになにゆえ、今頃出て参った。いままでにいくらでも時はあったであろう」

「今一度襲撃をと思いまして、人を集めに戻っておったのでございまする」

「で、集まったのか」

「それが、すでに藩の手が柳生にまで伸びておりまして、柳生の者どもも……」

主膳の声が苦渋で消えた。

「なんとか一人でもと思いましたが、どうにもならず、そのうち殿が国表へご逼塞なされると聞きまして、一目お目にかかりたいと参上いたしたわけでございまする」

「そうか、怒ってすまなかったの」

「いいえ、なにをおおせられますか。それより国もとの家老どもが殿のお命を狙っておるとの噂がございまする」

「なに」

宗春が驚きの声をあげた。

「殿がご存命のかぎり尾張は将軍家に睨まれたまま。ならばと考えたとかで」

「家臣の分際で主君の命をねらうとは、ただではすまさぬぞ」

宗春は怒ってみたが、いまの宗春には何の力もない。食事に毒でももられればそれまでである。

「ご安心くださいませ。わたくしめが蔭供についておりまする」

「だが、一人では無理であろうが」

「いいえ。国もとには殿に忠誠を誓うものがまだおりまする。彼らとのつなぎはすでにできておりまする」

「そうか。大儀であったな」

宗春はほっとした顔を見せた。

「はっ」

床下の声はそれで消えた。

翌日から宗春はどのような扱いを受けても文句一つ言うことなく名古屋へ向かった。

但馬屋後兵衛が、日本橋平松町の家を訪ねてきた。

「三田村さま、いつになれば、ご婚儀をおあげになるのでございますか」

後兵衛の頭から湯気がたっている。

「わたくしに仲人をと申されてから、もう二年になりますぞ。まさか、伽羅さんとのあいだに何かあったのではございませんでしょうな」

宗春が尾張にひきこんで以来、江戸は平和であった。この間に改元があり、年号が元文から寛保（かんぽう）に変わっていた。

「そういうわけではないのだが」

元八郎の返事は煮えきらないのも当然であった。主膳の生死がわからぬかぎり、いつまた戦いになるともかぎらないのだ。

「そのうち、そのうちにな」

元八郎は、後兵衛の背中をおすようにして家からでた。

「また来ますからね」

去っていく後兵衛の姿が見えなくなったとき、元八郎は小さくつぶやいた。

「主膳め。どこへ隠れた」

寛保二年春、江戸には例年の年賀答礼勅使、院使が来ていた。

院使接待屋敷から抜け出した一人が、小石川水戸家の奥で主らしい男と密談していた。

「そろそろ使い物になるかの。禁裏附きの与力同心どもは」

「三年もあの声を聞かされ、京の者どももそろそろ我慢の限度にきておりまする」

「そうか。では、仕上げにかかるとするか。手の者を所司代におくる手はずはついておる。ふふふ、わが血筋も家康公直系であることを知らせてくれるわ」

「では、主にそのように申し伝えまする」

「おお、東と西に新たな系譜をつくろうぞ」

二人は強くうなずいた。

二

「もう大丈夫でございましょう」

主膳が床下から、宗春に言った。

「うむ。誰も襲ってこぬようになって一年になるの」

宗春の声にも落ち着きが含まれていた。

「最初はひどかったがな」

名古屋城三の丸に蟄居（ちっきょ）した宗春をそれこそ毎日のように刺客が襲ったが、そのすべてを主膳一人が防いでいた。もちろん剣だけではない。食事に毒を盛られたこともあったが、それは警戒していた宗春が、避けていた。

「もう終わりではないか」

「はい。家老どももこれ以上死人を出す気はないと思えまする。それにいくら隠居なされたとはいえ、主君殺しでございますから、そう何度もくり返すことはできますまい」

「我が身が危ないあいだは忘れておるが、そうなるとまたぞろ思いだしてしまうの。江戸の恨みを」

「はっ」

「じゃが、もうどうしようもないか。尾張におればこそ儂を救ってくれる者もおるが、江戸は四面敵じゃ」

「いえ、けっしてこのままにはすませませぬ。三年ものあいだ動きませんでしたゆえ、家重もわれらがまた襲ってはくるとは思ってはおりますまい」

「二十名からの柳生の剣士を使って駄目だったものを、おまえ一人でどうするというのだ」

「いえ、わたくし一人ではございませぬ」

「金で雇うのか。だが、もう儂には金がないぞ」

「江戸柳生をつかいまする」

「なに、江戸柳生だと」

宗春が驚きの声をだした。

「お静かに、殿」

「どうやって、江戸柳生をつかうのだ。江戸柳生は将軍家の飼い犬だぞ」

「柳生流の印可を渡しまする」

「なんと、一代一人の柳生の印可を江戸へか」

「はい。江戸柳生は柳生流の正統でないのをなによりも気にしております。先祖代々受け継いできた吾が手にある柳生流の印可をくれてやると言えば、喜んで力を貸してくれるでありましょう」

「江戸柳生はそれで家重を襲うかの」

「いえ、江戸柳生にはあの邪魔者をかたづける手伝いだけをさせまする。それ以上のことは大名になってぬくぬくとすごしてきたやつらではやれますまい。あやつさえかたづけさえすれば、あとは金で雇った者たちでもできましょう。それくらいの金なら、わたくしに用意がございまする」

「わかった。もう、儂がそなたにしてやれることはなにもないが、頼むぞ。儂は尾張の座敷牢でそなたの朗報を心待ちにいたしておる」

「お任せを」

六日後、主膳の姿は築地鉄砲洲にある柳生家下屋敷前にあった。

愛宕下(あたごした)大名小路にある上屋敷ではなく下屋敷を選んだのは、目立たぬようにという配慮からであった。

すぐに上屋敷に報せがとんだ。

江戸柳生家は、柳生宗矩を藩祖とする大和柳生一万石の小藩である。それでいて柳生家が幕府から特別扱いを受けるのは、手直し役という将軍の剣術の師匠になるためである。柳生家には代々の将軍、その子息の「剣に励み、師の言葉に従う」といった意味合いのことが記された誓詞が保管されている。もちろん家康のもあった。

今の当主は飛騨守俊平で、血統の絶えた柳生家へ養子として入った松平越中守の息子である。家督を継いで十年経つが、吉宗と家重の手直し役にはまだなっていなかった。

上屋敷から用人勝木（かつき）才助（さいすけ）が駆けつけてきた。

勝木は、用人ながら江戸留守居役もかねる出来物である。幕府との交渉、諸藩とのつきあいと柳生藩を支えているのは勝木だと言われるほどの男であった。

「おおっ、まちがいない。柳生主膳どのではないか」

一人客間に座っている主膳を見て、勝木が声をかけた。

「おひさしぶりでござる」

江戸柳生と尾張柳生が分れて百年がすぎている。そのあいだ、互いの血がふたたび混じることはなかった。

江戸柳生と尾張柳生には根深い反発があった。江戸柳生には一度はつぶされた柳生家を再興したのは宗矩であるという自負があり、尾張柳生には宗厳の編み出した新陰流の正統はこちらだという誇りがある。

公式にはつきあいのない両家であったが、江戸柳生の留守居役だけは尾張柳生と交流を保っていた。あらたに一代一人の印可を受けるものが出たときに祝いを渡すためにである。それは主家が表立ってできぬことを代わりにおこなう柳生流始祖宗厳への礼儀であった。

「こんなところに顔を出されてよろしいのでございまするか」

勝木が訊いた。

江戸柳生はもと総目付である。その役目は失ったとはいえつちかった関係は生きている。江戸で起こったことのほとんどを柳生家は察知していた。

「なに、拙者の人相書きが回っているわけではない」

表だって尾張の名をだすことができなかったため、幕府は柳生主膳を下手人として手配していない。尾張藩の者にでも見つからないかぎり主膳に問題はなかった。

「で、今日はなにゆえ、ここへ」

勝木の顔にはありありと迷惑だという表情が浮かんでいる。

「柳生流の印可をお譲りいたそう」

「なんと」

勝木が飛びあがった。

そこまで驚くには訳があった。江戸柳生は初代宗矩以来、代々将軍家手直し役を仰せつかってきている。将軍の剣術指南にはもう一家一刀流の小野家があるが、小野家の稽古は荒稽古であり、三代将軍家光以降上覧はしても手直しはしていない。

それに比して柳生家は形だけとはいえ一代に一度か二度将軍に剣を教え、誓詞を採ることができる。事実上、柳生家が天下の指南役であることは周知のことだ。

将軍家の指南役は日本一の剣術遣いでなければならない。その柳生家に宗厳がひらいた柳生新陰流の印可が伝わらず、尾張家剣術指南役という陪臣でしかない尾張柳生にそれが伝わっているというのは外聞にかかわる。

策謀家であった宗矩は、父宗厳を脅して一代一人であったはずの印可を無理矢理奪ったが、あれは大名になったことへの祝い印可だとさげすまれ、誰も江戸柳生に印可が伝わっているとは信じていない。

江戸柳生にとっては喉から手が出るほど欲しい真の印可を主膳は渡すと言ってきたのだ。勝木がとびあがったのも当然であった。

「印可はそれを持つ者が終世のあいだ一人にだけ伝えることが許されるもの。いかがであろうか。わたくしがもつこの印可を飛騨守どのにおゆずりいたそうではないか。さすれば、あとはその印可を代々受け継いでいかれればよいことだ」

主膳の言葉に勝木は声も出せなかった。何度江戸柳生から尾張柳生へ印可を譲ってくれと頼みこんだことか。金も積んだ、旗本へ推挙しようとも言った。それでも手にはいらなかった印可が目の前にある。

「な、なにがお望みか」

勝木の声が震えた。

「力を貸していただきたい」

主膳は落ち着いた声で言った。

「力を貸せと言われると……まさか、家重さまを……」

「馬鹿なことを。もう、家重さまのことはあきらめ申しました。尾張家を潰すわけにはまいりませぬゆえ」

「そ、それは重畳」

勝木は明らかにほっとした顔を見せた。

「ではなにをせよと」

「宝蔵院一刀流をご存じか」

「名前だけは存じておりますが、とうの昔に絶えたはず」

「それがいまも続いておるのでござる。宝蔵院一刀流は上泉伊勢守から柳生に劣ると言われたにもかかわらず、それを逆恨みしてわが柳生に仇なそうといたしております。そして、そやつは家重さまのお気に入り。将来家重さまが将軍家になられたときに、柳生家にどのような影響が出てまいるかわかりませぬぞ」

主膳は話を都合よくかえた。

「その者の名前は」

勝木が訊いた。

「三田村元八郎」

元八郎は無為に日をすごすしかなかった。小普請組、いわゆる無役の御家人ほど暇なものはない。役所に出ていくわけでもなく、同僚もないから人づきあいもない。

「旦那」

貞五郎が息せききってやってきた。

「どうしたい」

元八郎は飛び起きた。貞五郎がこれほど慌てたようすを見せることは滅多になかった。

「狐の、狐の源次が殺されやした」

「なんだって」

狐の源次は柳生主膳に使われていた本所の一部を縄張りとする十手持ちである。

「たったいま、万年橋のたもとにひっかかってたそうで」

「万年橋か。死体はどうした」

「木挽町の自身番に運びこんだそうでやす」

「よし、行くぞ」

「へい」

日本橋平松町から八丁堀を抜けて行けば、木挽町まではそう遠くない。

「おや、播磨屋の親方じゃないか」

自身番にいたのは木挽町一帯を預かる念仏の小六という初老の岡っ引きであった。

小六は同じ岡っ引きどうしの貞五郎のことをよく知っていた。

「どなたかと思えば、三田村の旦那じゃございませんか」

小六は元八郎の顔を覚えていた。

「ひさしぶりだな、念仏の」

「お揃いでこんなところへどうしやした」

「じつはな、とっつぁん。あの仏とはちいとかかわりがあってな。ちょいと拝ませてもらおうと思って」

「へえ、旦那があの狐と。そりゃあ、また」

小六が元八郎の顔をじっと見た。

「旦那はいまはお町じゃねえ。播磨屋の親方も十手は返しちまった。まだ検死もすんでねえ死体を見せるというのはちょいとねえ」

「そういわれちゃあ、言葉もねえが」

元八郎は肩を落とした。

「と、杓子（しゃくし）定規なことを言ったところでしかたござんせん。旦那のお父さまにはずいぶんお世話になったことですし。よござんしょ。でもお町の旦那が来る前にすませてくださいよ」

「恩に着るぜ」

元八郎は自身番の奥土間に敷かれているむしろをめくった。

「どうだ、貞」

「まちがいございやせん、狐の源次で」

元八郎は直接狐の源次の顔を知らない。貞五郎がうなずいた。

水に流された死体はそのほとんどが裸になる。衣類が流れにうばわれるからだ。狐の源次の死体は着流しを着ている。これは川に投げこまれてそれほど経っていないことを示していた。

「昨夜でしょうね」

「…………」

元八郎は黙したままだった。

怪訝そうな顔で貞五郎が覗きこんできた。

「旦那」

「これはあいつの仕業だ」

源次は見事な右袈裟に斬られていた。それも腹のほうが傷が深く、肩口になるほど浅くなっている。下段から斬りあげた証拠であった。

「あいつって、まさか……柳生主膳」

貞五郎も絶句した。

「この見事なためらいのない傷はあいつしか考えられねえ。戻ってきやがったな」

元八郎はぐっと拳を握りしめた。

「そろそろよござんすか」

表から小六が声をかけた。

「ああ、すまなかった」

元八郎はむしろを戻すと、懐から二分金を取り出して小六に握らせた。

「精進落としだ。あとで一杯やってくんな」

「こりゃあ、どうも」

小六は大仰に頭を下げ、すっと貞五郎にすり寄った。

「播磨屋の。この一件でなにか知っているんなら話してくれねえと困るぜ」

釘をさした。さすがに老練な岡っ引きであった。

「ああ、とっつぁんに恥をかかすようなまねはしねえ」

貞五郎はそう応えて、元八郎の後を追った。

二人はふたたび八丁堀をぬけると日本橋に向かわず小石川へと足を進めた。

元八郎から話を聞いて順斎が腕を組んだ。

「そうか、柳生主膳が江戸へ戻ってきたか。おまえが見たならまちがいあるまい」

「宗春さまのおられぬ江戸へなにしに戻ってきたのでしょうか」

「簡単なことだ。復讐じゃ」

「復讐でございますか」

「そうだ。それもおまえへのな」

順斎は断言した。

「主膳は、刺客としておまえに敗れた。剣術遣いというのはな、敗れた相手に勝つまで夜も寝られぬものだ。主膳は悪い意味で剣客でありすぎるのだ」

「父上」

「狐の源次は、悪党とはいえ小者だ。それを殺したのはなぜかということをまず考えるべきだぞ。辞めたとはいえ定町廻りだったものがそこに気がつかぬようでは困る」

「源次が、主膳を強請った」

「いや違うな。源次も名の知れた悪党だ。強請っていい相手かどうかぐらいはわかるだろう」

「顔を見られた」

「おそらくな。江戸に帰ってきたことを主膳は知られたくないのだ。知られればまた対処される。人知れずに動くことで、あやつは復讐を成就させるつもりなのであろう」

元八郎の答えに順斎がうなずいた。

「では、源次が万年橋で見つかったということは」

「隠れ家がそのあたりにあると考えていい」

「あのあたりに尾張家の屋敷はございませぬ」

「尾張家には立ち寄ることもできまい。表沙汰にはなっていないが、あれが尾張柳生だということは将軍家も知っている。またぞろなにか起こされたのでは、もう助かりようがないからな。主膳が江戸に入ったということを知れば、尾張藩は藩士を繰り出してでも殺そうとするであろう」

「なるほど」

「復讐を終わらせるまで主膳は見つかるわけにはいくまい」

「その主膳を源次は見つけてしまった」

そこへ、障子をあけて伽羅がにこりと笑った。

「伽羅。どうしてここへ」

「平松町へおじゃましましたら、おられませんでしたので」

「源次のことを聞いたか」

「はい。それでお目にかかりたくなりまして」

「なにも理由などつけずともいつでも会えばよいではないか。どうせ夫婦になるのだから」

順斎が冷やかした。元八郎も伽羅も真っ赤になった。

「まったく、いつまでたってもうぶだのう。これでやっていけるのか。柳生との戦いでちょっとは心が練れたかと思ったが親の欲目であったか」

「父上」

「冗談じゃ。だが、主膳がおまえを狙ってくることはまちがいあるまい。それと源次は殺される前にすべてを白状させられたと考えるべきじゃな。主膳の手は嫁女にも、いや、ここにも及ぶかもしれぬ」

源次は町同心であったころの元八郎のことも、当然順斎のことも知っている。

「由が狙われることも」

「あるであろうな。由のことは儂がなんとかしよう」

元隠密廻り同心として江戸の町を知りつくしている順斎には由をかくまう心あたりがあった。

「主膳にとって遠慮すべき相手であった宗春どのが名古屋へ送られた。なにかあっても宗春どのは無関係ということだ。今度は遠慮会釈なしに来ると思え」

全員が頷(うなず)いた。

順斎の危惧(きぐ)は当たっていた。その夜、早くも犠牲者が出たのだ。伽羅の三味線持ちが斬り殺された。

どこの芸者も同じだが、座敷にでるときかならず三味線持ちの男がつく。その名のとおり三味線を持って供をするのだが、他に同じ時間にお客が重なったときに妹芸者の手配をしたり、座敷と座敷の移動のあいだに芸者の着物をなおしたり、ちょっと髪の毛をいらったりもする。小石川に来るために、その日の座敷を断った伽羅の代わりに妹芸者の供をして帰る途中にやられた。

「三次」

伽羅は涙にくれた。三次は伽羅が柳橋に出てからずっとついていてくれたいわば柳橋での伽羅の父親であった。

「元八郎さま。わたくし柳橋から身をひきまする」

「ああ」

元八郎も頷いた。これ以上他の者を巻きこむことはできなかった。

しかし、伽羅ほどの売れっ子になると、明日からはいごめんなさいというわけにはいかない。引き祝いもしなければならないし、代わりの芸者をお茶屋やひいきに紹介して回らねばならない。毎晩遅くまで伽羅は出歩くことになり、元八郎はそれにつきそった。

だが、主膳の刃は別のところでひらめいた。貞五郎の配下の徳治が襲われたのだ。

徳治は提灯（ちょうちん）屋を表商売にしている。店番をしている徳治の店へ入ってきた侍が提灯を求め、徳治がそれを渡そうとしたときに斬りつけたのだ。

背中を大きく斬られたが、物音を聞きつけた女房が大声を上げたことで侍は逃げだし、徳治は医者に担ぎこまれて一命をとりとめた。

「主膳じゃねえな。踏みこみが甘すぎる。人を斬ったことのない奴の仕業だ」

「へい」

徳治を見舞った貞五郎と元八郎はうなずいた。

「だが、主膳の手の者であることは確かだ。でなきゃ徳治が襲われるはずはない」

元八郎は断じた。

「徳治は相手を見たんだろ」

「ですが、まだしゃべれる状態じゃございません。徳治の女房の話じゃ、羽織袴姿の立派なお侍だったそうでやすが」

「金で雇われた浪人じゃねえということか」

「また尾張の」

「わからねえが。尾張はそこまで馬鹿じゃあるまい」

二人は顔を見合わせた。

源次の縄張りを探ってみようと本所へ向かった元八郎の目の前に主膳が姿を現した。

「主膳」

「ひさしぶりだ。あれから少しは腕があがったか」

二人は本所へ渡る吾妻橋の上で対峙(たいじ)した。

「きさま、なぜかかわりのない者を殺した」

「かかわりのないだと。それを言うならきさまだ。きさまさえ敵対しなければ、三味線持ちや提灯屋は死なずにすんだ」

主膳が徳治が生きていることを知らないことに、元八郎は気づいた。

「なにを言っても無駄なようだな」

吾妻橋は人通りが多い。ましてや日中である。橋のまんなかで立ち止まっている二人を怪訝そうに見ながら通りすぎていく。

「勝負をつけようではないか。柳生石舟斎と宝蔵院胤栄(ほうぞういんいんえい)いらいの因縁にな」

「よかろう。だが、ここでするわけにもいくまい」

「ときと場所はこっちで決めさせてもらう」

主膳はゆっくりと欄干に近づくと、そこに折り畳んだ紙をおいて小柄で留めた。

「宝蔵院流には小刀で相手を突く技があるそうだな。ここに場所とときを記した紙をおいておく。儂が離れたら読むがいい」

主膳はゆっくりと背を向けて下がった。

「儂のあとをつけようとするな。もしつけたなら、また誰かが死ぬことになる」

主膳の言葉に元八郎は首肯するしかなかった。やるといったらやる男だ。

「首を洗って待っておれ」

主膳は身を翻すとたちまち人混みに消え去った。

「…………」

無言で見送った元八郎は欄干から小柄を引き抜き紙を開いた。一瞬で内容を読みとった後、元八郎は紙をこまかくひき裂き、川面に散らすと、ゆっくりときびすを返した。

三

初夏の陽射しは朝早くから焼くようであった。そのなかを武家伝奏烏丸(からすま)光栄(こうえい)ら数人の公家が京都所司代を訪れた。

「なんとかおさめてくりゃれ」

公家たちは禁裏附きの朝稽古に苦情を申し立てに来たのである。

「武家にとって武は表芸、烏丸どのの和歌と同じでござる」

京都所司代牧野越中守貞道（まきのえっちゅうのかみさだみち）が冷たく彼らをあしらった。この六月に温厚な土岐丹後守頼稔（ときたんごのかみよりとし）から変わったばかりの牧野越中守は、厳しい対応で朝廷に接していた。

「では、せめて宇佐神宮への奉幣使派遣についてのご返事なりとお聞かせいただけまいか」

「それについては、幕府老中方より諸事倹約のときなればお控えくださいますようにとお答えいたしたはずでござるが」

「今上帝のご意志でございまするぞ。諸事倹約などという些細な理由でおとどめするなど」

「諸事倹約が些細なことだと仰せられるか。ならば申しあげよう。先年の大嘗祭にかかった費用はいったいどれだけであったかご存じか。それを負担したのは我らでござる。朝廷はなにかとなると幕府に申されてまいられるが、それほどおこないたいのでござれば、朝廷の費えでなさるがよろしい。ならば誰も口ははさみませぬ」

「なんという無礼なことを」

　烏丸の顔色が変わった。

「幕府は、今上さまのなさりかたに不満でござる。これでは朝幕のあいだにひびが入りまする。この国は朝廷が幕府に大政をお任せあるからこそなりたっておるのでござるぞ。このままでは、後水尾帝の故事にならうことにもなりかねませぬ」

後水尾帝は豪儀なお方で、幕府のやりかたに対抗されたが、最後は幕府に押しきられるかたちで徳川の血を引く娘明正天皇に譲位させられた。

「なんと、今上帝を譲位させようというのか」

烏丸は絶句した。

「なんという、なんという」

言葉にならない烏丸たちを冷ややかに見て、牧野越中守は座を立った。

「譲位だと」

烏丸の報告を受けて、朝廷は蜂の巣をつついたような騒ぎになった。

「幕府の思い上がりもはなはだしい」

「許しがたい暴言である」

「黙って見過ごすことはできぬ。所司代を更迭させよ」

「将軍家に詫びを求めるべきぞ」

意気軒昂たる若い公家たちが声をはりあげた。

「静まれ、朝議の場である」

関白一条兼香が立ちあがった。兼香は近衛家久のあとを受けて関白になったばかりである。上級公家が若い者だけになった朝廷のまさに中心となる人物だった。

「関白どの、このまま捨ておかれるつもりか」

若い少納言が詰めよった。

「いや、誰もなにもせぬとは申しておらぬ。ことが譲位という問題だけに慎重にことを運ばねばならぬと申しておるだけだ」

「禁裏附きといい所司代といい、最近幕府は朝廷をないがしろにしすぎである」

誰かが大声で言った。それに賛同する声がふたたび朝堂を支配する。

「…………」

兼香はさわぎがおさまるのを待っていた。

「関白どの。大嘗祭の費用を出すなど幕府の態度は柔らかくなっていたのではござらぬのか」

伏見宮が訊いた。

「いかにも。幕府は六十年絶えていた大嘗祭を今上の御代に復興した。これは崇敬のあらわれであると喜んでおったのだが」

「幕府が急変したのは、奉幣使のことを申していらいではないかな」

「さよう。あれで状況が一気に変わった。その一つが禁裏附きの曾根因幡守じゃ」

兼香が嘆息した。

「まさか、あやつ、今上帝のご宝算を……」

少納言が呟いた。宝算とは天皇の寿命のことである。

「たわけ。そのようなこと朝廷のはしに繋がる者が口にするでない」

兼香が一喝した。

「とにかくことの真偽がわかるまで、軽挙妄動されることのないように」

兼香の一言で朝議は終わりを告げた。

七夕の夕刻。元八郎は足拵えもかたく、家を出た。

柳生主膳との勝負の日となった。元八郎はゆっくりと歩いた。子供のいる家には笹飾りがだされている。吹きはじめた風にたなびく笹飾りを手で追う子供の姿がのどかな日常を見せている。だが、元八郎には微笑む余裕もない。

決闘の場所は、深川三好町にある材木置き場である。刻限まではかなりあったが、元八郎は早めに出てきた。決闘の場所を下見しておくのが、剣客としての心得である。伏せ勢があるかもしれず、罠があるかもしれない。それにはまったからといって相手を卑怯呼ばわりすることはできない。それが剣客同士の戦いであった。

深川材木置き場は霊巌寺を東に少し行ったところにある一万坪を越す更地である。火事の多い江戸では材木の需要が高い。材木問屋はいつ大火事が起こってもいいようにかなりの材木をかかえている。柳生主膳はそこを指定してきた。

材木置き場は人足が帰ってしまうと人気がなくなる。材木が山と積まれている谷間に入りこめば周囲から見えることもない。ひそかに戦うならなによりの場所であった。主膳が指定してきた場所は、材木置き場の最南端で、小名木川につながる水路に二方を囲まれ、残る二方を材木の山にふさがれた三十畳ほどの場所であった。

「早いな」

元八郎を主膳がむかえた。

「そっちこそ」

「ふふふ、命がけの勝負だ。早くて当たり前だ。宮本武蔵が佐々木小次郎を待たせたという話だが、あれは腑に落ちぬな。遅れれば遅れただけ相手に仕掛けの余裕を与える。あの話は武蔵の作り話だろう。おそらく武蔵は巌流島にかなり卑怯な仕掛けをしていたのだろうな。それを隠すためにわざと遅れていったなどと心得のないことを言いふらしたのだ」

「おまえと剣豪談義をするつもりはない」

素早く元八郎は刀の下緒を外すとたすきをかけた。主膳はもうたすきもはちまきもしていた。

「刻限までまだ半刻（約一時間）もあるぞ。死に急ぐことはなかろう」

主膳があざける。

「狂い犬としゃべる趣味はないんでな」

元八郎の言葉に主膳の眉が動いた。

「そうか、そんなに早く死にたいか。よかろう。はじめようぞ」

主膳が太刀を抜いた。元八郎も抜きあわせる。

「柳生新陰流」

「宝蔵院一刀流」

二人は五間（約九メートル）の間合いで対峙した。じりじりと足先で地をすりながら間合いを詰めていく。

やがて二人のあいだは二間（約三・六メートル）になった。一足一刀という必死の間合いだ。互いに踏みだせば相手の体に剣が届く。ここからが勝負であった。

「見ろ、三田村」

主膳が声をあげた。不意に材木の影から侍があらわれた。主膳の殺気に紛れて元八郎は気がつかなかった。

「しまった」

元八郎はほぞをかんだ。早くに来たつもりが主膳に先をとられ、周囲の確認をすることなく試合に入ってしまった。

「尾張柳生か」

「いや、違うな」

主膳が笑った。

「では、どこの藩士だ」

浪人ではない。身なりが違った。

「さあな」

とぼける主膳が元八郎をいらだたせる。

「行け」

主膳が声をかけた。元八郎は緊張した。

だが、侍たちは元八郎に向かうことなく散っていく。

「なに」

元八郎は驚いた。

「あいつらがどこへ行くか教えてやろう」

「一組は、小石川、一組は播磨屋、最後の一組は柳橋だ」

「なにっ」

元八郎は驚愕の叫びをあげた。

「あのとき、われらを邪魔した者を許すわけにはいかぬ。きさまを含めて全員かたづけてくれるわ」

主膳が哄笑した。

「おのれ」

頭に血がのぼった元八郎は一気に間合いを詰め、高青眼から必殺の突きを繰りだした。

主膳はかるく足をさばいてかわし、すぐに元八郎の伸びきった腕をうち下ろしにきた。

宝蔵院流の神髄は速さである。元八郎は腕を戻すと、ふたたび突きを放った。

「さすがに速いな。槍より短いだけに速さはいやますな」

主膳が感心したように言い、間合いをとった。

「宝蔵院流は見切った。これでは我が祖石舟斎に及ばぬはずだ。ただ速いだけではないか。同じ技が何度もつうじるものか。芸のないことよ。では、柳生の変幻無比の技を見せてくれる」

刀をだらりとさげ、剣先が右足先を指すような構えを主膳がとった。

元八郎は宝蔵院一刀流の基本、左足を半歩前に出し、右腰に柄を引きつけ刀身をほぼ水平に突きだした。

二人の間合いは二間に戻っていた。

潮が匂った。夏の陽が傾き始める。二人とも太陽を正面にはしていない。太陽は元八郎の右を、主膳の左を照らしていた。

きっかけは風だった。海から潮のにおいを運ぶ風が吹いた。主膳が奇声をあげて走った。

元八郎は動かず腰を落とした。

主膳の刀はしなるように元八郎の左腰をおそった。元八郎はわずかに左足を引いてこれをかわした。主膳の刀はそのまま翻って左肩から袈裟がけにきた。右足をさげて剣先を見切る。外れた剣が、元八郎の腰のあたりでぐっと向きを変え斬りあげてきた。

それも元八郎はなんなくかわした。

「ほう、龍尾をかわすか」

主膳が飛びすさった。

龍尾は柳生流の秘太刀の一つである。上段から斬りおろした一撃がかわされた途端、跳ねるように斬りあげてくる。斬りこんできた勢いがついているので、最初の一撃よりも剣先が伸びる。

ふたたび間合いが開いた。

「遅いな。示現流は遥かに速かったぜ」

「示現流だと。振りおろすだけじゃないか。ふふふ、同じく芸のない流派同士、誉めあってどうする」

「柳生は、その芸のない流派に及ばないということだ」

しかし、元八郎は背中に汗をかいていた。速さでは示現流に及ばないが、なんともいえない威圧感がある。

「ほざけ」

主膳の構えは、もとに戻っていた。

元八郎も変わらない。腰をさきほどより少し落としただけだ。

「きえええ」

主膳が叫んだ。刃がぐっとのびたようだった。今度は元八郎はかわさずに太刀を突きだした。主膳の刀身に刃をそわせ、そのまま擦るように剣先をつきだした。

宝蔵院一刀流の突きは全身の力をこめる。相手の刀はその勢いで軌道を狂わされる。

「しゃあ」

主膳はすべってくる元八郎の太刀を鍔で止めた。そのまま巻きこむ。

「おう」

元八郎は太刀を捕られまいと手元に引き戻す。主膳が引きずられるように間合いをつめてくる。

「ちい」

柄を立て、元八郎は体を刀にぶつけるように踏み出した。

「があ」

元八郎の柄に主膳の刀が突き刺さる。左肩が当たる。二人とも間合いがとれなくなり、つばぜりあいになった。引けば間違いなく押し斬られる。

二人は動けなくなった。

命をかけた勝負は長く感じるものだ。相手の鍔が互いの手に食いこんでくる。皮膚が破れ血が流れた。

口をきく余裕はない。力が、気力が尽きたほうが負ける。

元八郎は焦った。こうやっているあいだにも、父が、伽羅が、貞五郎が危ない。我慢できなくなったほうが負けるとわかっていたが、元八郎は堪えきれなくなった。足を交差するように送って圧力をかけてきている主膳を後ろに流し、体勢の崩れた主膳の背中に追い撃ちをくわそうとした。

主膳は崩れなかった。元八郎は、主膳の顔に浮かんだ冷笑をはっきりと見た。足を送った元八郎に主膳は身体を預けるようにのしかかってきた。

「しまった」

元八郎の重心が崩れた。

主膳の太刀が左肩に食いこむ。間合いがなかったのが幸いした。刀に勢いがなかった。元八郎は自分から後ろへ倒れた。

「あっ」

「なに」

夢中で戦っていた二人は、川の縁まで来ていることに気づいていなかった。体を投げだした元八郎は勢いよく川に落ちた。

元八郎の姿が水中に没した。

「くっ」

主膳が川面を見つめた。水面に血が浮きあがる。

じっと水面を見ていた主膳がやっとその場を立ち去ったのは陽が落ち、水面が見えなくなってからであった。

四

同じ日。朝廷を沸騰させることが幕府の手によっておこなわれた。仙洞御所の修復である。

仙洞御所は、譲位された天皇が上皇となられた後にお住まいになるところで、桜町天皇の父中御門（なかみかど）上皇が元文二年（一七三七）に崩御されて以来、空（あ）いていたのを幕府が修復しはじめたのだ。これは桜町天皇へ譲位を迫るのも同じである。

朝議は紛糾した。

「倒幕の勅諚（ちょくじょう）をお願いする」

少壮の公家たちは倒幕を口にし、ほかの者たちは慌てふためいた。

「まあ、待て」

関白一条兼香が、両手を上下に大きく振った。

「仙洞御所の修復がたちまちご譲位を求める行為だとはいえぬ。軽挙妄動して元和のことの再来を招くつもりか」

元和のこととは、後水尾天皇の時代、元和五年（一六一九）に多数の公家が幕府によって捕らえられ配流されたことである。御所で酒を飲んだり、白拍子を連れこんだりと不行跡を咎めたかたちではあったが、流された公家たちが後水尾天皇のお手のついた女御の兄や側近であったことから、これ以上逆らうと天皇も流すぞという幕府による脅しであることは明らかであった。

「幕府に朝廷に手出しさせる口実をもうけるつもりか」

一条兼香の一喝に、騒いでいた連中はいっせいに黙った。

「とにかく、武家伝奏どもは所司代と会談し、将軍家の真意を探れ。他の者は幕府を刺激せぬよう、他行も控えよ」

朝議は解散した。

「伏見宮」

ずっと黙っていた桜町天皇が御簾の奥から声をかけた。

「はっ」

伏見宮は御簾に向かって平伏した。

桜町天皇が、清涼殿で伏見宮を待っていた。

「まいれ」

「なにか」

「将軍家が朕を譲位させたいと申すなら、後水尾帝にならって、最後まで抗おうと思う」

きっぱりと桜町天皇が言った。

「それはどのようなことをおおせでございましょうか」

「西国の大名、将軍家と仲の悪い尾張、水戸などに書を送り、幕府をうち倒すまでじゃ」

「なんということをおおせられまする。この国を応仁の頃に戻すと言われまするか」

伏見宮は驚愕した。

「幕府は朝廷の代わりに大政をおこなうものだ。それが天皇の位にまで口出しするというのは、順逆ではないか。それを許せば、この国は根本を失い下克上の世になる」

「そのとおりではございまするが……」

伏見宮は考えた。

「主上」

「なんじゃ」

「直接将軍家の意をたしかめてはいかがでございましょう」

「そのようなことができるのか。武家伝奏を江戸へ送ったところで、将軍家と話などできぬではないか」

毎年、朝廷から祝賀使という名の使いが江戸へ送られていたが、いつも決まったことをおこなうだけで、将軍家と膝を交えて話しあうことはない。

「お忘れでございましょうか、紫宸殿にまいった者のことを」

「おおっ、神祇目に化けておったものか。三田村とか申したの」

桜町天皇の顔がやわらいだ。

「三田村は、将軍家に目通りしたことがあると申しておりました。あの者に命じてみられてはいかがでしょうか」

「それがよい。伏見宮、頼んだぞ」

桜町天皇の顔にやっと笑みが浮かんだ。

その日、飛脚が江戸へと向かった。

飛脚が江戸に着いたのは七月の十五日であった。日本橋平松町の住居を訪ねたが、誰もいなかった。飛脚は近所で聞いて大家である但馬屋へ手紙を運んだ。

「ご苦労さま」

手紙を受け取った但馬屋後兵衛はその足で小石川の順斎宅へ向かった。

「そうですか、それはわざわざかたじけないことで」

順斎は丁寧に礼を述べた。

「ご子息の行方はまだおわかりになりませんか」

但馬屋が訊いた。三田村元八郎は主膳との戦いに出かけたまま行方不明になっていた。

「どこへ行きおったのやら。まったく連絡もござらぬ」

「さようでございますか」

但馬屋がため息をついた。但馬屋は元八郎が家重の探索方をしていることを知らない。ただ、かつて町同心としてかなり悪党どもを捕まえた元八郎に意趣遺恨をもっている者がいないともかぎらない。それを心配していた。

「あやつももう三十四歳でござる。おのれのことはなんとかいたしますでしょう。ご心配をおかけして申しわけございませぬ」

元八郎の後押しをしてくれている但馬屋に順斎はていねいに頭を下げた。

「ご無事であればいいのですが……」

但馬屋は肩を落としながら帰っていった。

「馬鹿者が……」

一人きりになった部屋で順斎が呟いた。

あの日、順斎の居宅も襲撃を受けた。五人の刺客が裏口を蹴破って入ってきた。

順斎に油断はない。由と喜代は別の場所に預けていた。

順斎の隠宅は、特別な造りになっている。廊下が狭く一度に一人しか通ることができないのだ。また鴨居(かもい)も低く、刀を振りあげることは難しい。順斎は小太刀の籠手斬(こてぎ)りを得意とする。狭い室内では動きの小さなほうが有利である。太刀を振りまわす刺客たちは壁にあたり、鴨居にひっかかりしてたちまち順斎の一撃をくうことになり、効なく逃げ出していった。

「あのていどの連中に元八郎がやられるとは思えぬが」

順斎はそう言いながら手紙をひっくり返した。

「まさか」

封印の下に記されていたのは伏という一文字であった。順斎は急いで封を切った。

「なんと……」

内容を読んだ順斎は考えこんだ。しばらくして順斎は家をでた。その足で伝通院に向かう。伝通院の小坊主を順斎はいつも使い走りに使っていた。小遣いをもらった小坊主が、元気よく走り出した。

一刻（約二時間）ほどで伽羅こと村垣香織と播磨屋貞五郎がやってきた。

貞五郎は左手をつっていた。

「呼び出してすまぬ。貞五郎、手は大丈夫か」

順斎が訊いた。

「へい。幸い筋は切れてないそうなので、二カ月もしたら元通りになると医者がいっておりやした」

貞五郎はあの日、家に帰るところを襲われた。一対一なら間違いなく貞五郎の勝ちであったろうが、周囲をかこまれ、手に何も持っていなかったことが災いした。通りかかった人が大声をあげてくれたおかげで、助かったが、貞五郎は左二の腕をかなりひどくやられていた。

「すまんな」

「なにをおっしゃいます、大旦那。あっしの命はとうに若旦那にお渡ししてあるんです。腕の一本や二本ものの数じゃございません。それにこのくらいの怪我なら、毎度のことで」

貞五郎は元江戸相撲の関脇であった。腰をこわして引退し、強請りたかりに落ちぶれていたのを元八郎に救われて配下になった。

「香織どのも無事でよかった」

普段は嫁女と呼ぶのだが、元八郎の生死がわからない今、順斎はそう呼ぶことはできなかった。

「はい」

香織もうなずいた。

柳橋芸者の伽羅こと香織は、女お庭番である。順斎を襲ったていどの刺客などものの数ではない。柳橋の家を襲われたが、見事に退けていた。さすがにうち破られた玄関などは隠しようがなく、身請けを申し出た親分衆の一人が振られた腹いせに人を雇ってやらせたという噂を流してごまかした。

「お父さま、今日は」

香織が訊いた。

「これを読んでくれ」

順斎は伏見宮から来た手紙を見せた。

「伏見宮さまが、元八郎さまをお呼びでございますか」

香織が驚きの声をあげた。香織も伏見宮のことは知っている。

「ああ。なにやら京でおおきな問題が起こったようだ。それで元八郎の力を借りたいと申してこられた」

「ですが、元八郎さまは……」

香織が暗い顔を見せた。

「行きがたしれずになっておる。おそらくあいつも襲われたのだろう」

「ですが、大旦那。あいつらくらいなら若旦那の敵じゃございませんぜ」

「うむ。おそらく元八郎のもとには主膳が出てきたのであろうな」

「それじゃあ……」

貞五郎が絶句した。

「元八郎のことは今はいい」

順斎は冷たく言いきった。

「それよりも伏見宮さまのお話をどうするかだ。それについて相談したいことがあって来てもらったのだ。儂が京に行こうと思う」

「えっ」

「大旦那が」

二人が一様に目を見張った。

「かつて、儂も元八郎も伏見宮さまには口にできないほどお世話になっている。それを元八郎めが行方がしれませんので、行けませんでは仁義にもとろう。明日にでも道中切手を手配して京へのぼろうと思う」

「わたくしもお供いたします」

香織が言いだした。

「よいのか、江戸におらなくて」

「毎日探しましたが、元八郎さまの行方はようとして知れませぬ。尾張の屋敷にも何度も忍びましたが、手がかりすらえられませぬ。柳生主膳が仕業なら、主膳に命をくだしたのは宗春卿でございましょう。その宗春卿は名古屋に逼塞しております。わたくしは名古屋にまいりたいと思いまする」

香織が力強く言った。

「わかった。そうしてやってくれるか」

「あっしは江戸に残って若旦那を捜しやす」

貞五郎が言った。

「ああ。頼む」

「京での儂の宿は伏見宮さまのお屋敷ということになろう。なにかあればそこまで報せてくれ」

「お父さま、由どのはどうされますか」

「連れてまいる」

「よろしいのでございますか」

「ああ。由は儂がまもらねばならぬからな。離れるわけにはいかぬわ」

翌日、順斎は外桜田にある大岡越前守の屋敷を訪ねた。

「そうか」

大岡越前守は順斎の話を黙って聞いた。

「伏見宮さまには家重さまのお世継ぎご認定にお力添えをいただいておる。そのまま知らぬ顔というわけにはいかぬな」

大岡越前守はうなずいた。

「元八郎の行方は、われらも捜しておるのだが、いまだになにもつかめておらぬ。柳生主膳の姿も消えた」

「ご苦労をおかけします」

「いや気にするな。六年前は元八郎に助けてもらったのだ。こっちが恩返しをする番だからの。由姫のことならこのまま預かっておいてもよいのだぞ」

順斎は柳生の襲撃を予想して由を大岡越前守に預けていた。

「ありがたいお言葉ですが、わたくしが江戸を離れますゆえ、連れてまいりたいともいまする。それに柳生どもがおるのは江戸でございまする。いたって京のほうが安心できるのではないかと」

「そうかもしれぬな。上様も由姫のことは順斎に任せよとおおせであるし。わかった。道中手形は儂が用意してやろう」

「よろしくお願いいたしまする」

順斎は由を引き取って大岡越前守の屋敷をでた。

入り鉄砲に出女と幕府がもっとも気にしたのがこの二つである。入り鉄砲は、江戸へ入ってくる鉄砲のことで、出女は江戸から出ていく女のことだ。これは幕府への人質として江戸に留め置かれている大名の妻や娘が無断で帰国しないようにと厳しく関所で咎めたことをいう。それだけに女性の道中切手はなかなかおりない。幕府留守居役、別名証人奉行に願い出るのだが、年齢から髪型まで細かく特徴を告げ、少しでも違うと関所は通れない。

ことの詳細をいちおう知らせておいたほうがよいと考えた順斎は、大岡出雲守へ手紙を書いた。

さすがに大岡越前守の声がかりだ。二日後に道中切手は届いた。

「では、行こうか。頼むぞ、貞五郎」

品川まで見送りにきた貞五郎と別れて順斎と由、香織の三人は陽炎(かげろう)のたつ東海道をのぼっていった。

「そうか、順斎が京へむかったか。由も一緒か」

人払いした江戸城中奥お休息の間で吉宗が言った。

「はっ」

うなずいたのは大岡越前守忠相(ただすけ)である。

「三田村の生死はまだわからぬか」

「探させてはおるのですが」

「柳生主膳はどこにおるかわかっているか」

「いえ」

大岡越前守は首を横にふった。

「町奉行所に命じよう」

「よろしくお願いいたしまする」

長く町奉行所をつとめた大岡越前守ではあるが、寺社奉行に転じた今、かつてほどの力を江戸の町には発揮できない。

「さて、犬山はどうしている」

吉宗が訊いた。犬山とは犬山城主成瀬（なるせ）隼人正（はやとのしょう）のことである。

「足繁く小石川へ足を運んではいるようですが、門前払いをされているようで」

小石川には水戸徳川家の上屋敷がある。

「用済みということか」

「不要となれば切り捨てる。なかなかおやりになられまする」

「あの頼房公のお血筋じゃからな」

水戸家の初代頼房は、家康最後の息子である。関ヶ原の合戦から三年後の慶長八年（一六〇三）に伏見で生まれている。三歳のときに下妻十万石を与えられ、六歳のときに兄頼宣が駿河五十万石に移封されたあとをうけ、水戸二十五万石の主となった。

家康の子のなかでもっとも少ない石高であったことが不満であったのか、母も同じ兄頼宣が家康の寵愛を一身に受けていたのが気に入らなかったのか、かなり鬱積した人生を送った。水戸家は余一代で絶えていいと産まれた子供を認知しなかったために長男頼重は十六歳になるまで家臣に育てられ、将軍に目通りできず、家を継ぐことができなかった。他にも二十六人の子供を産ませておきながら、そのほとんどを放置した。付け家老中山備前守が、策略で三男光圀を三代将軍家光に会わせていなかったら、水戸家は断絶していたかもしれない。光圀が水戸家を継いだのち、頼重は讃岐十万石を将軍から与えられたが、弟との差は歴然たるものとなった。

「光圀も変わっておったな。兄を差しおいて本家を継いだのは世の道にそむくと自分の子供を兄の養子に、兄の子供を自分の養子にして家督を兄の子に継がせた」

吉宗は冷たく笑った。将軍の血筋を将来にわたって自分の子孫で独占するために新たに田安家、一橋家をつくり、御三家のうえにおいた吉宗には馬鹿な行為にしか見えなかった。

「代々、水戸と讃岐家は世継ぎを交換するのが慣例になったと聞きましたが」

「それも終わりじゃ。光圀の子が早くに死んだために、その血筋は絶えたからの。いまの水戸家は讃岐松平の血じゃ」

今の水戸家当主宗翰は頼重の孫になる。前藩主宗堯の息子で、母は三代藩主綱条の娘。綱条は、頼重の息子であることから、宗翰には水戸家本筋の血は一滴も流れていない。

「だけに、水戸家は引け目をもっておるのじゃ。八代将軍を御三家からとなったときに、水戸家からとは誰もいわなんだ。それは、血筋が御三家の本筋ではないからよ。御用部屋には水戸家が将軍家を継ぐとき幕府は滅びるという噂さえあるという」

「それならわたくしも耳にいたしましてございます」

大岡越前守も知っている公然の秘密である。

「水戸がなにを考えて成瀬隼人正を抱きこんでまで、宗春を隠居に追いこみたかったのか。余が将軍家にはいることで、紀州家は分家の西条松平から宗直（むねなお）がはいった。水戸家はすでに支流讃岐家と入れ替わっている。残るは尾張だけと考えて、同格の状態にしたかったのか」

「同格になってどうしようというのでしょうか」

「さあのう。案外将軍の座を狙っておるのかもしれぬぞ」

吉宗が真顔で言った。

「それはいくらなんでも無理ではございませぬか。将軍家には上様がおられ、西の丸にはお世継ぎ家重さまが、さらには田安家には宗武さま、一橋家には宗尹（むねただ）さまがおられまする。とても水戸さまに大統がまいるとは思えませぬ」

大岡越前守が首をふった。

「どうかな。水戸には儂と同じ血が流れておるのだぞ」

吉宗が嫌な笑いをみせた。

「…………」

「下がれ」

絶句した大岡越前守は、吉宗に命じられ、御前をさがった。

「三太夫」

「はっ」

御座の間の天井裏から声がかえってきた。

「どうじゃ」

「水戸の使いと関白の使いが何度かひそかに会っているようでございまする。警戒が厳しく、話の内容までは調べがいきとどいておりませぬが」

「一条とか。ほう、なにを考えているのやら」

「また、表向きは門前払いをくわせているようでございますが、裏では隼人正となにやら話もいたしておるようでございます」

「こざかしいことを。その内容はわかるか」

「申しわけございませぬ」

「向こうも油断はしていないということか。よほど大きなことを考えておるのであろう」

「おおせのとおり」

「水戸と一条と成瀬か、どれも世の中を拗ねた奴ばかりよのう」

水戸家は家康の子を祖としながら格が低く、一条家も九条家の分家を祖としていることから、五摂家のなかでは格下に扱われ、成瀬家は譜代大名の家柄ながら付け家老ということで陪臣扱いされている。

「拗ねものが一人のときは気にせずともよいが、集まると手段を選ばぬだけに怖いぞ」

「はっ」

「よく見張っておけ」

「承知いたしましてございまする。上様、三田村がことはいかが致しましょうか」

「伏見宮の呼びだしというのが気にかかるな。元八郎は、一度とはいえ今上帝に拝謁しているからの」

「我らで探しましょうか」

「いや、それはせずともよい。柳生の刃に倒れたならそこまでの者だったということだ。元八郎に目を奪われて他がおろそかになることは避けねばならぬ。庭番は十九家しかないのだぞ」

「おそれいりましてございまする」

「では、行け」

天井裏から三太夫の気配が消えた。一人になった吉宗は、急に老けこんだように脇息に手をつき大きなため息をついた。

「まだ、家重にはゆずれぬ」

五

永代寺門前仲町は芸者の発祥地だという。ここは木場の豪商と永代寺にくる参詣客で発展した江戸でも指折りの盛り場である。その永代寺門前仲町の隣、深川蛤町に元八郎はいた。

「気がついたようだね」

うっすらと目を開けた元八郎の前に若い女の顔があった。

「ここは……おめえさんは……ぐっ」

元八郎は起きあがりかけてうめいた。

「無理は禁物だよ。すごい傷なんだから」

女はそっと元八郎をおさえつけた。

「助けてくれたのか」

元八郎はあらためて女の顔を見た。香織より少し年上だろうか、くずし髪ながらあでやかな顔つきは素人には見えない。

「助けたっていうか、拾いあげたというか」

「拾いあげた……」

元八郎は主膳との戦いの最中に川に落ちたことを思いだした。

「ごひいきの根岸の寮に呼ばれて、帰るとちゅうに舟が仙台堀にかかったところでさ、お侍さんが浮いていたんだよ。引きあげてみるとまだ息がある。で、あたしの家に運びこんだというようなわけさ」

「そうか、それはすまなかったな」

元八郎は川に落ちたあと息の続くかぎり潜り、そしてそのまま気を失ったのだ。

仙台堀は元八郎たちが戦っていた材木置き場からそう離れてはいないが、流れに逆らうことになるので主膳の目を逃れられたのであった。

「拙者、幕府小普請組三田村元八郎と申す」

「羽織のお銀と言います」

女が名乗った。

羽織とは鉄火でならした深川芸者のことである。皆一様に黒の紋付き羽織を身につけていたことでこういわれていた。

「お銀さんか。ところで今日は何日かな」

「七月の二十二日だよ」

「なんと……」

「十五日も意識がなかったのさ、おまえさん」

「いかん、お銀さん、人を走らせてもらえないか」

元八郎は焦った。

「柳橋へかい」

お銀の一言に元八郎は緊張した。

「あんた、柳橋の伽羅さんのいい人だろ」

「どうしてそれを」

「あれほどの名妓が退くんだ。相手の男が誰かとみんな日引き袖引きしていたら、伽羅さんのあとをついてまわっているいい男のお侍がいるというじゃないか。そんなにいい男ならと一度遠くから見たことがあるのさ」

お銀が笑った。

「じゃ、伽羅のもとへは……」

「報せてないよ、まだ。あんたのその傷、斬られたものじゃないかい。なにがあったかしれないけど、迂闊なことをしてあんたがここにいることを知られたらまずいんじゃないかと思ってね」

「かたじけない」

お銀の配慮に元八郎は頭を下げた。

「伽羅に何かあったとは聞いておられるか」

「さあ、あいにく聞いてないけどね」

お銀の言葉に元八郎は少しほっとした。

伽羅は元八郎などより数倍有名である。その伽羅が襲われて斬られるなり殺されるなりすれば、噂にならないはずはない。

「通り旅籠町の播磨屋に使いを頼めないか」

「ああ、あのもと関脇大筑波の店だね。でも、まだやめておいたほうがいいんじゃないかい」

「どういうことだ」

「このあたりの船頭に、最近川で侍の土左衛門かあるいは怪我人を拾ったやつはいないかと聞いてまわっているやつがまだいるからね」

「主膳め」

元八郎はそのしつこさを罵った。

「心配しないでいいよ。あのときは、あたしの心やすい船頭だったからね。けっしてしゃべりゃしない」

お銀が元八郎の危惧をうち消した。

「事情は聞かないけどね。その傷をまず治してからだろ」

元八郎は黙った。お銀の言うとおりなのだが、皆のことが気がかりでならないのだ。向こうも元八郎のことを心配しているはずだ。

「そのうちあきらめるだろ。そうしたら人を走らせるよ」

お銀がなだめた。

「そうも言っておられぬのだ。人の命にかかわることなのだ」

「やれやれ、自分の命の心配をするより他人の心配かい。いまどきのお侍じゃないね。わかったよ。あたしが行ってこよう」

お銀があきれた顔でいった。

「すまない」

「乗りかかった舟さ。じゃ、ちょっと行ってくるけど、おとなしく寝てるんだよ」

「あっ……」

「わかっているよ。誰かに気づかれるようなへまはしないって」

お銀はさっと羽織をはおると出ていった。

蛤町から通り旅籠町まではそれほど遠くない。昼すぎに出たお銀が播磨屋についたのは夕暮れどき、ちょうど料理屋が一番忙しいときであった。

「ごめんなさいよ」

「はい。いらっしゃいませ」

出てきた仲居が首を傾げた。黒羽織を着た女となると、深川の芸者である。料理屋だから芸者の出入りはあるが、このあたりは柳橋芸者の縄張りで、さすがに深川の芸者が来ることはない。

「どちらさまのお座敷でしょうか」

「悪いね、客じゃないんだ。旦那にちょいと会わせてくれないか」

そこは女将(おかみ)であるお鏡のしつけができている。仲居はお銀を軽くあしらうことなく、玄関脇の供待ち部屋に案内し、奥へ話をとおした。

貞五郎は元八郎の行方を捜しに出て留守であった。

「うちの人にご用とおっしゃるのはお宅さまで」

代わりにお鏡が応対した。

「ここの女将さんかい。そうかい、旦那はお留守かい。あたしは見てのとおり深川芸者のお銀と言いますがね。こちらの旦那にお言づてを頼まれてね」

「言づてを……どなたさまから」

「伽羅さんのいい人からね」

「三田村さまから」

お鏡が大声をあげた。

「静かにしないかい。大声はまずいだろ」

お銀にたしなめられて、お鏡は慌てて口を押さえた。

「三田村さまは、どちらに」

「悪いけどこちらの旦那に直接でないとね。でも、あたしも今夜の座敷があるから待ってられないしね。そうだ、明日門前仲町の長崎屋というお茶屋からあたしを呼んでおくれでないか」

「わかりました」

お鏡もそこは元岡っ引きの女房だ。いまこの播磨屋が見張られていることぐらいは感づいている。

お銀はそのまま播磨屋を出た。人の出入りのはげしい料理屋から女が一人出てきたことなど誰も気にしない。播磨屋を見張っていた柳生家の家臣もそのまま見すごした。


鉄砲洲の柳生家下屋敷で柳生主膳が苛立（いらだ）った声をあげていた。

「まだ見つからぬか」

「見張ってはおるのですが」

主膳の前に座っている藩士の一人が言いわけた。

元八郎を逃がしてから主膳は、順斎、貞五郎、伽羅を襲うことなく見張らせていた。元八郎が生きているなら、かならずこの誰かしらに報せてくるはずだからだ。

「人捜しさえまともにできないというのか、おぬしらは。まったく役立たずだな。江戸柳生というのは、このていどのものか」

主膳に言いたい放題言われていても誰も顔もあげられなかった。無理もない。十五人からの柳生新陰流免許持ちが、五人ずつかかって老人、町人、女の誰一人としてしとめることさえできなかっただけではなく、八人が二度と剣をにぎることのできない身体になってしまったのだ。

「これで免許とはの。尾張柳生では折り紙さえもらえぬ」

剣の腕前は、折り紙、目録、免許というのが普通である。

主膳の言葉はきつい。藩士の顔に不満が浮かぶ。主膳と藩士のあいだはうまくいっていない。

「主膳どのそれはちと言いすぎではござらぬか」

同席していた柳生藩用人勝木才助が口をはさんだ。

「お主の復讐だけのために、我が藩士が十名から傷を負っている。一万石の藩としては大きな犠牲だとおもうが」

「柳生の印可と藩士の命どちらが大事だといわれるのか、勝木どのは」

主膳が睨みつけた。

「三田村を葬りさるまでは柳生の印可を渡しませんぞ」

「それは……」

柳生藩にとって柳生石舟斎の残した新陰流の印可はなによりも欲しい。現に藩主飛驒守からは、なにがあっても手に入れるようにと厳命されていた。

「藩士がつかえぬなら、道場の者を出していただこう」

主膳が冷たく言いはなった。柳生家の領土の大和柳生には新陰流の道場が始祖石舟斎以来連綿と続いている。ここには日本中から剣客があつまる。鍵屋の辻の仇討ちで有名な荒木又右衛門も柳生道場で修行した一人だ。

「わかった」

勝木はすぐに使者を国元へと走らせた。

翌日、貞五郎はいつもの着流し姿ではなく羽織を身につけていた。

「行ってくるぜ」

「あまり遅くなっては嫌ですよ」

播磨屋の勝手口でお鏡が見送った。貞五郎はぶらぶらと歩き出した。

左腕を怪我してまともに動けなかった貞五郎だが、怪我をおして毎日江戸中を探しまわっていた。そのうち誰かがあとをつけてきていることに気づいた。いまではあとをつけてきているのが侍であることは知っている。それだけではない。手下の下っ引きを使ってそいつが江戸柳生の下屋敷に帰っていくこともつきとめていた。手下の下っ引人のあとをつけるのになれている下っ引きとはいえ、相手は剣術遣いである。なかなかうまくいかず判明したのは昨日のことであった。

「親分、今日もついてきてやすぜ」

後ろから追い抜きざまに手下の世吉がささやいた。世吉は、徳治のいとこだ。斬られた徳治の仇討ちにと貞五郎のもとにきていた。

「そうか」

貞五郎はなに食わぬ顔で新材木町の大通りを南へむかい、行徳河岸で崩橋を渡った。北新堀町にそって船手番所を越えれば永代橋である。

夕暮れどきの江戸は仕事から帰る職人、遊びに心はずませる庶民でごったがえす。しかし、六尺（約一八〇センチメートル）をこす貞五郎は頭一つ群衆より抜きでているため、あとをつける人間にはたやすい。柳生藩士は間合いを保って貞五郎についてきていた。

「まきますか」

人ごみを利用して世吉がふたたび声をかけてきた。

「いや、このままでいい。どうせ一人なんだろう。おいらだけを見張らせておけば、他に目がいくまい」

貞五郎は歩みをかえることなく進んだ。

「へい。じゃ、あっしはあいつのあとをつけやす」

世吉の姿が人ごみに紛れた。

百二十間（約二二〇メートル）の永代橋を渡れば、そこはもう本所深川である。

本所深川は、江戸の町を開くときに足りなくなった住居地を確保するためにつくった埋めたて地である。そのため網の目のように水路が走っている。永代橋から門前仲町までにも福島橋、八幡橋と小さな橋を二つこえなければならない。

「ごめんよ」

貞五郎は言われていたお茶屋、長崎屋に入った。このあたりのお茶屋は格式張ったことをいわない。一見（いちげん）でもあげてくれた。

「いらっしゃいませ。はじめてのお方で」

「ああ。初見で悪いがな。お銀さんを頼むわ」

「あらあら、お銀姐（ねえ）さんをご存じですか。隅におけませんね。今すぐにもらいをかけますから、しばらくお待ちください」

座敷で酒を飲んでいるとそこへお銀がやってきた。島田に結い上げた髪と男物の黒の羽織が白い肌によく映えていた。

「播磨屋の旦那ですね」

「ああ、三田村の旦那はどこに」

「伽羅さんはお見えじゃございませんか」

「姐さんは、いま江戸にはおられない」

「おかしな話ですねえ。いい人が行き方知れずだというのに物見遊山にでも出かけられたんですかね」

「いや違う」

「違いやしませんよ」

お銀の口調ががらりと変わった。

「江戸の女の風上にもおけませんねえ。これと決めた人ができたら、江戸の女なら死ぬまでついていくのが当たり前。それを探しもしないで旅にでたとはどういうことで」

貞五郎は答えられなかった。伽羅がお庭番だということを知っているが、それを言うわけにはいかない。貞五郎は目を白黒させた。

「ちょっと待ってくれ、お銀姐さん。落ち着いてくれないか。まず三田村の旦那がご無事かどうかを聞かせてくれ」

「よござんしょ。それぐらいはお聞かせしましょう」

お銀が元八郎のことを語った。

「そうか、お怪我をなされているが、ご無事か」

貞五郎はほっとした顔をした。

「お銀さん、頼みがある」

「頼みとは」

「旦那の面倒をもう少し頼めないだろうか」

貞五郎は場合によっては元八郎を連れて帰るつもりでいた。しかし、元八郎の怪我はまだ当分かかりそうなうえ、貞五郎もあとをつけられている。貞五郎はお銀のところに元八郎をおいておくのが安全だと考えた。

「よござんす。あたしもそのつもりです。いい人をほったらかすような女に渡せるもんですか。あたしが旦那を見事に治してみせます」

お銀がきっと目をつり上げた。

「頼みます。これは薬代に……」

「ふざけた真似をするんじゃあない」

貞五郎が差し出した金包みをお銀は投げ返した。

「羽織が面倒見ると言ったんだ。たとえあたしが食べなくてもそっちに迷惑はかけねえよ」

「すまねえ」

貞五郎は這々の体で退散した。手紙だけは渡すことが許された。

お銀は長崎屋の桟橋から舟で水路を大きく遠回りして帰ってきた。あとをつけられることを怖れたのだ。貞五郎の姿しか追っていない柳生藩士は、芸者にまで気がまわっていない。お銀は無事家にたどり着いた。

「そうか」

元八郎はそのときの貞五郎の顔を思って笑った。

「なにがおかしいのさ」

お銀の怒りはまだおさまっていなかった。

「これ、手紙だとさ」

「ありがとうよ」

元八郎は手紙に目を通した。そこには伏見宮から連絡が来たことも順斎と由と香織が出むいたことも記されてあった。

「なんとかせねば」

傷は骨にまでは達していなかった。しかし、長く水中にいたために傷口が膿(う)んでしまったのだ。毎日医者が来て膿を出していくが、なかなかおさまらない。そのためか身体全体が熱をもち、元八郎はまだ立ちあがることはできなかった。

「しっかり食べて力をつけることですな」

医師の言葉にしたがって元八郎は必死で食べた。のんびりしている間はないのだ。京に急がなければならなかった。

「焦ることはないんだよ」

お銀が急に変わった元八郎を心配した。

「いつまでもお世話になっているわけにもいかないからな。お銀姐さんの旦那に悪いぜ」

「旦那がいれば、こんな稼業いつまでもやってないさ」

お銀は伽羅より年上であろう。伽羅でさえ柳橋では長いほうだ。お銀ぐらいの美貌ならとっくに落籍(ひか)されてどこかの商家の嫁か、大店の妾(めかけ)におさまっているのが普通だ。

「あたしには、悪い虫がついているからねえ」

それ以上お銀は言いたくなさそうだったので、元八郎は訊かなかった。

「思いきって傷を焼いてみますか」

二日後、医者が言い出した。

「そのほうが早いですか」

「治りは早いですが、痛みますよ」

「かまいません」

医者は小刀の先を蠟燭の先であぶった。

「いいですか」

元八郎の左肩の腫れに突き刺し、なかをおさえるように焼く。それを数回繰り返した。

「よく耐えましたな。大の男でも悲鳴をあげるのが普通なんですが」

医者は手際よく包帯を巻きながら感心した。

それから元八郎の傷は好転した。膿は完全に止まり、熱もひいた。三日で元八郎は立って歩けるようになった。

「どうでしょうか、旅に出てもよいでしょうか」

「駄目だと言っても行くでしょう。いいですか、決して無理はしないこと。それと筋が固まって手の動きが悪くなっているはずですから、できれば箱根あたりで数日逗留してほぐすように」

医者はそれだけ言うと、あきれ顔で帰っていった。

「行くのかい」

お銀はそれだけしか言わなかった。

「すまんな」

元八郎は深く頭を垂れた。

「礼はいらないよ。そのかわり二度と深川には足を踏み入れないでもらうよ。その面見たらただじゃおかない」

「お銀姐さん、一つ欲しいものがある」

「厚かましいねえ。なにが欲しいんだい」

「その羽織をくれないか」

深川芸者の羽織はそれぞれの家紋がはいったもので、同じものはない。その羽織を着て歩けば、その芸者の男ということがあっという間に深川中に知れわたる。

「あんた……」

銀が黙って羽織を差しだした。元八郎は羽織を身にまとって門前仲町を歩いた。

「おい、おめえその羽織が誰のかわかって着ているんだろうな」

たちまち元八郎は質の悪い地回りに囲まれた。

「その夫婦蝶はお銀が紋だ。お銀は俺の、この夜叉の佐吉の女だと知っているんだろう……」

最後まで元八郎は言わせなかった。元八郎は右手一本で佐吉とその子分を叩きのめした。

「おい、おいらを誰だと思っている。元南町奉行所同心三田村元八郎だ。お銀姐さんは、おいらの恩人だぜ。二度とみょうなまねをしやがったら、どうなるかわかっているな」

元八郎はそう言いすてると、羽織を着たまま深川を去った。

その足で元八郎は播磨屋を訪ねた。

「旦那、よろしいので」

元八郎のいでたちに貞五郎が目をみはった。

「ああ」

貞五郎の言葉には元八郎の身体のことを気遣うのと、柳生藩士がここを見張っていますがというのと二つの意味がこめられていた。

「貞五郎、おいらはすぐに京へ向かう。あとのことを頼む」

「へい」

　二人のあいだに細かいことは要らない。首肯する貞五郎をおいて元八郎は播磨屋を出た。

　大岡出雲守の屋敷へ向かった。

「これは三田村さま、ご無事で」

　顔なじみになった伊藤がむかえた。大岡出雲守はまだ城中から下がっていなかった。

「京へまいらねばならなくなりました。お許しをお願いできますか」

　幕府の旗本御家人が旅をするには組頭から許可をもらわねばならない。ときを惜しんだ元八郎は、影響力の強い大岡出雲守を利用することにしたのだ。

「わかりました、お待ちください」

　すぐに伊藤が江戸城へむかい、大岡出雲守へその旨を伝えた。大岡出雲守はすぐに手配をした。

「お待たせしました」

「まことに厚かましいお願いだが……」

「わかっております。主人からこれをお渡しするようにと」

　伊藤が十両を差し出した。

「かたじけない。もう一つ、太刀と脇差を拝借したい」

元八郎の刀はあの日深川の川底に沈んでしまっていた。脇差はさいわい無事だったが、水を吸ってしまったので拵えを替えなければつかえない。

「どうぞ」

伊藤から渡された太刀と脇差を腰に、元八郎はその場から旅立った。

「そうか、元八郎は生きていたか」

「はい」

うなずく吉宗の前に三太夫がつくばっていた。

「京へむかったのだな」

「おそらくは」

「ちょうどよかろう。またぞろ今上帝を利用しようとしたものがおるようじゃ。元八郎に片づけさせようかの」

「御意」

「ついでに尾張の後始末もしてくれればよいが」

「一度、柳生主膳に敗れましてございまするが」

「宗春が飼い犬じゃな。柳生正統の印可はだてではないか」

「はい。左肩をかなりやられたようでございます」

「ふむ、ちとまずいかの。江戸柳生も古いものに振り回されおって」

吉宗が首を小さく振った。

「少し手助けしてやるか。よい、行け」

三太夫を去らせたあと、吉宗は大岡越前守を呼んだ。

「上様、お呼びで」

「柳生に釘をさしておけ」

吉宗が命じた。

大岡越前守を迎えて、柳生家上屋敷は大騒動になった。

一刻（約二時間）ほど後、あわてて勝木才助が鉄砲洲の下屋敷へ来た。

「ちょうどよいところへ、三田村が現れたそうでござる。ただちに手練れを……」

「主膳どの、悪いがすぐにここをたち退いてくれ」

勝木は主膳の言葉をさえぎった。

「なに」

「我が殿に将軍家から話があった。暗殺剣は将軍家お手直し役にふさわしくないとな。これ以上我が藩はたずさわることはできぬ」

勝木の顔色はなくなっていた。

「ちっ。では印可もいらぬというのだな」

主膳が舌打ちをした。

「印可をもらっても藩が潰れてはどうにもならぬ。頼むゆえ去ってくれ。いま、三田村をつけていた藩士から聞いた。あやつはもう江戸にはおらぬ。東海道をのぼっていくらしい。これは少ないが路用のたしにでも」

勝木が差し出した金包みを無雑作に懐にいれて、主膳はたちあがった。

「やはり大名になると駄目だな。失うものが大きいようでは剣に生きられぬ。わかった、出ていく。だが、柳生道場から呼び寄せた奴は使わせてもらうぞ。まだ江戸にはついていないことだしな」

「うむ。かれらは柳生藩の者ではないからな。あやつらが許すならばかまわない」

勝木もそこまで禁止することは避けた。主膳がなにをしでかすかわからないからであった。

「じゃましたな」

主膳はその場から元八郎を追って江戸の町をあとにした。

第三章　疾風の街道

一

東海道をのぼるのは元八郎にとって二回目である。

歩きながら、元八郎は左肩をたえず動かしていた。傷を負ったことで元八郎の左肩は動かすと微妙に引きつるようになっていた。それを少しでも軽くするために元八郎は左手を上下に左右にと動かしながら街道を早足で進んだ。みょうな動きをする元八郎に行き交う人々が奇異な目で見送っていた。

「なんとかせねば」

江戸を出る前に派手なことをしてきている。柳生主膳に江戸を発ったことを知られたことはまちがいなかった。元八郎は焦っていた。

「旦那、お駕籠はいかがで」

急いでいる元八郎に駕籠屋が声をかけた。

「早駕籠を手配できるか」

元八郎は訊いた。

「早駕籠でやすか。ありがてえ。すぐに」

駕籠屋が急いで仲間を呼びに行った。

早駕籠は前後の棒を四人で担ぎ、さらに先棒に結んだ太い縄を引っ張る人足と手替わりの人足がつく。金はかかるが夜昼変わりなく走り続けることができるので、かなり道程をかせげた。

「小田原まで頼む。酒手ははずむから急いでくれ」

「へい」

駕籠屋は勢いよく走りだした。早駕籠に乗るには心得がいる。駕籠かきに負担をかけないように駕籠の心張りから垂れている手すりにぶらさがり、腰を浮かせるようにして揺れにあわせる。こうしないと重心の揺れで内臓が振られ、七転八倒することになった。

かの浅野内匠頭の家来はこの早駕籠に乗って刃傷の顛末を赤穂まで運んだ。浅野の使者は百七十五里（約七〇〇キロメートル）を六日間で走破したが、ついたとき駕籠に乗っていた二人は立つことさえできなかったという。

早駕籠は東海道を砂煙をあげて走った。

遅れること半日、柳生主膳は元八郎の姿を求めて急いでいた。

江戸を出るのが遅かったため、六郷の渡しは終わっていた。無理に渡ることもできたが、騒ぎになるのは主膳にとって得ではない。

朝一番の渡し船で渡った主膳は、走るように街道を進んだ。いまや半日の遅れは一日にひろがっていた。

「昨日の早駕籠はなにごとじゃったんろうなあ」

「江戸でまた刃傷でも……」

「忠臣蔵の見過ぎじゃあ。そげに何度も刃傷などないわい」

旅人が喋（しゃべ）っているのが聞こえた。

「おい、何の話だ」

不意に声をかけられて、旅人はぎょっとしたようにとまった。

「お武家さま、なんぞお気にさわることでも」

「いま早駕籠と申したであろう」

主膳が一人の旅人の腕を摑んだ。

「いっ、痛い」

「言え」

殺気のこもった声で主膳が問うた。

「昨日、早駕籠を見たんでございます」

「どこでだ、何刻ぐらいに」

「平塚の宿の手前で、七つ（午後四時）ごろで」

「客の顔を見たか」

「垂れがおりてましたので、なかまでは」

「よし、行け」

主膳が腕を投げるようにはらった。旅人たちは一目散に江戸に向かってかけていった。

「離されてたまるか」

舌打ちをした主膳が、神奈川の宿で馬を借りだした。

その頃、元八郎は早駕籠の揺れに耐えながら小田原についた。

小田原は徳川譜代名門大久保家十一万三千石の城下町である。東海道一の難所箱根越えを控えて旅人の往来もはげしく、旅籠や木賃宿なども多い。ここで元八郎は早駕籠からおりた。

「少し休ませてくれるか」

城下通りの旅籠の一軒に入った元八郎は、食事もせず疲れはてた体をよこたえた。

「お客さま、夕餉はいかがいたしましょうか」

番頭の声で元八郎は起こされた。

「もうそんなころか」

「へい。まもなく暮六つ（午後六時）で」

「三刻（約六時間）も寝たか」

元八郎は番頭に湯漬けを頼み、食事後すぐに宿を出た。

吉宗の引き締めで遊郭や芝居の数は減っている。徳川に従順な大久保家の城下も夜遊びに出かける客の姿も少なく静かである。

「人のゆとりまで奪うのはどうかと思うが」

閑散とした宿場城下に元八郎は呟いた。

やがて道は箱根にかかりのぼりはじめる。元八郎は一度この道を通っているから、提灯の明かりだけでも迷うことはなかった。

小田原から一刻半（約三時間）ほどのぼったところに湯本がある。ここの湯治場に元八郎は足をとめた。

箱根は有名な湯治場である。あちこちから湯煙があがっていた。湯治場は粗末な木の壁に茅葺（かやぶ）きの屋根の簡単な造りだ。湯に入るものは、浴槽の手前の小部屋で衣服をぬぎ、それをまとめて帯でくくり、浴室内に持ちこむ。盗難を避けるためである。湯治場だから体をつけるだけである。頭を洗うことなどないから荷物にはたえず注意をはらえる。

近隣の有徳家の寄付でそなえられたわずかな明かりをたよりに、元八郎は湯へと体をしずめた。

「失礼しやすよ」

元八郎のあとから入ってくる男がいた。背丈は低く、細身の体だがよぶんな肉がついていない。何よりも大きな目が特徴のある男であった。

ちらと目を元八郎に走らせた男は、無言で目をとじた。

先に元八郎が湯からあがった。

湯治場のまわりには木賃宿が多い。食事はでず、ごろ寝するだけだ。自炊はできるが、薪代を支払う。ここから木賃と言われていた。

元八郎は手近な木賃宿に泊まり湯治を続けた。

「旦那、斬られなすったね」

いつも同じ刻限に湯で会った男が声をかけてきたのは三日目だった。

「ああ」

「引きつれるでやしょう」

男が立ちあがって左の脇腹を見せた。そこには色の変わった一筋の傷跡があった。

「あっしもやられたことがありやしてね」

「…………」

「その傷は湯治で柔らかくするだけじゃ、だめですぜ。いい針医者を御紹介いたしやしょう」

「えらく親切じゃねえか」

元八郎は警戒した。

「こんな遅くに湯に入りに来るのは、人目を忍ぶ凶状持ちだけ。まあ、あっしもそうなんでやすがね。旦那もそうでやしょう。その目つきは一人や二人やっただけじゃねえ」

男が湯に入りなおした。

「おくれやした。あっしは夜火の菊次郎ともうしやす」

「夜火……」

元八郎もその名前は知っている。有名な盗賊であった。その二つ名の由来は、見えているのに手にすることができない夜火、別名狐火のようにつかまえることができないことからきていた。

戸締まり厳重な家に忍びこんでは金だけをうばっていく。だが、最近その名前を聞かなくなっていたのは、箱根に傷をいやしにきていたからだったのだ。

「おめえさんが、あの夜火の。おいらは貧乏御家人の三田村元八郎だ」

元八郎も名乗った。

「旦那はなにを」

菊次郎が訊いた。

「仇持ちのようなもんだ。おいらの命を狙う野郎がいやがってな。この傷もそうだ。こうやって夜中にこっそり湯治に来ているのもそいつがおいらのことをまだつけねらっているからさ」

「旦那に傷を。そりゃあ、凄腕の野郎ですね」

元八郎の体は剣できびしく鍛えてある。一目で遣い手だとわかった。

「しつこい野郎だ」

「だったら、なおさら早く治さねえと。明日にでも行ってごらんなせやし。ここからならすぐのところで」

菊次郎はていねいに場所を教えた。

翌日早々に、元八郎は針医者を訪ねた。

「脱ぎな」

針医者はよぶんな口をきかず、元八郎の体を触ると、二十本近い針を全身にうちこんだ。

「傷口が膿んだな。それを焼いたか。焼かれた肉はもとにもどらない。剣を遣うようだが、左手がほんのわずか伸びなくなる。それを覚悟しておくんだな」

針医者は見事に元八郎のことを言いあてた。

「五日で十分だ」

それから五日間、元八郎は湯治と針治療に専念した。

「おかげで楽になったよ」

元八郎は旅立つ前の晩、湯治場で菊次郎に礼を言った。

「いえ、よござんした。旦那、明日江戸へお戻りに」

「いや、しばらく江戸を売るつもりだ。京にでも行ってみようかと思っている」

「そうでやすか。京はいいところでやすよ。女がいい。江戸女のおきゃんもいいが、京女の吸い付くような肌はたまりませんぜ」

「夜火の。おめえさんはまだしばらくここかい」

「へい。長く休んじまいましたしねえ。いまさら稼業を始めるには準備がたりやせん」

「そういやあ、その傷はどうしたんだい」

元八郎は気になっていたことを訊いた。

「盗人の刃傷沙汰と言えば、分け前のことでござんすよ。末は跡目をと思っていた若いのが急に分け前が少ないと言いだしやしてね。女にでもけしかけられたんでしょうがね。ついにあっしの後ろから、ぶすりときやがったんでさ。こっちも警戒していたんでこれですみやしたがね」

「その若いのはどうしたと訊くだけ野暮だな」

「えへへへ。旦那、あっしの自慢は人を殺したことがないということで。二度と盗みができないように両足の筋を切るだけで許してやりやしたよ。まあ、女にも捨てられて、のたれ死にでもしたでしょうよ」

菊次郎が笑った。

「じゃ、またどこかで会うこともあろうよ。江戸に戻ったら日本橋平松町の家を尋ねてきてくれ」

元八郎は菊次郎に別れを告げた。

柳生主膳は箱根を過ぎ三島に入っていた。馬で関所をこえることは公用以外許されていない。主膳は藤沢宿で返さなければならない馬を小田原まで乗り、そこから走るように関所をこえた。

箱根の関所は西に向かうときは男女ともに手形がいるが、侍は身分を名のるだけでいい。主膳は尾張藩士と偽ってとおりぬけていた。

「どこに行った、三田村は」

元八郎の姿を見失った主膳は三島の宿でいらだちを見せていた。

「落ち着かれよ。主膳どの」

主膳の前には三人の侍が座っていた。彼らこそ主膳が大和柳生道場から呼び寄せた新陰流の遣い手であった。

「われら三人、東海道を東下して参りましたが、早駕籠などはついぞみかけませなんはたしかであった。

剣の遣い手ともなると寝ていても周囲のことには気が配られている。その言いぶん

「宿に泊まっている夜とはいえ、早駕籠がとおれば気づかぬことはござらぬ」

だ」

「われらの足を留めさせるほどの者ともすれ違うことはござらんかった」

「追い抜いてこられたのではあるまいな」

一人が逆に訊いた。

「早駕籠を追い抜いただと……」

主膳の言葉がつまった。

「そもそも三田村という男はどこへ向かったのでござるか」

三人の剣士のなかで一番年嵩の男が訊いた。

「…………」

主膳は黙った。

「行く先もご存じないと言われるのか」

「東海道をのぼったのはたしかだ」

「それだけでは、どうしようもござらぬ」

年嵩の男が首を振った。

「尾張じゃ。尾張にちがいない」

主膳が叫んだ。

「尾張でござるか。なぜ」

「宗春さまのお命をねらっておるのだ。そうにきまっておる」

尾張での始末が終わらないことに業を煮やした吉宗の放った刺客と考えて当然であった。

「宗春さまのお命を。ふむ、将軍家にかかわりのある者ならば、ありえる話でござるな」

剣士たちがうなずいた。

「なんとしてでも尾張に入るまでに三田村をさがしだすのだ」

「主膳どの、三田村を倒した者に柳生流の印可を与えるというのはまちがいござらぬな」

「おお。倒したもの一人に、儂が受け継いだ新陰のすべてを伝える」

主膳の言葉に三人がそれぞれの顔を見た。

翌朝、主膳は旅籠の主から教えられた三島宿の顔役を訪ねた。

「ここ二日ほどの間に早駕籠ですかい。おい、どうだ」

顔役は脇にひかえた若いのに訊いた。

「ございません」

「馬はどうだ。馬をかりた侍は」

主膳の問いにも顔役は首を横に振るだけだった。

「こういう侍が三島の宿に泊まったかどうか調べてくれぬか」

主膳は元八郎の人相風体を詳しく述べた。

「こいつはいったいなにをしでかしたんで」

「藩主公のお命をねらっている」

主膳は金を渡して旅籠にもどった。

顔役はすぐに手下を宿中に走らせたが、元八郎らしき人物の影もかたちもなかった。

「三島をとおっちゃいねえんじゃねえか。箱根へ行ってきな」

二人の手下が箱根山へのぼった。

「一手お教え願いたいな」

宿へ戻った主膳に年若の剣士がいどんだ。

「よかろう」

全員が三島神社へと向かった。

宿場の北にある三島神社は事代主神を祀っている。源頼朝がここに祈念して源氏の旗揚げに成功したことから武家の信仰があつく、庶民にはなじみが薄い。昼日中ながら、広い境内は閑散としていた。

「ここらでよかろう」

主膳は立ちどまって振りかえった。

「まいられよ」

「えものはなにを」

「儂はこの扇子でよい。おぬしは刀を使えばいい」

帯に指した扇子を手に平然と言い放つ主膳に、若い剣士の顔色が変わった。

「ぶ、無礼な」

「儂に一太刀でも浴びせられれば、印可をくれてやってもよいぞ」

「その言葉、忘れたとは言わさぬぞ」

若い剣士は刀を抜きはなった。

「大垣浪人新陰流井上市之丞」

「…………」

主膳は井上の気合いを鼻先でせせら笑った。

「大和柳生道場の技を見せてやれ」

「やれ、井上」

他の二人が声をかけた。

井上はしかし、動けなかった。最初、大きく叫んでいた声がだんだん小さくなり、やがて声は出なくなり、代わりに全身から汗がふきだしていた。そして、青眼にかまえた腕が細かく震えだした。

「ふふふふ、大和柳生はそのていどか」

主膳のあざけりに井上は跳んだ。間合いを詰め、振りかぶった刀を一気に斬りおろした。その鋭さは見ていた者に主膳が血を噴きあげて倒れるのを予想させた。

「馬鹿めが」

だが、倒れ伏したのは井上であった。刀をはじき飛ばされ、地面に突っこむように倒れた井上は起きあがることもなく気を失っていた。

「お見事」

年嵩の剣士が感嘆の声をあげた。

「扇子の先で振り下ろしてくる刀の脇をはたき、体を入れ替えざまに、井上の盆のくぼに要（かなめ）の一撃、我らの遠く及ぶところではござらぬ。おそれいりましてござる」

「見えたか、少しはできるようだな」

主膳は扇子を帯に戻すと、井上のほうを見ることさえせず、ひとり宿へともどっていった。

「柳生本流の印可、だてではござらぬな、正木（まさき）氏」

井上を介抱していた剣士が言った。

「田舎免許では勝負にならぬわ」

正木と呼ばれた年嵩の剣士は、主膳の背中に畏怖の眼差しをなげかけていた。

主膳たちが試合をしていたそのころ、元八郎は三島宿につこうとしていた。三島神社の鎮守の森を見た元八郎は軽く頭をさげ、そのまま歩みをかえることなく進んだ。

「あれは……」

元八郎は宿場に入る手前、錦田の一里塚で足をとめると街道脇の松の陰へと隠れた。

三島の宿の江戸側に東目付と言われる木戸門がある。そこで地まわりらしい男が二人、街道をいく旅人の顔をのぞきこんでいる。手にはこれ見よがしに十手を持っていた。

「手がまわったようでやすね」

元八郎の頭の上から声が降ってきた。

「菊次郎か」

「へい」

夜火の菊次郎がおりてきた。

「どうしたんでえ、こんなところへ。もう少しあの湯にいるんじゃなかったか」

「いえね、旦那が出ていったあと十手者が二人宿に訪ねてきやしてね。旦那のことを訊いていやがったんで、気になってあとを追いかけてきたんで」

「そいつはありがとうよ」

「旦那、どうしやす」

「宿場町を通らずに沼津へ抜ける道はないか」

「もうちょいと行ったところに左にそれていく道がございやす。伊豆修善寺へ向かう道でやすが、これをつかえば、宿場町をとおらずにすみやすが、箱根に二人、目付に二人を出しているぐらいですからねえ。そこにも手は届いていると思いやすよ」

「そうだな」

元八郎は思案した。

「あっしが囮（おとり）になりやしょう」

菊次郎が言った。

「こういっちゃあ、自慢に聞こえやすが、街道筋じゃあ、あっしのほうが旦那よりはるかに名前が売れてやす」

「そういうわけにはいかんな。おめえさんに無理をかけるいわれがない」

元八郎は断った。

「袖振りあうも多生の縁とか申しますじゃござんせんか。箱根の山中で男二人裸で湯にはいった仲、下手な男女より深いつきあいだと思いやすぜ」

菊次郎が笑った。

「あの二人の注意をあっしがそらせやすから、そのあいだに目付をとおりすぎてくだせえ」

「しかし……」

「江戸の定町廻りを相手にしているんじゃござんせん。こんな片田舎の連中に捕まるようなどじは踏みやしませんよ」

「すまんな」

元八郎は菊次郎の好意に甘えることにした。

「沼津に桜屋という宿屋がございやす。あっしの心やすくしているところで。そこでお待ちくだせえ」

菊次郎はそう言うと、箱根から数人の旅人が固まって歩いてくるのをやりすごし、その後ろに入った。元八郎は菊次郎を目で追った。

「いいお日和で」

菊次郎は目付で旅人に目を光らせていた二人に声をかけた。

「おう、さっさと通りな」

元八郎、つまり侍を捜している二人に町人である菊次郎はじゃまでしかない。

「つれないことをおっしゃる」

さらに近づく菊次郎を二人はうるさそうに手で追いはらった。

「行けよ、おめえの相手している暇はねえんだ」

「手にしている十手は子供のおもちゃですかい。じゃあ、しかたねえ。通らせてもらいやしょう。夜火の菊次郎も見くびられたもんだ」

「なに」

「夜火だあ」

二人が飛びあがった。

「神妙にしろい」

「おとなしくしやがれ」

「へっ、ふざけるねえ。おいらの人相を見ながら気づかねえような間抜けなやつに捕まってたまるけえ」

菊次郎は伊豆へ向かう街道のほうへ駆けだした。

「待ちやがれ」

二人があわてて後を追う。元八郎のことなどもう忘れたようだ。

元八郎は、ゆっくりと三島の宿をとおりすぎることができた。

そのすぐ後に主膳が三島神社の境内から出てきた。

「誰もいないじゃないか」

主膳は目付のほうを見て驚いた。あわてて顔役の家へとむかった。

「誰もいないですって」

顔役はぽかんとした顔をした。

「おい」

すぐに若いのが走った。三島の宿はそれほど大きくはない。小半刻（約三十分）ほどで若いのは帰ってきた。

「伊豆街道もいやせん」

「なんだと」

顔役が大声をあげた。

「どういうことだ」

主膳が声を低めた。

「旦那、ちょっと待ってくだせえ。あいつらを捜してこい」

顔役は慌てて子分たちに命じた。子分たちも蜘蛛(くも)の子を散らすように走り出した。

しばらくして二人が引きずられるようにして連れてこられた。

「どうなっているんだ」

顔役が怒鳴りつけた。

「夜火の菊次郎のやろうを見つけたんで」

「なに、夜火だと」

顔役の顔色が変わった。

夜火の菊次郎は江戸・大坂はおろか街道筋でもかなり盗みを働いていた。とくに隣の沼津の宿では家老の屋敷に忍びこみ、百両という大金を盗んでいる。沼津の町奉行所はそれこそ必死になって夜火の菊次郎の行方を追っていた。夜火と聞いただけでいきりたつのも当然であった。

手下から事情を聞いた主膳は、夜火の菊次郎が囮役になったことを感じとった。

「役立たずどもめ」

主膳は鍔鳴りを残して顔役の家を出た。主膳の姿が見えなくなったころ、顔役の髷がはらりと落ちた。

「ご機嫌うるわしくないようでござるな。なにかございましたかな」

旅籠に戻った主膳を迎え、正木が言った。

「行くぞ」

それにはこたえず、主膳は荷物をまとめた。

「井上が、まだまともに歩けませんが」

「使いものにならぬものなど不要だ」

主膳は冷たく言い捨てた。

「三田村はすでにここを通りすぎた。急がねばならぬ」

「承知つかまつった。井上のことは宿に頼むしかあるまい。まいろうか、田中氏」

正木にうながされて田中と呼ばれた剣士も立ちあがった。

主膳たちは元八郎に遅れること一刻（約二時間）ほどで三島の宿を出た。

元八郎は沼津の宿屋桜屋を訪ねた。

「ごめん、菊次郎どのから聞いてきたのだが……」

「へい、どうぞ、こちらへ」

出てきた番頭らしい男に元八郎は母屋ではなく、離れへと案内された。そこで待っていると半刻(約一時間)ほどで菊次郎がやってきた。

「おまたせしやした」

菊次郎は汗一つかいていない。

「あいつらはどうなった」

「修善寺へ向かうと見せて、まいてきやした。今頃、必死に修善寺から伊豆を探していることでやしょう」

菊次郎が自慢げに鼻をうごかした。

「助かった、礼を言う」

元八郎はあらためて頭をさげた。

「あっしが好きでやったことで。お侍さまに頭をさげてもらうほどじゃござんせんよ」

菊次郎は笑った。

「で、旦那。ここでお足を留めさせていただいたのは、このままじゃ街道筋のどこかで旦那がみつかっちまうと考えたからで」

「であろうな」

元八郎は主膳の執念深さをよく知っている。それに主膳があなどれないのは、人を使うことを知っていることだ。

「お江戸はいざ知らず、街道筋の十手もちは金さえ出せば、悪にだってつきやす。行く宿場ごとに網を張られちゃ、飯もくえませんやね。そこで、旦那にここでお身なりを変えていただこうかと」

「なるほど、武家姿をやめるということか」

「へい」

元八郎は町同心の出である。身なりを変えて探索することも何度もあった。

「町人姿におなりいただきやしょう」

菊次郎の声に離れの襖(ふすま)が開いて、さきほどの番頭が衣類一式を持ってきた。

「わかった」

元八郎は素早く衣服を脱いだ。

町人と武家の姿の違いはなによりも刀を二本差しているかどうかということである。

町人は刀を差すことは許されていないが、街道筋の治安が確保されていないので、道中のあいだにかぎって脇差より少し長い道中差と呼ばれる刀を一本だけ持つことが黙認されている。元八郎は持っていた刀と脇差を桜屋に預け、代わりに道中差を受けとった。もう一つ大きなちがいは髷の形である。武家の髷と町人髷は月代の剃りかたから、髷の結いかたまで違う。それは桜屋の番頭が器用にしてのけた。

「ここは、あっしらが金を出してやらせている隠れ家でやす。こういうのが東海道筋に六カ所ほどありやしてね。ここでいろいろな話を仕入れたり、身体を休めたりするんで。宿屋渡世にしておけば、見知らぬものが出入りしてもおかしくございやせんし、宿場の奉行所がなにかするときには、まず宿改めからはいりやすからね。最初に知ることができやす。旦那もご入り用のときは遠慮なくお使いください」

菊次郎は元八郎を主に紹介してくれた。

「さて、旦那、今日は沼津泊まりにしやしょう。先へ急ぎたいとお思いでしょうが、相手もそう思ってやす。三島から一里（約四キロメートル）ちょっとのところで泊まっているとは思いもしませんよ。明日ここを発つまでに二つ三つ向こうの宿場のことは知れやしょうし」

菊次郎のすすめで、元八郎は桜屋に泊まることにした。

翌朝、菊次郎と元八郎は連れだって桜屋を出た。

「じゃ、行きやしょうか」

すっかり町人姿になった元八郎は菊次郎との二人連れで職人が伊勢参りに行くかたちをとっていた。

「ちと早いですが、原で昼飯にしやしょう。江戸屋といういい鰻を喰わせる店がありやすから」

「菊次郎、もうちょっと足を延ばさないと」

元八郎は嫌がった。無理もなかった。原は沼津からまだ二里（約八キロメートル）少しほどしかない。一刻半ほどで着いてしまう。

「そこで、人待ちの約束があるんで」

菊次郎はにやっと笑った。

「いらっしゃい」

箱根をこえてひさしぶりに聞く生きのいい江戸言葉にむかえられて二人が、江戸屋に入ったのは四つ半（午前十一時）前であった。名物として道中記にも記されている店もまだ閑散としていた。

「白焼きを二人前と酒を頼むぜ。わさびは多い目でな」

「へい」

菊次郎の注文に、元八郎は口を出さなかった。

鰻の調理には手間がかかる。注文を受けてから鰻をさばくのだから軽く半刻（約一時間）は待たされる。二人は小座敷にあがって、酒を飲み始めた。

「こんな田舎で江戸の味が味わえるとは、思いもよりませんでしたがね。二年前ふとたちよったらもうやみつきで。江戸にもどれぬお尋ね者が、どれだけ江戸に飢えていたかを思い知らされやしたよ」

菊次郎が目を細めた。

「江戸には帰らないのか」

「無理でやすよ。沼津や島田のような宿場町はもちろん、名古屋、京などじゃ平気で顔をさらして歩けやすがね。江戸はそういきやせん。南北の奉行所の同心やその配下が、油断なく見張ってやすからねえ。一歩江戸にはいったが最後、三日と娑婆（しゃば）の空気は吸えませんや」

「生まれは江戸か」

「へえ。これでも浅草の三代続いた呉服屋のせがれでさ。悪い友達にさそわれて博打（ばくち）の味を覚えたのが転がりはじめ、店の金に手をつけて、勘当くらってそのまんま、盗人の道を一筋にきてしまいました。聞いた話じゃ、店は弟が立派に継いでくれているようですがね、いまさら敷居はまたげやせん」

菊次郎が寂しそうな顔を見せた。

「十両盗めば首がとぶ。御定書（おさだめがき）にそう書かれているが、おめえはどのくらい盗んだんだ」

元八郎が訊いた。

「そうでやすねえ。全部覚えちゃいませんが、一箱千両はこえやしたかねえ」

「そりゃあ、凄いな」

一両あれば親子四人が一年生きていける時代の千両だ。とてつもない大金である。

「悪銭身につかずでやすよ。あっという間に散財してしまいますからね。今のあっしは逆さに振っても五両もありやせんや」

小さく菊次郎が笑った。

「盗みはおもしろいのか」

「おもしろいのかっていわれると困りまさ。最近はやりの大勢で押しこんで一家皆殺しにして金を盗むようなのはおもしろくないでしょうがねえ。あっしらのは、何日も店を張って、いつどのくらいの金が入るか、いつ店の連中は眠るかと調べあげて、誰にも気づかれずに隠してあった金を半分だけいただく。金を懐にして宿に帰ったときの気分てえのは、格別でさあ。おもしろいというよりたまらねえと言ったほうがいいかもしれませんね」

「半分だけしか盗まないのか」

「へい。全部盗ってしまって一家心中となっちゃあ寝覚めが悪いじゃございませんか。半分ならまだどうにかなる。いや、どうにかできるような商人じゃなきゃ、生き馬の目を抜く世の中で店なんぞやっちゃあいけません」

菊次郎が酒を注いだ。

「なるほどな」

元八郎はその論法に納得するものをおぼえた。

「旦那こそ、りっぱなお旗本のお家柄でしょうに、東海道を逃げるような羽目になられたんで」

「剣の恨みよ。侍というのはどうしようもねえものでな。てめえの命よりも名前を大事にしなきゃならねえ。名前なんぞ生きていてこそあるもんなんだがな」

「なるほど。やっとうの争いでやすか。そりゃあ、執念深いのもあたりまえで」

元八郎の説明に菊次郎が、うなずいた。

「ごめんなせえよ」

そこへ一人の男がやってきた。身なりはきっちりとしており、このあたりの商家の番頭が店の使いで出たような姿である。

「伝蔵、ご苦労だったな」

菊次郎が、目で自分の隣を示した。

「ごめんなすって」

伝蔵は元八郎に頭をさげると座った。

「酒と鰻を追加してくれ」

そう言うと、菊次郎は手にしていた杯を伝蔵にわたし酒を注いでやった。

「どうだった」

「吉原と蒲原、由比、興津にはすでに手が回ってやすぜ」

伝蔵が口にした。

「そうか」

伝蔵は、昨晩の内に沼津を出て宿場のようすを探ってきたのだ。

「興津まで行って消息が知れないとなると、やつらもこっちがやりすごしたことに気づくな」

元八郎は呟いた。沼津から興津までは十里をこす距離で、おおむね一日の行程である。

「そのとおりで」

菊次郎もうなずいた。

「旦那の顔を知っている奴は何人いやす」

「一人だけだ、会ったことのある奴は」

「他の野郎には、顔を知られていやせんね」

菊次郎が念を押した。

「ああ。だが、人相書きぐらいは配られているだろう」

「それぐらいなら大丈夫で。いまの旦那はどう見ても職人でさ。侍を捜していたんじゃ、見つかりっこござんせんよ」

菊次郎と伝蔵が顔を見合わせてうなずきあった。

「鰻がきやした。腹ごしらえはしっかりしておきやしょう。今日じゅうにちょっと足を延ばして府中まで行きたいと思いやすから」

白焼きにされた鰻が届いた。三人は黙って箸を動かした。

「ご苦労だったな」

鰻屋で別れる伝蔵に心付けを握らせて、元八郎と菊次郎は東海道を西へと進んだ。原を出て最初の宿場が吉原である。吉原は海に近く新鮮な魚が饗されることから、東海道を旅する人々の人気が高く、宿屋も多い。宿場町としては繁華なほうに入る。

「旦那」

菊次郎が前を見ながらささやいた。

「ああ」

宿場町の入口にそれとわかる地回りが数人旅人の顔を見ている。菊次郎と元八郎はそのまま通りすぎた。地回りたちはふたりにちらと視線を向けただけですぐに目をそらした。

「おめえはいいのか」

宿場町を歩きながら元八郎が訊いた。昨日三島で元八郎を逃がすためとはいえ、顔をさらしているのだ。街道筋に手配がまわっていないとはいえない。

「大丈夫で。宿場の役人たちはお互いのつなぎというのをとりませんからねえ。そんなことをしたら、あっしを逃がしたということを公言するようなもので。それこそ明日から街道筋ににらみが利きませんや。三島の連中はいまごろあっしの人相書きを作って大事にしまいこんでいることでしょうよ」

菊次郎がせせら笑った。

「情けない話だな」

元八郎は嘆息した。

「出口にもいやすぜ」

菊次郎が目で示した先にやはり数人の地回りが人相書きらしいものを手に立っている。

「見てみたいですねえ、あの人相書き」

菊次郎はそう言うと、ふらりと地回りのほうへ寄っていった。

「おい」

元八郎が制止する間もない。菊次郎は地回りの一人に近づくと話しかけた。

「兄さん、そりゃあ、お尋ね者ですかい」

「なんだてめえ。じゃましやがるとただじゃおかねえぞ」

地回りが肩をそびやかした。

「いや、お上のお仕事のじゃまなんぞいたしやせんよ。お尋ね者なら見せていただいておけば、道中で見かけるかもしれねえと思いやしてね」

菊次郎は人相書きをのぞきこんだ。

「おや、お侍ですか。みょうだなあ。高札にはのってませんでしたよねえ」

幕府や藩などの正式なお尋ね者は宿場や立て場にある高札に人相書きあるいはお手配書きが張りだされ、庶民に知らされるのが常である。

「うるせえ。黙って通りやがれ。ぐずぐずしてるとしょっぴくぞ。おめえも叩けばほこりぐらいは出るだろうが」

地回りが十手を見せてすごんだ。

「こりゃあ、どうもおそれいりやした」

菊次郎はあわてて小走りに元八郎のほうへ向かってきた。

「度胸のあるまねをするな」

元八郎は感心した。菊次郎の人相書きは東海道筋に出回っているはずである。相手が気づけば騒動になるところだ。

「あんな連中、人相書きの顔なんぞ覚えちゃいませんよ。お尋ね者を捕まえるより、罪のない旅人や女子供に因縁ふっかけて金にすることしかしらねえ奴らですからねえ」

菊次郎は吐き捨てるように言った。

「で、どうだった」

「やはり気になりやすか」

菊次郎が笑った。

「身の丈六尺、肉固し。月代大きく剃り髷は銀杏髷にて広く、まなざし鋭く鼻筋とおる。口は引き結び耳ひらたし。左肩に刀傷あり。なかなか当たってますぜ。ここいがいは」

菊次郎が髷をさわった。

「先を大きく開く銀杏髷を探していたんじゃ、江戸前の先を筆のように細くまとめる職人髷の旦那は目に入りません。これで安心で」

「そうだといいが」

「ああいう地回り連中は相手にしなくても大丈夫でしょう。まあ、旦那ならあんなのの十人ぐらいはものの数じゃねえでしょうが」

二人の足は速い。蒲原、由比、興津の宿をこえ、江尻の宿場へと入った。

「旦那、こんどは一人多いですぜ。お侍がいやす」

菊次郎は遠目がきくのか、かなり遠くから人の顔を判別することができる。

「侍か」

元八郎は一瞬緊張した。主膳なら、こんな変装でごまかすことはできないからだ。

やがて元八郎の目にも相手の姿がはっきりと見えた。

「見たことないやつだ」

主膳が柳生の庄から呼びよせた田中であった。

「新手ですか」

「たぶんな」

元八郎は意識して歩きかたを変えた。いつも左腰に太刀と脇差をおびている侍は歩きかたに癖が出てしまう。どうしても刀の重さにまけ、左肩が落ち、左足を踏み出すときに腰を大きく前に振るのだ。すこし目利きのできる者なら、それだけでどんなに姿を変えていようが侍だと見抜く。元八郎は父順斎から変装するときの心得として歩きかたを変えることを教わっていた。

「気がつかなかったようだな」

そろそろ夕刻にちかい街道は、宿を求める旅人で混雑していた。江尻は吉原や府中に比べると小さな宿場だが、沼津への舟の便があることから人通りは多く、職人ふうの二人は目立たない。

「急ぎやしょうか。このぶんじゃ府中の宿にも新手はいそうでやす。夜旅をかけるのは目をひきますから」

陽は西に傾いている。江尻から府中までは、二里ちょっとある。二人の足なら一刻（約二時間）かからないが、このままなら暗くなってから着くことになりかねない。

「承知した」

元八郎も足を早めた。

「やはりお侍がいますぜ」

府中の宿を目にして菊次郎が言った。

「ああ。さっきのやつより、できるようだな」

元八郎も緊張した。江尻の宿にいた田中は、街道を行く侍以外には目も向けていなかったが、今度の侍は町人といえども見ている。

「さっきのやつより、年輩のようで」

府中の宿にいたのは正木であった。

「堂々と行きましょうや」

菊次郎にうながされて、元八郎は顔をあげて歩いた。

「今日は、ここの泊まりにしようぜ」

菊次郎が話しかけてきた。

「おう。腹も空いたしな」

元八郎がこたえる。

「食い物もいいけどよ、ここは女もいいそうだぜ」

「そりゃあ、いいな」

二人はくだらない会話を交わしながら正木の前を通りすぎた。

「振り返っちゃいけませんよ」

菊次郎が注意した。

「わかっている」

元八郎はじっと自分たちを追う視線を背中に感じていた。

「旦那だと気づいたわけじゃないようでやすがね」

「だといいがな」

府中の宿は、かつて徳川家康が隠居した駿河のことである。立派な城があり、城代も派遣されている。小田原をしのぐ大きな城下であり、その賑わいは東は江戸、西は名古屋にいたるまで比べるところはなかった。

宿場をつらぬく大通りの両側に旅籠がかたまっている。少し遅いということで袖を引く女の姿はなかった。

「ここで」

菊次郎は並んでいる旅籠のまんなかほどにある小さな宿屋に元八郎をいざなった。紺染めの地に白くとっくりを浮かせた暖簾が小粋な雰囲気をだしていた。

「変わった暖簾でやしょう。もとは酒屋だったんで。だから、屋号も灘屋というんでやすがね」

菊次郎はそういって暖簾を頭であげて入った。

「おや、こりゃあ、菊次郎さんじゃないかね」

帳場に座っていた主が立ちあがった。

「ご無沙汰で」

菊次郎も腰をかがめた。

「三年ぶりかね。またお伊勢参りかい。菊次郎さんも信心深いね」

「へっへへ」

菊次郎が頭をかいた。伊勢の手前、古市の宿は聞こえた遊郭である。

「今度はお連れさんがあるようだが」

「あっしの仕事仲間で、八といいやす」

「そうかい、そうかい。旅は一人よりお連れがあるほうが楽しいからね。さっ、どうぞ」

主に案内されて二人は二階の客室へととおされた。

「ここは、桜屋のようなあっしらの仲間がやっているところじゃござんせん。ごく普通の旅籠ですがね。東海道を何度も行き帰りしているうちに定宿みたいになってしまってね。小さなところだから心遣いが行き届いているのがうれしいんで。ああ、ここではあっしは江戸の鳶職ということになってやすので」

鳶は高いところで作業をする身軽さが身上の職人である。盗人の隠れ蓑として最適であった。

「わかった。じゃ、おいらも鳶ということでいいか」

「旦那は鳶にしちゃ、大きすぎやすよ。大工のほうがよござんす」

けっきょく、元八郎は江戸浅草の大工八助ということになった。

夕食の後、部屋に主が訪ねてきた。あちこちを旅している菊次郎の話は、出歩くことのない旅籠の主にとっては貴重である。

「ここへ来る途中、箱根の湯に寄ったが人が増えたね。八代将軍さまのご治世が始まったころは物見遊山や湯治は贅沢だということで寂しいものだったらしいが」

「なるほど。ここはお上のご城代がおられるだけに江戸の風をうけやすいのですが、最近は御城代組のお歴々も夜遊びに出られることが多くなって、ここも活気づいてはきているのですがね。でも、昔ほどじゃないと老人たちは言いますが」

「遊びにであるいて金を使ってもらわないと、宿場がうるおわないからなあ」

「いちじは東海道で賑わっているのは名古屋のご城下だけというありさまでしたが、最近は名古屋が凋落し始めたとか」

主が名古屋のことを言い出したので、元八郎は耳を傾けた。

「名古屋か。三年前に行ったときは凄かったねえ。それこそ夜が明けないんじゃないかと思うぐらいに明々としててね。遊郭も多いし、芝居小屋も盛況だった。ふうん、名古屋が寂れだしたかい。そいつあ残念だねえ。伊勢参りの楽しみの一つだったんだが」

「おなじみさんでもあったんですか」

「三年も前のことを遊女が覚えているものかい」

菊次郎が笑った。

「ところで、最近このあたりはどうでやす」

菊次郎が訊いた。

「べつにかわりませんな。人が増えたわけでもないし、前に尾張の殿さまがご隠居されて名古屋へ帰られる行列が通りましたが、府中にはお泊まりではなかったですな。

尾張さまの参勤行列はいつもこの府中の本陣に泊まるのですが、なんでもお上のお怒りをかわれたとかで、神君家康さまゆかりの地に泊まることはあいならぬとかで人目につかぬよう夕刻すぎに通って行かれました。いやあ、その前まで仰々しく派手やかな行列をしたてて東海道を行き来しておられたのに、栄枯盛衰というのはなかなか厳しいもので」

「尾張さまが、へえ」

菊次郎が感心した声をあげた。菊次郎は元八郎の命を狙っている柳生主膳が尾張藩士であったことを知らない。

「そうそう、それと今朝、町奉行所の手先を務める男がやってきましてね、左肩に怪我をしている侍を泊めてないかなんてことを訊いていきましたわ」

「宿改めとはちがいますので」

「へえ。宿改めやったら駿府奉行配下のお役人が来られます。小者だけが訊いてまわるということはございません」

「ということは、お尋ね者じゃないと」

「でしょうなあ。金か女のもめごとでもあったのとちがいますか。表に出せない探し人のときは、地元の顔役に頼みこんで聞き合わせさせることが多いですから。これは話しこんでしまいました」

主はそう言って部屋を去った。

「旦那」

「府中の町は大きいからな。宿屋も多い。一日やそこらで探せるものでもないだろう。明日早いうちに出よう」

二人は早々と布団にくるまった。

主に送られて二人は府中の町をでた。

「見張られている気配はございませんね」

「ああ」

早朝に宿屋を発つ旅人は多い。少しでも距離を稼いで泊まりの数を減らし、金を使わないようにするためだ。

二人は旅人の流れにのって府中の宿をでた。

「いやせんでしたね」

昨晩府中の宿の入口で鋭い視線を向けてきた正木の姿がない。

「この先の安倍川で待っているんじゃないか」

安倍川は、府中宿の西側を流れる幅三百間（約五四〇メートル）に及ぶ大きな川である。府中駿河の城の守りとして橋が架けられていない。幅が広いぶん流れが緩やかで浅い。旅人は自分の足で渡ることができた。

「浅瀬はきまってやすからねえ」

川を渡る場所は決まっている。旅慣れない者が深みにはまって事故がないように川役人が指示を出す。その場所に網を張っていればかならず見つかるのだ。なにも旅人で混雑する宿場の出口で目をこらす必要はなかった。

「どうしやす、一里ほど遠回りになりやすが、上流へ行けば渡れますが」

世間の目を気にする盗人は、いろいろな脇道を知っている。

「いや、堂々と行ったほうがいい。人相書き程度なら、今のおいらならだましおおせる」

元八郎は自信をもって断言した。

最近雨が降らないおかげで安倍川は細くなっていた。石で河原が歩きにくいことを我慢すれば、旅人にとってこんなありがたいことはない。安倍川に着いた旅人は草鞋を脱ぐと裾をまくりあげ、ゆっくりと水に入っていく。このときばかりは女もなまめかしい脛を恥ずかしがらずに見せる。若い女の足に見とれて川でこける男も出て安倍川は賑やかであった。

「いますね」

脚絆(きゃはん)と草鞋を外すために屈みこんでいた菊次郎がささやいた。

「ああ、昨日の奴だな」

正木が浅瀬の脇の大石に腰をおろして旅人を見ていた。

そこへ賑やかな一団がやってきた。

「大利根伊勢講じゃ、道をとおしてくださんせ」

男女合わせて二十人をこす団体は、伊勢参りの講であった。

伊勢講とは職場あるいは住居地の人々が集まって伊勢参りをすることをいい、地方によっては毎年恒例になっているところもあった。旅が贅沢であったため、講に加入しているものは毎年一定の金額を積み立て、抽選などで選ばれた少数が実際に伊勢にまいることができ、翌年はまた別のものが行くという互助のかたちをとっている。信心というより物見遊山の旅である。酒も朝から入っているし、賑やかなことこのうえない。安倍川にいたもの全部の注意が伊勢講に集まった。

「行きやしょう」

菊次郎に促されて元八郎も歩き出した。正木の前を通りすぎたが、正木の注意は伊勢講に向けられている。元八郎には目も向けてこなかった。

「井上」

正木が立ちあがった。

伊勢講を見ていると思った正木の目線はその後ろに続いていた侍に向けられていた。

「正木氏、柳生どのは」

井上が正木の側で話しかけた。

「先に行かれているが。もう大丈夫なのか」

井上は主膳に後頭部を打ちすえられ、三島の宿に一人置き去りにされてきたのだ。

「大丈夫です。で、見つかりましたか、三田村は」

「まだだ」

三田村という言葉に元八郎は思わず振り返った。つられて菊次郎も振りかえる。

「………」

井上と目線があった。

「正木氏は、このあとどうされるので」

「もう一日府中を見張って、三田村のことが知れぬなら、明日には西へむかう」

「田中氏は」

「この二十丁（約二二〇〇メートル）ほど上に浅瀬があるそうでな、そこの見張りに行っておる」

「さようで」

井上の顔に表情はない。

「で、おぬしはどうするつもりだ」

「柳生どのに詫びてもう一度お手伝いをさせていただきます」

「そうか、それがいいな」

正木はうなずいている。井上は正木に一礼すると川を渡りはじめた。

その前に、二人はふたたび川を進んでいた。

「目があっちまいましたね」

「大丈夫だろう。おいらを見ても目の色に変化はなかったからな。気づいたなら、もう一人の仲間と追いかけてこよう」

「そうでやすね。しかし、上にまで人を配するとはなかなかやりますね」

「府中の地回りが手伝っているからな。このあたりの抜け道は全部おさえられているんだろうよ」

「街道を避けるものは、まあ叩けばほこりがでますからねえ。地回りも手柄になるでしょうし」

　菊次郎はほっとした顔を見せていた。

「急ごうか」

　渡りきった二人は河原で足を拭いて足拵(あしごしら)えを整えると東海道を西へと向かった。

　安倍川を越えると鞠子(まりこ)の宿はすぐである。二人は鞠子の宿を通りすぎ、少し足を延ばして藤枝の宿で昼食をとった。

「井上と呼ばれていた男の姿は見あたらないな」

　安倍川を越えてからずっと後ろにいた井上の姿が藤枝の宿に入る頃から見えなくなっていた。

「どうも気になりやすがねえ。あいつ、あっしらのあとをつけていたんじゃ」

　菊次郎が箸を動かしながら言った。

「殺気は感じなかったがな」

　元八郎もそれは気になっていた。

　食事をすませた二人は藤枝の宿を出た。後ろを何度と振り返るが井上の姿はない。

「どうやら、思いすごしのようで」

　藤枝の宿を西に向かうと島田の宿、島田の向こうには東海道で一番大きな大井川がある。ここも西国諸藩の軍勢の足どめをするために橋が架けられていなかった。それに安倍川に比べて川の流れが強く深さもある。旅人が自力で渡ることはできない。川人足におぶってもらうか、輿に乗せてもらうかしないとならない。人足の数には限りがある。旅人は少しでも早く渡るために大井川の東西の宿場に宿をとって朝一番で川役所に並ぶのだ。

「島田で泊まりやすか」

「これから行っても今日の渡りは無理かな」

「川の渡りは刻限が決められてやすからねえ。急げば刻限には間に合うでしょうが、人足が空いているかどうか」

「行くだけ行こう」

二人は足を速めた。

島田の宿は泊まりを求める旅人と客引きをする仲居でごったがえしていた。二人は何度も袖を引っ張られたが強引に宿場を通りすぎた。川渡りの刻限が近いせいか、島田の宿を越えると一気に旅人の姿がなくなった。八軒屋といわれる集落をすぎると家すらなくなる。傾きかけた西日に追いつこうと二人がさらに足を速めようとしたとき、不意に街道脇の松の陰から井上がとびだしてきた。

「夜火の菊次郎だな」

　井上は、元八郎ではなく菊次郎に刀をむけた。

「お侍さま、なんのことで」

　菊次郎はとぼけた。

「黙れ、三島の宿でおまえの人相書きを見たばかりだ。間違うはずなどないわ。おまえが菊次郎ということは、そっちが三田村元八郎か」

　井上が元八郎を見た。

　三島に置き去りにされた井上は、宿屋の主から元八郎を見逃す原因となった菊次郎の話を聞き、新しく作られた菊次郎の人相書きを見ていたのだ。不意な菊次郎の登場は少し目端の利く者なら陽動であることに気づく。

「化けたつもりだろうが、菊次郎がそのままだったのはまずかったな」

　井上は、そのまま滑るように間合いを詰めてきた。

「人違いだというわけにはいかねえようだな」

　元八郎は前に出ようとした菊次郎を手で制して道中差を抜いた。

　井上は歳の頃は元八郎より五歳は若い。大きく振りかぶった太刀が威勢をあげている。だが、それが虚勢であることを、元八郎は見抜いた。

「ちょっとはやるようだが、主膳の足下にも、いや大井川のたもとにいた男より劣るな」

元八郎はあざ笑った。

「うるさい」

井上の触れられたくないところにさわったのか、顔が赤黒く変わった。

「西日を背にするところは抜け目ないが、その腕じゃな」

元八郎の目を西日がまともに射ている。井上の姿が見えにくい。あきらかに不利な状態であった。それを変えるためにも元八郎は井上を怒らせようとしていた。挑発しながらも、元八郎の足はわずかに動き、腰は静かに落とされていった。

「おまえの首を柳生主膳に叩きつけて、柳生の印可を手にするのだ。柳生の印可さえあれば、仕官もできる」

井上は大きく腰を沈めた。下半身に力をため間合いを一気に踏み越えてくる。

「遅い」

元八郎はその先をとった。井上の腰が伸びる前に元八郎が跳んだ。

「あっ」

菊次郎が目をつぶった。西日を反射した井上の太刀が、元八郎の影を分けたように見えたのか。

「うわあ」

すれ違った二人は素早く体勢を整えた。井上の鎖骨の上が斬れて血が流れている。

「ちっ」

元八郎が唇を嚙んだ。主膳にやられた左腕が伸びきらなかったのだ。剣先が井上の頸動脈（けいどうみゃく）に一寸（約三センチメートル）届かなかった。

「おのれ」

流れた血に怒りを爆発させた井上が、何度も上段から斬りおろし、下段から斬りあげ、途切れることなく襲う。元八郎はそれをことごとくかわしながら反撃を出せないでいた。左肩の傷がくびきになっていた。

痛みがあるわけではないが、思いきり使うことができないのだ。引きつっていたときの思いが邪魔をしていた。

「おのれ。ちょこまかと」

井上が叫んだ。怒りにまかせて太刀を振るう。太刀が徐々に速さをましていく。

「旦那」

菊次郎が悲鳴をあげた。

元八郎は後ろに跳んで間合いを大きくとった。井上が追ってきたが、構えを整えることはできた。元八郎は足を大きく前後に開いて道中差を深く右腰に引きつけた。

「同じ技が二度通じると思うな」

井上が足を留めた。間合いは二間（約三・六メートル）ほどしかない。腕と剣の長さを足せばほんの半歩進むだけで届く。剣の間合いとしては異常であった。

「このていどの男に手こずっていたのか。ふん、柳生主膳も口ほどではない」

主膳に痛い思いをさせられた恨みを元八郎にぶつけようというのか、井上は太刀を青眼からゆっくりと振りかぶった。上段というには少し刀の位置が低い、刀の鍔が額をこえたところで井上は動きを止めた。

「無銘ながら備前の業物、冥土のみやげにその切れ味を味わえ」

右足を一歩踏みこみざまに井上が袈裟懸けに斬ってきた。元八郎はその刀に道中差を添わせ、軌道を変えながら低く踏みこんだ。

「がはっ」

二人の体が固まった。そのとき、井上が口から血を吐いた。井上の刀は元八郎の右脇に外れている。そして元八郎の道中差は地面に転がっていた。

「宝蔵院一刀流氷柱」

元八郎が体を起こすにつれて井上の体がそりかえり崩れ落ちた。その腹に脇差が刺さっていた。

「本来は、自らの脇差を使うのだが、持ってなかったのでな、借りたよ。もう、返したがな」

背中にまで突き出た脇差は井上のものであった。

元八郎は道中差を大きくふるって井上の太刀をはじき飛ばし、そのまま道中差を捨てて、井上の懐に飛びこみざまに脇差を奪い、突きさしたのであった。

「旦那」

菊次郎が駆けよってきた。

「お怪我はござんせんか」

「ああ」

元八郎は断末魔の痙攣（けいれん）を繰り返す井上の血脈にとどめをさした。剣士としてこれ以上苦しませない心づかいであった。

「手伝ってくれるか」

「へい」

菊次郎に手伝わせて、元八郎は井上の死体を街道脇の林のなかに隠した。

「二、三日見つからなければいい」

「それくらいなら、これでじゅうぶんでやす」

菊次郎が松の枝などで井上の体をおおった。そして街道に流れた血は砂をかけることで隠した。さいわい、人に見られることはなかった。

「どうしやす、もう川渡りの時刻はすぎましたぜ」

「仕方あるまい、島田に宿をとろう」

二人は島田宿へとひきかえした。

二

名古屋城三の丸に新しく作られた屋敷に閉じこめられた宗春は鬱々とした日々をおくっていた。

「女ぐらいよこさぬか」

身の回りのことをするのは、すべて新しく任じられた藩士ばかりである。寝室にはもちろん屋敷のどこにも女の姿はなかった。

「この若さで無聊をかこつことになった儂に少しはなぐさめがあってもよかろう」

「ご酒とおたばこはお望みどおりお出しいたしておりますが、女についてはご辛抱いただきます」

宗春監禁の責任者である小姓組頭が冷たく言いはなった。

「なぜならぬ」

「上様よりきびしく当家へお言葉がございました。ご隠居さまのお血筋を残すことはあいならぬと」

「おのれ、吉宗め。尾張本家の血筋を絶やすつもりか」

宗春が拳をふりあげた。

「では、また明朝伺候いたしまする」

組頭は隣室で不寝番という名の監視役を務める小姓二人に声をかけて去っていった。

「産まれ卑しき吉宗ごときにここまで虚仮にされねばならぬとは、将軍の座を奪えなかったことが尾張最大の失敗じゃ。だが、このままですむと思うなよ」

宗春の呪いの言葉を床下で聞いている者がいた。柳橋芸者伽羅ことお庭番村垣香織である。

忍はわずかな食料と竹筒一本の水で七日は耐える。香織が床下に忍びこんで四日、何一つえるものはなかった。

香織は気づいていなかったが、香織を見張る目が二つあった。尾張城の東お土井下(どいした)に組屋敷を持つお土井下組の忍であった。

お土井下組は、家康が大坂の豊臣秀頼の江戸進撃を防ぐために尾張に城を築いたときに、万一にそなえて息子義直(よしなお)につけた伊賀者の精鋭である。彼らは忍の術というより、その特異な能力を代々受け継いでいた。落城時藩主の脱出に使用する駕籠(かご)を一人で担いで山道を走れる強力の者、馬よりも速く走り続けることのできる俊足の者、綿の上に落ちた針の音さえ聞き分ける聡耳(そうじ)の者、闇夜でも真昼のように見ることのできる利き目の者、猿よりも身軽に跳ぶことのできる跳躍の者などがいた。そのうちの二人、利き目と聡耳が香織からかなり離れたところからようすをうかがっていた。

彼らは香織が入りこんだときから見張っていたが、じっと見守るだけで動こうとはしていない。それだけに香織も気づかなかった。

香織は宗春が寝息を立て始めたのを聞いて床下を這(は)い出た。城をぬけだし城下を走る。寂れたとはいえ、殷賑(いんしん)を誇った名古屋の町は夜中でも人通りがある。酔客たちに気取られることなく香織は小間物屋大坂屋にたどり着いた。

「なにかつなぎは」

忍び装束を解きながら香織が訊(き)いた。

「なにも」

その手伝いをしながら女中らしいのが頭を振った。

大坂屋は名古屋に設けられたお庭番の出先である。普段は普通の商家として地域に溶けこんでいるが、そのじつはお庭番の一角をになうものとしていろいろな話を集めたり、潜入してきたお庭番の宿となったりする。店主はもちろん奉公人のすべてが幕府の隠密である。

香織は二日に一度この店にもどっては、元八郎の行方が知れてないかどうかたずねる。だが、いつも返事はきまっていた。

「そう」

香織は目を伏せた。気が沈んだ香織はもとより店の者も誰一人として気がつかなかったが、香織はあとをつけられていた。

一刻ほどのあいだに香織は風呂に入って装束を着替え、そのまま城へと戻った。ふたたび香織のあとをお土井下組の二人がつける。異能の二人は普通の倍からの距離を開けている。どのような腕利きの忍といえどもこれでは気づくことは難しかった。

香織は今度は宗春の真上、天井裏に潜んだ。

島田の宿で一夜を明かした元八郎と菊次郎は、朝一番で大井川を渡った。その日は十六里（約六十四キロメートル）歩いて舞坂泊まりになった。

舞坂から次の宿新居までは舟で渡る。新居には関所があり、箱根ほど厳しくはないが旅人の詮議をおこなっている。この関所の開いている時間に合わせ、渡しの舟は暮れ七つ（午後四時頃）になれば終了した。

新居は東海道にある二つ目の関所である。箱根が小田原藩の管轄なら、ここは吉田藩松平家の預かりとなっていた。関所の責任者は旗本二百五十石五味家であるが、関所内に定住し、吉田藩の支配を受けた。同心二十人が交代で詰める厳重な関所である。

箱根と違い、男はここで名を名乗り行く先を告げるだけでよかった。

「人相書きが回っているんじゃねえのか」

元八郎は渡し舟のなかで菊次郎に囁いた。

「へえ。でも、あっしの人相書きは十年も前のもの。あのころは商家の手代ふうに装ってやしたからねえ。よほどじろじろ見られないかぎりは大丈夫でやしょう。それに関所の役人は、関所破り以外の罪人を捕らえるのは不浄役人のすることと熱心じゃござんせんし」

不浄役人という言葉を聞いて元八郎は苦笑した。南町奉行所同心だった元八郎は何度となくそういってののしられた覚えがあった。

元八郎たちを乗せた舟が桟橋に着いた。桟橋を進むと新居関所にそのまま繫がっていく。菊次郎の足を留めて元八郎はすべての旅人がすむのを待った。

「旦那」

菊次郎がいぶかしげな顔をする。旅人のなかほどに紛れるのが見つけられにくい。それをしなかった元八郎に菊次郎が疑いの目をむけた。

「まかせろ」

元八郎は、菊次郎を残して一人関所の門に立つ同心に近づいた。

関所の前で進まない二人に不審を抱いていたのか同心は元八郎が近づくと手にした棒をかまえた。

「なんじゃ、おまえは」

元八郎は誰何にもこたえず、近づいた。ついに同心が棒を振った。それを片手で押さえて元八郎は同心の耳になにかをささやいた。目を見開いた同心は、すぐに関所のなかに消えた。同心の代わりに裃をつけた番頭が出てきた。それに元八郎は大岡出雲守から預かった手形を懐から出して見せた。番頭は何度も元八郎と手形を見比べ、そして菊次郎にも視線を送って、そのまま首肯した。元八郎は菊次郎を呼び、新居関を通り抜けた。

「なにをしたんでやす」

菊次郎が訊いた。

「これでも旗本だぜ。身分を証せばすむことだ」

「そりゃあ、そうでやしょうが、よく信じてくれやしたね」

菊次郎が納得いかない顔をした。

「とにかく、急ごう」

二人は、吉田、岡崎と二つの城下を素通りし、池鯉鮒(ちりふ)で足をとめた。

その二人を追うように柳生の剣士正木と田中が街道を急いでいた。

元八郎より一日遅れて島田の宿をこえた正木と田中は、大井川にいたる寸前に血を見つけた。砂をかけて隠したつもりが、旅人が往来することで出てきてしまっていたのだ。そして二人は、街道脇に隠されていた井上の死体を見つけた。正木たちは井上の傷口から元八郎の仕業と見抜き、元八郎が少し前にいることを確信したのだ。二人は夜通し歩くことで元八郎との距離を縮め、岡崎の城下に着いた。

岡崎は徳川家譜代名門の本多家の城下町である。ここで東海道は三つにわかれた。一つは池鯉鮒、鳴海(なるみ)と本街道を進むもの。もう一つは岡崎から舟で鳴海までいくもの、残りは挙母から名古屋へいたる道である。

　東海道を行き来する旅人はふつう名古屋は通らない。宮から桑名へ舟で渡るのだ。そのため名古屋は東海道有数の城下町でありながら桑名に比べて静かであった。それを変えたのが宗春であった。

　江戸、大坂、京で禁止された遊郭や芝居小屋を増やしたことで人が集まり、江戸に匹敵する繁華を手に入れた。だが、それも吉宗の締めつけで終わりを告げ、ふたたび城下は人の往来を失っていた。

　京へと急ぐ元八郎たちは岡崎から池鯉鮒へと進み、元八郎の目的地が名古屋だと思っている正木、田中は挙母へとたもとをわかつはずであった。

　わかれ道を少し行ったところで正木が足をとめた。

「どうした、正木氏」

「田中氏、どう思うか、やつらはまっすぐ名古屋にむかったのであろうか」

「どういう意味でござる」

「大井川の手前で井上を倒しておる。井上がどうして三田村を見つけたかは知らぬが、三田村はわれらが後を追っておることに気づいたであろう」

「後を追われているものが、道をまっすぐ進むわけはないと」

「そうじゃ」

正木がうなずいた。

「ですが、我らは三田村の顔を判別できませなんだが」

「身なりを変えておるのだ。だからわからなかった。だが、今はこれがある」

正木は懐から血に濡(ぬ)れた紙をだした。

「井上が持っていた人相書きだ。この顔は我らが聞いた三田村のものではないが、井上が持っていたということは、三田村にかかわりのあるものであろう」

「なるほど。名古屋には宮からでもいける。遅れてもさほどのときはくいますまい。それに挙母のほうには主膳どのが向かっておられよう。われらは、街道を進んで参るといたそう」

二人は夜旅をかけた。

岡崎を夜半にでた正木と田中は三里半(約一四キロメートル)を一刻(約二時間)で歩き、そのまま四里先の宮まで足を伸ばした。夜明け前に宮に着いた二人は、街道脇の地蔵堂で体を休めた。

一方、池鯉鮒で泊まった元八郎たちは、鳴海の宿をすぎ、昼には宮へついた。

宮の由来は熱田神宮があることによる。熱田神宮は草薙(くさなぎ)の剣をご神体とした武の神であり、織田信長が桶狭間に今川義元を襲う前にぬかずいたことで有名である。

宮から桑名へ海上七里の渡し舟が出ている。旅人は停泊している舟に直接代金を払い、舟は定員になれば出ていく。乗り合い一人が五十四文、横になりたければ三百三十八文の料金である。由井正雪の乱があるまでは人数さえ集まれば夜中でも出したが、今は四つ（午後十時）が最後の便と決められていた。

「旦那、うまい具合に舟がいますぜ」

「ああ」

二人は舟へかけられている舟板手前で金を集めている男に代金を払い、胴の間とよばれる甲板に腰をおろした。

「名古屋を通らずにすむのはありがたいな」

元八郎はつぶやいた。

柳生主膳は尾張柳生を追われたとはいえ、名古屋藩に隠然たる力をもっていることにはちがいない。伏見宮のもとへ急がなければならないときにじゃまが入るのは辛い。

「出すぞ」

船頭が胴間声を張りあげた。どうやら人数が揃ったようだ。

「…………」

元八郎は乗り合い口を見て絶句した。最後にのぼってきた二人に見覚えがあった。江尻と府中で街道を見張っていた剣士だった。

「あいつら」

菊次郎も気づいていた。

「気づかれたようだな」

正木が元八郎から目を離そうとはしない。

「府中でじっとこっちを見てやしたからねえ。顔を覚えられていたんでしょう」

菊次郎がしまったという顔をしている。

「満員の舟のなかではなにもしてくることはあるまい。舟のなかでは逃げようがない。人が多すぎるからな」

元八郎は桑名に着いてからのことが気になった。早くに乗りこんだ元八郎たちは舟の乗り口から一番奥にいる。それに比べて最後に乗った二人は乗り口に陣取っている。下船するときに紛れて逃げ出すというわけにはいかなかった。

「気づかないはずだ」

正木が笑った。

「町人姿になっているとは。あいつには武士の恥というものがないのか」

田中が元八郎をにらみつけた。

「井上も情けないことだ。あんなやつに後れをとるとは」

「主膳どのに手ひどくやられて、功を焦ったのであろう。でなければ、大和柳生道場で名手と言われる男が負けることはない」

「剣士としての心をもたぬ輩に主膳どのはどうして固執されるのかの」

正木が首をかしげた。

「宝蔵院一刀流とか申したな。名前しか聞いてはおらぬが、よほどのものなのかもしれぬ。井上の二の舞は許されぬ。気を緩めるでないぞ」

「承知」

舟はそれぞれの思惑をのせて桑名の港へと入った。

「どうしやす、旦那」

すでに二人の剣士は降りてしまった。どこかで待っているのだろう。

「桑名の宿でいきなり襲ってくるとは思えない。伊勢参りの旅人も多い、顔を見られるようなまねはするまい。ここはわれらの後をつけて伊勢参りの旅人と別れる追分けをすぎてからだろう」

「追分けでやすか」

桑名から追分けまでは四里ちょっとである。風がよかったので桑名には思いのほか早く着いた。もう一足延ばして四日市に向かう人々がぞろぞろと街道を進む。

「四日市に泊まりにしよう」

元八郎たちも人の流れにのった。正木と田中は元八郎の後をつかず離れずついてくるが、四日市まではなにも起こらなかった。


元八郎たちが四日市に入る前夜、挙母街道を夜旅していた柳生主膳は平針の集落を越えたところで呼び止められた。

「待て、主膳」

わらわらと十名ほどが主膳を取り囲んだ。

「おぬしを名古屋の城下に入れるわけにはいかぬ。ご家老の命じゃ、このまま立ち去ればよし。立ち去らぬときは、斬ってもよいとのおおせじゃ」

一人足を踏み出した男が言った。

「江戸柳生め、わしを売ったか」

主膳が口をゆがめた。

「どうする、主膳」

「おまえは円明(えんめい)流の……須藤(すどう)とか申した男じゃな」

主膳が被っていた笠の紐をほどきながらこたえた。

尾張藩ほどの大藩となると剣の流派も一つではない。柳生を主流とするが他にも円明流、佐々木流、玄流など十をこえる流派がある。柳生流の門弟がもっとも多いが、上級武士で固められ、中級以下の武士たちは道場でまで身分をあげつらわれるのを嫌い、他流に流れる傾向にあった。円明流も下級武士を中心とした道場だった。

「御前試合でわしにやられたのを忘れたようだな」

武芸好きな宗春はかつて国元で御前試合を催している。まだ柳生を放逐されるまえの主膳も出場し、第一席にかがやいていた。そのとき円明流を代表していたのが、須藤某という男であった。

「ふん。道場剣術では負けたがな。宮本武蔵の戦国剣より産まれた円明流は真剣勝負でこそ真価を発揮する。殿様剣法におちぶれた柳生などものの数ではない」

須藤がうそぶいた。

「もう一度言おう。このまま尾張の国から消え去り、二度と帰ってこぬと申すなら今回だけは見逃してく……」

須藤の最後の言葉は聞き取れなかった。十分に間合いをとっていたにもかかわらず、須藤は主膳の動きに対応することはできなかった。須藤が首から血を噴きあげた。

「あっ」

「おのれ」

何人が声を出しえたのだろう。刀を抜くことができたのは、主膳の後ろにいた四人だけだった。残りの六名は刀に手をやることさえできずに倒れた。

戦国の世ではない。人を斬ったことのある者などいなかった。仲間のほとんどが一瞬で倒されたのを見て残った侍たちは硬直してしまった。刀を一応青眼には構えてはいるが、こまかく震え、動けない。

「馬鹿め、血を見ただけで動けないくせに、人を斬るつもりだったのか」

主膳が血の滴る刀をひっさげてゆっくりと近づいていった。

「尾張藩士も落ちたものだ」

主膳はまさに大根でも切るように残りの四人の頸動脈(けいどうみゃく)をはねた。

「暇つぶしにもならぬ」

刀にぬぐいをかけて鞘(さや)にもどして、主膳は笠を拾った。こんどはかぶらずに左手に持った。

何事もなかったように、主膳はそのまま夜道を歩きだした。

平針をすぎると挙母街道は塩付き街道と名前を変え、城下の外れ星崎まで続いている。

星崎には城下に入る者を取り締まる番所がある。主膳は番所の前を平然と通りすぎようとして足を留めた。

「出てきたらどうだ」

主膳が言った。

「やはり、円明流では歯が立たなかったか」

街道から少し離れた木の陰から一人の男が現れた。

「これは、兄者ではないか」

主膳がにやりと笑った。

「柳生から放逐されたおまえに兄と呼ばれる筋はない」

番所の障子を開けて現れたのは柳生主膳の姉婿の平岩(ひらいわ)である。尾張藩の上級藩士でありながら、剣の才能に恵まれ、それを見こんだ柳生先代が娘を嫁がせた。柳生正統に産まれていたら印可は平岩のものであったろうといわれたほどの遣い手であった。

「ご当主どのの命かな」

主膳が笠を手でもてあそびながら訊いた。いまの尾張柳生当主は主膳の弟である。

「尾張家を守るためにある柳生家が、尾張家を危うくしてはならぬとのおおせじゃ。

きさまも尾張柳生を学んだものなら、いさぎよく腹を斬れ。かつての同門の情けで介錯はしてやる」

　そう言いながら刀を抜いた。

「最後に手合わせしてから八年になるか。おやじが惚れた剣筋、さびついてなければいいが」

「剣の道は正。邪に走ったものなどに負けるわけにはいかぬ」

　あざ笑う主膳に平岩が冷たく応じた。

　二人の間合いは三間（約五・四メートル）になった。

「剣は殺しあいの道具でしかない。剣の道に正邪などない」

　主膳も抜いた。

　平岩は、下段に刀をおろした。

「浦波か」

　主膳は逆に片手青眼で大きく振りかぶった。柳生流にはない型である。

「柳生の心だけでなく型まで失ったか。柳生の太刀で葬ってやるのがせめてもの手向け」

　平岩が一歩踏み出そうとした瞬間、左手に持っていた笠を主膳は平岩の顔めがけて投げつけた。

「くっ」

首を振って笠をさけた平岩は、笠に続いて来た主膳の片手打ちをかろうじてかわした。だが、そこまでだった。首の血脈を狙って外されたとたん、主膳の太刀はそのまま伸びるような突きに変化した。

「がはっ」

体勢を崩されていた平岩は避けることができず、喉を突き抜かれた。

「所詮は生き死にのやりとり、剣士は勝ってこそ生きる価値がある。兄者あなたは、剣士ではなかったということですよ」

主膳は返り血をさけるために、刀をそのままにし、かわりに平岩の太刀を奪った。

「さすがはお歴々、いいものをお持ちだ。形見分けに頂戴いたそう」

主膳は番所のなかで震えている小者に鋭い目をむけた。

「もう少し、知られたくないのでな、儂が城下に入ったことを」

主膳が障子を閉めたとき、なかで生きている者の姿はなかった。

一刻後、主膳の姿は名古屋城の三の丸にあった。

産まれ育った城下である。四十カ所ある番所の場所も知りつくしている。誰にも会うことなく主膳は宗春の寝所の床下に潜りこんだ。

「殿……」

「主膳か」

宗春が小さくこたえた。

「ご無事で」

「もう儂の命など誰も狙わぬ」

宗春が自嘲した。

「いえ、吉宗が刺客を放ちましてございます」

「吉宗め、そこまで儂が憎いか」

宗春の声に怒りがこもった。

「なにごともございませぬか」

「ふっ、気づかってくれるのはおまえだけじゃ。家老どもはあいかわらず儂の死を望んでおるというのに」

「そのようなことはございませぬ。心あるものは吉宗や竹腰のやりかたに怒りをおぼえております」

「そうでもなかろう。誰もが我が身はかわいい。太平の世では、侍など無用の長物よ。

寄るべき藩を失えば、明日から喰うに困ろう」

「殿」

「安心せよ、儂は命を粗末にする気はない。けっして自害などいたそうとは思わぬ。生きるだけ生きて、吉宗の喉に刺さった骨であり続けてやるわ」

宗春が暗い笑いを浮かべた。

「で、儂の命を狙うというのは、お庭番か、それとも伊賀組か」

「かの家重が手の者、三田村元八郎でございまする」

主膳がそう言ったとき、じっと二人の会話を天井裏で聞いていた香織が息をのんだ。

「倒したのではなかったのか」

「申しわけございませぬ。一度は斬ったのでございますが……」

「まあ、よかろう。いまさら申したところでどうしようもあるまい」

「さいわい、まだここまでは入っておらぬようでございます。かならずや仕留めてご覧にいれまする」

「無理はするなよ。儂の家来はもう、そなただけじゃからな」

「ありがたきお言葉。家重が命を狙うはまず殿のお身の回りの障りを取り除いてからと尾張に舞い戻りました。三田村を倒した後はふたたび江戸に立ち返りまする。なにとぞ吉報をお待ちくださいませ」

主膳はそのまま床下から這い出た。

しばらくして三の丸屋敷の天井裏からでた香織は、城を抜け出したところで前をふさがれた。

「待て」

辻で主膳が待ち伏せしていた。

「なかなか見事に気配を殺していたが、一度気を乱したな。三田村が名前を出したときだ。きさま、お庭番か」

主膳は刀に手をかけてさえいないが、香織はその殺気に身がすくんだ。

「三田村はどこだ、素直に申せば、命は助けてやるぞ」

「………」

香織はあたりに気を配った。

「逃げてみせるか」

主膳が太刀から小柄を外した。

「聞きたいことがあるからな。殺すわけにはいかぬ」

小柄は本来手裏剣のような使い方をしない。投げるには柄が重すぎるのだ。しかし、主膳ほどの手練にその常識は通用しない。

「ぬん」

主膳の手から小柄が飛んだ。香織は思わずその場にしゃがんだ。

小柄は香織のはるか後ろへと投げられていた。

「隠れても無駄だ」

主膳がふたたび小柄をかまえた。

「次は、喉だ」

主膳の言葉に闇から一人姿を現した。右手をだらりとさげている。肩に小柄がさささっている。

「どうやら、こいつをつけていたようだが、土井下組か」

主膳の言葉に香織は愕然とした。つけられていたことに全然気づいていなかった。

「土井下組は藩主に直属する。宗春さまがご隠居なされた今、おまえもわが敵ということになるな」

さすがの主膳ももう一人お土井下組の忍が闇に紛れていることに気づかなかった。利き目と呼ばれる忍は夜でも常人の数倍の視力を誇る。はるか離れたところから、彼らを監視していた利き目が、そのとき城の方向へ走りだした。

「さて、お庭番。三田村はどこにいる」

香織は答えることができない。たったいま主膳の口から元八郎が無事に東海道をのぼってきていることを聞かされたばかりだ。

「痛い思いをする前にこたえたほうがいいぞ」

主膳が刀を抜いた。

「三田村はどこだ」

「………」

「けえい」

不意に主膳が太刀を振るった。桶の水を地面に一気にまいたような音がした。

「ぐう」

聡耳の右手が斬り落とされていた。

「三田村はどこだ」

主膳は地面に転がって呻いている聡耳のそばに立った。

「ぎゃ」

今度は左の太股に刀が突き立てられた。

「さあ、同じような目にあいたくなければ言え」

まさに心に対する拷問であった。香織の膝が震えた。

主膳が刀を聡耳の太股から抜いた。血が噴き出る。もう、悲鳴もあがらなかった。

だが、主膳は苦しむ聡耳をそのままにして香織のほうへ近づいてきた。

「つぎはおまえだ」

三

元八郎は侍姿に戻った。変装がばれてしまえば、町人姿では両刀させないぶん不利だからだ。髪結いを呼び、古着を求め、刀は宿賃の抵当に旅籠においていったもののなかからましなものを選んで買い取った。

「正宗とは行きませんでしたね」

菊次郎が言った。

「なまくらでなければいいさ。おいらごときが銘刀を持つのは早すぎる」

元八郎は、何度か太刀を抜いては戻しして、抜き差しの感触を覚えようとしていた。

刀を抜くには鯉口を開かなければならない。その固さが刀によって違うのだ。あまりに固すぎると出が遅くなり、甘すぎると屈んだだけで刀が抜き出て怪我をする。

「菊次郎、ここで別れよう」

元八郎は正木と田中が井上の比でないことを悟っている。しかも、元八郎の左手はまだ十分に伸びてくれない。この状況では菊次郎のことをかばえなかった。

「いまさら何を言われるんで。このまま結末を見ずに帰れなんて殺生ですぜ」

菊次郎が首を振った。

「おいらは見せものか」

元八郎は笑った。菊次郎の心意気がうれしかった。

「これだけは言っておくぜ。けっして手出しはしねえでくれよ」

「へい」

二人は宿をでた。

四日市から追分けまでは五十丁(約五・五キロメートル)である。半刻(約一時間)もかからない。元八郎たちの二丁(約二二〇メートル)ほど後ろを正木たちがついて来た。

六つほど川を渡ると追分けである。ここで多くの旅人が左へと道をとり、伊勢神宮へと向かう。伊勢講らしい団体もいくつかいたが、追分けを過ぎると商用らしい町人と、二人連れの浪人だけになった。

「どこで襲ってきやすかね」

「そろそろかたをつけなきゃいけねえな。手出ししやすいように適当な場所をこっちで見つけてやらないといけねえか」

元八郎は周りを見わたした。

「だったら、次の辻を右にのぼっていけば、古い社がござんす。そこなら滅多に人が来ることはございやせん」

「くわしいな」

元八郎が菊次郎の顔を見た。

「へへっ、このあたりで仕事をするときにそこを使うんで。人はいませんし、社はあるで、ちょっとした隠れ家にいいんで」

菊次郎が頭をかいた。

「なるほどな。じゃ、そこを借りるとしよう」

元八郎は、社へのぼる小道の入り口で立ちどまって振り返った。あとをつけてきた二人と目をあわせ、にやりと笑い小道へと入っていった。

小道は人の往来がないことを物語るように臑ほどの雑草が生い茂っていた。その道を三丁（約三三〇メートル）ほど行くと、左手に鳥居が現れた。鳥居をくぐると朽ち果てそうな社とちょっとした平らな場所があった。

「おめえは社のなかで見ていてくれ」

「お一人で大丈夫で」

「なんとかなるだろうよ」

元八郎は菊次郎を社のなかへ避難させると、地面のようすをざっと見た。

「なかなか、よいところですな」

正木と田中があがってきた。

「少なくとももじゃまは来ねえ」

元八郎もこたえた。互いの間合いはまだ十間（約一八メートル）あった。

「お互い恩讐一つない仲ではござるが、袖振りあうも多生の縁、いや刃を交えるのは前世の約束。ひとつお相手願おうか」

正木が笑い顔をみせた。

「尾張の方かな」

元八郎は訊いた。

「いや、大和柳生道場の者でござる」

「さようか」

　元八郎は、袴の股だちを高く取り、刀の下げ緒でたすきをした。正木も田中も用意をした。

「では、まずは拙者がお相手いたす」

　田中が太刀を抜きはなった。

「阿波浪人、田中十郎太。柳生新陰流」

「幕府家人三田村元八郎、宝蔵院一刀流」

　元八郎も太刀を抜いた。そのまま二人はふつうに歩いて間合いを詰めた。間合いが三間になったところで、ともに足を留める。

　元八郎は、下段、田中は右脇に刀をそわせるように構えた。

　二人が動きを止めた。

　きっかけは一羽の鳥だった。トンビが対峙する二人の上に影を落とした。

「むう」

　見ていた正木がうなった。

　田中は大きく踏みこみ姿勢を低くして地面を抉るような低い位置から天へと斬りあげ、元八郎はわずかに右に踏みこみながら下段から刀を腰の位置まで引きあげ、そこで突きに出た。

田中の剣は元八郎の左で空を切り、元八郎の突きは田中の左脇に流れた。

「ちっ」

素早く体勢を戻しながら元八郎がうめいた。やはり左手が伸びきらない。

にやりと田中が笑った。

「見切ったぞ」

田中は下段に刀を落とした。

「槍の一撃はかわせば、この間合いでは後が続かぬ」

「そうかい」

元八郎は高青眼にかまえた。

今度も田中から仕掛けた。下段から間合いを詰めて斬りあげ、さらに飛びこみながら上段からふりおろした。うち寄せる波のように繰り返し襲いくる柳生の必殺剣だ。

元八郎は、それを紙一重の差でかわし続けた。

「後がないぞ」

山を切り開いて作った社地はそう広くはない。

田中の足が力をためるために一瞬止まり、上段からとどめの太刀を繰りだした。

元八郎は足を崖(がけ)っぷちにかけながら間合いを計っていた。田中が止まる瞬間を元八郎は待っていたのだ。

「ええい」

元八郎は左腕が伸びきらない不利を間合いで補うため、半歩踏みこみを強くした。体勢が伸びきるために外されれば終わりである。まさに決死の一撃だった。

「ぐえっ」

元八郎の体重をすべてのせた太刀は、光をひいて落ちてくる田中の太刀をはじき飛ばし、顎の下から後頭部へと抜けた。

「見事！」

正木が感嘆の声をあげた。

元八郎は、田中の肩を抱くようにしておさえながら、太刀を抜いた。

田中をそこへ横たえると、元八郎は血刀をさげて歩きだした。

「主膳どのが、気にするはず。あの踏みこみはできるものではござらぬな」

太刀を左手に持ちながら正木が元八郎を迎えた。

「姫路浪人、正木玄悟、柳生新陰流」

正木が肩の力の抜けた青眼に、元八郎はいつもの高青眼にかまえた。

「宝蔵院一刀流、お相手するのははじめてだが、槍と仕合ったことなら何度かある。

遠間にては槍に分あり、近間にては剣に分ありというが、剣の間にて分のある槍と考えればよろしいかな」

世間話でもするように正木が言った。命のやりとりを目の前にしてつねと変わらぬ者は怖い。元八郎は緊張した。

じりじりとすり足で寄り合い、二人の間合いが二間半になった。

「後の先をとるのが宝蔵院流とお見受けした。後の先を取るは柳生流の極意。どちらが優れているか比べるに浮舟の太刀がもっともよろしかろう」

正木の体によぶんな力は入っていない。柔らかくまさに柳のようであった。

「後の先だけじゃないぜ」

元八郎の口調がくずれる。緊張の度合いが高い証拠だ。

後の先とは相手の動きに先んじることをいう。なにも刀が動くのを待つ必要はない。後の先の極意は相手の動き端(はな)を撃つことにある。

「お互い、小細工はできませんな、この間合いでは」

ついに間合いは二間をきった。

いつのまにか社から菊次郎が出てきていた。菊次郎の唇は真っ青に変わり、両手が白くなるほど握りしめられている。

どちらが動いたのか、おそらく対峙している二人にもわからなかったであろう。菊次郎が思わず目をつぶっていた。

「がはっ」

口から血を吐いて倒れたのは正木であった。元八郎は正木の右を抜け、太刀先を宙に伸ばした残心の構えをとっていた。

「旦那」

菊次郎が駆け寄ってきた。

「斬られてやすぜ」

菊次郎が元八郎の左首筋に手ぬぐいをあてた。

「たいしたことはないさ。おいらのほうが早かったからな」

元八郎は、菊次郎の手をのけた。自然に止まるまで流し続けるのが礼儀のような気がした。

「波に合わせて揺れる浮舟のごとく、相手にあわせて動く。わが突き技に突きで来るとはな」

元八郎と正木は同時に突きを放っていた。最初から突きにあった高青眼にかまえていた元八郎のほうが早かった。それだけの差でしかなかった。

「手伝ってくれるか」

元八郎と菊次郎は社の片隅に穴を掘り、二人を葬った。野試合の勝者の義務だ。

新しい盛り土に合掌した元八郎は、後を振り返ることなく街道に戻った。京まであと二日の道のりであった。

四

京の町は何一つ変わってなかった。町並みはもちろん、三条大橋の袂(たもと)で露店を開いているおやじの姿も六年前と同じだった。

「無事に着いたな」

「へい」

元八郎と菊次郎の二人は三条大橋の上でたちどまった。

「ここまでこられたのは、おぬしのおかげだ」

元八郎は菊次郎に頭をさげた。

「よしてくださいよ。そんな他人行儀なことは」

菊次郎が照れた。

三条大橋を二人は渡った。

「旦那は、どこかお宿をお持ちなんで」

「ああ。おめえはどうだ」

「へへっ。京には昔なじみがいやしてね」

「女か」

「えへへへへ」

菊次郎が妙な笑いをみせた。

「京は大丈夫か」

元八郎が訊いた。夜火の菊次郎といえばお手配ものの盗賊だからだ。それに京という町はよそ者を受けいれない。

「大丈夫で。上方（ぜぃろく）で捕まるようなまぬけじゃござんせんよ」

菊次郎が胸をたたいた。

「じゃ、ここらで失礼しやす」

「そうか、名残惜しいがしかたあるまい。江戸にもどったら、かならず訪ねてきてくれよ」

「へい。そのときは遠慮なくごちになりやす」

天性寺の角で元八郎は右へ、菊次郎は左へと別れた。

三条から御所までは近い。陽が落ちる前に元八郎は伏見宮邸に着いた。

「生きていたか」

真っ先に順斎がとびだしてきた。

「親不孝しそこねました」

元八郎は笑った。

「この馬鹿が」

順斎がこぶしで元八郎の頭を叩いた。

「すみません」

元八郎には順斎の気持ちが痛いほどわかる。黙ってされるがままになるしかなかった。

「それ以上打擲（ちょうちゃく）すると、頭がいびつにならぬか」

奥で見ていた伏見宮がとめにはいった。

「これは、宮さま」

元八郎は膝をついた。

「男ぶりがあがったか」

「おたわむれを」

「いや、前とは目つきが違う。かなり苦労したようじゃな」

「おそれいりまする」

元八郎は伏見宮の言葉に熱いものを感じていた。

「こんなところで久闊（きゅうかつ）を叙しても、しかたあるまい。あがれ。かつては冬にきたが、今度は夏じゃ。どうじゃ、夏の京は。あつかろう」

伏見宮が笑った。

「このたびは、玄関から参りました」

伏見宮と元八郎が知りあったのは、追いつめられた元八郎がこの屋敷に逃げこんだことから始まった。

「当たり前じゃ、そう再々夜中に忍びこまれてはたまらぬわ」

伏見宮に促されて元八郎は草鞋を脱いだ。

「兄さま」

座敷では由が待っていた。目には涙が浮かんでいた。

「由、心配かけたな」

「ご無事で……」

あとは言葉にならなかった。元八郎はそっと血の繋がらない妹の肩をなでた。

「腹が空いておるであろう。これ」

伏見宮が元八郎の夕餉を命じた。

「余たちは先にすませてしまったのでな、相伴はこれだけにさせてもらおう」

伏見宮が杯を持った。

「お心遣いいたみいりまする」

順斎が頭をさげた。

膳が用意されるまでみな沈黙していた。六年ぶりにそろっただけでなにも言うことがないようであった。顔を見るだけで満足であった。

「さあ、食せよ。遠慮なくな」

親王としてはもっとも位の高い一品でありながら、あいかわらず生活は質素である。元八郎の膳に並んだものはどれも高価なものではない。だが、一品一品に手間がおしげもなくかけられていた。

「その茄子は宮さまのお手作りじゃ。心して喰え」

順斎が杯を空けながら言った。

「それはもったいない」

元八郎は箸に挟んだ茄子の味噌田楽を目のうえにささげた。

「大仰なことをいたすな。茄子は誰が作っても茄子じゃ。それ以上でもそれ以下でもない。暇つぶしといえば百姓に叱られるが、親王とは名ばかりですることのない余が、ものとはどうしてできるものかとやってみただけのもの。うまくはないぞ」

伏見宮が手をふった。

「頂戴いたしまする」

座がにぎやかになった。

「ところで三田村、左肩の傷は痛まぬのか」

伏見宮が不意に訊いた。

元八郎と順斎が顔をみあわせた。まだ、なにも話をしていない。剣の達人である順斎が見抜くならわかる。武道の修練などしたこともない伏見宮が元八郎の怪我に気づくとは思えなかったからだ。

「よくおわかりになられました」

元八郎は驚きをあらわした。

「なに、茶碗を持つ左手がなんとはなしに重いような感じがいたしたでな」

公家は礼儀礼法で生きている。箸のあげおろしはもとより、なにをするにも型がある。その型は長いあいだかけて生みだされたもっとも自然な動きから作られたものだ。型に精通すれば、目に見えないようなぶれすら感じることができるようになるのかもしれない。

「おそれいりました。じつは……」

主膳との戦いからすべてを元八郎は話した。

「柳生と申すは、そこまで強いか」

伏見宮が目を見張った。伏見宮はかつて大晦日の御所で元八郎のたちまわりを見ている。甲賀忍者を相手に無敵とも思える働きをした元八郎を追いつめるほどの相手に驚きを禁じえないようだった。

「こやつが未熟なだけでございます」

順斎が吐き捨てるように言った。

「心に迷いがあったからでございます。相手の動きにあわせ、それよりも早く必殺の一撃を繰りだす宝蔵院一刀流の継承者でありながら思い切りが悪い。だから一歩遅れたのでございます」

順斎の指摘は的を射ていた。神速をむねとする宝蔵院一刀流は、どの流派のどの太刀よりも速くなければならない。人の体のだせる速さはそう差異があるものではない。

わずかな遅速を決めるのは心の迷いのあるなしなのだ。

「柳生主膳はまさに剣鬼。人を斬るに迷うことはないのでございましょう」

順斎が吐きすてた。

「人を殺すことに迷いがないとは怖ろしいことじゃな」

「宮さま。剣を学ぶものはその迷いをいかに断つかを修行いたすのでございます。こやつはまだまだ未熟でございます」

「ふむ。ということは、順斎。そなたには迷いがないというのか」

「ございます。人であるかぎり迷います。ですが、わたくしは時と場合によっては鬼になれまする。守らねばならぬものがございますゆえ」

順斎の目が由をみた。

「なるほどの。しかし、元八郎にも守るべきものはあろう」

伏見宮は元八郎と香織の婚約を知っている。

「こやつは、優しすぎるのでございます。相手の守るべきものにまで思いをはせる。それが迷いになっておるので」

「優しさか、人に必要なものであるだけにむつかしいの。剣も仏道でいう悟りをえぬとならぬということか」

のだ。

「さて、余はもう寝させてもらおう。ゆるりと休めよ」

伏見宮は、杯を空けると寝所へと消えていった。親子水入らずを気づかってくれたのだ。

「ご心配をおかけいたしました」

元八郎はあらためて順斎に頭をさげた。

「生きていたのであれば、まあよいわ。親は子のことを心配するのが仕事じゃ」

順斎が目を細めた。

「父上、香織はどこに」

元八郎は気になっていたことを訊いた。

「まず訊くべきことであろうに、やっとか。まったく」

順斎があきれた顔をした。

「名古屋じゃ。香織どのはおまえの行方を調べると言って、蟄居（ちっきょ）した宗春をさぐりに行っておる」

「名古屋」

元八郎は思わず大きな声をあげた。

「なんじゃ、いきなり」

「名古屋には主膳がもどって……」

　元八郎は腰をうかせた。

「阿呆、おちつけ。今のおまえが行ったところで深川の二の舞にしかならぬわ。心配せずとも嫁女はおまえより一枚上手じゃ」

　順斎が元八郎をおさえた。

「なんのためにおまえは京に来たのだ。伏見宮さまのお力になりに来たのであろ。嫁女のことはわしに任せよ。おまえは宮さまのことにだけ専心しておればよい」

「……はい」

　元八郎は力なくうなずくしかなかった。

　翌朝、元八郎は伏見宮に呼ばれ、その居室に伺候した。

「お主を呼んだのは、頼みがあったからじゃ。じつはの、主上と幕府のあいだがうまくいっておらぬのだ」

　元八郎ははじめてそのことを聞いた。元八郎の身分では、雲上のできごとまで知ることはできない。

「久しく絶えていた大嘗祭を幕府の援助でおこなうことができたころまではよかった

のだ。徳川が武家の頭領となってから、はじめてではないかと思えるほど朝幕の仲はむつまじかった。それが急に悪くなったのだ。その一端はおそれおおいことながら主上にあらせられる」

伏見宮は嘆息した。

「主上は、このまま朝威を復権なされようと、それこそどのくらい絶えていたかわからぬほど昔におこなわれていた地方の神宮への奉幣使を復活されようとされた。そのこと自体は幕府になんの遠慮もいらぬことなのだが、知ってのとおり朝廷には金がない。なにかいたそうと思えば幕府にたよるしかないのが現状じゃ。奉幣使のことも武家伝奏を通じて所司代に申しでた。とたんに幕府から圧力がかかってきたのだ。おぬしも今朝方聞いたであろう、あの雄叫(おたけ)びを」

元八郎はうなずいた。すでに目覚めていた元八郎は、まだ明けきらぬ空を引き裂くような気合いに驚いて外に出たほどであった。

「あれはなんでございましょうか」

「禁裏附きの与力同心どもの朝稽古だそうだ」

「先年、京におりましたときには、あのような声を聞いたことはございませんが」

「三年前の七月に赴任してまいった曾根なんとやらとかもうす禁裏附きが組頭になっ

てからじゃ」

「曾根五郎兵衛でございましょうか」

「そうじゃ。知っておるのか」

「名前だけは」

直心陰流の遣い手として曾根五郎兵衛の名前は江戸に響いている。剣道より礼法を知っていたほうがいいといわれる禁裏附きに曾根はふさわしいとは思えなかった。

「これが慶長あるいは元和のころなら軍勢を仕立てて京に将軍が上ってきて威圧したのであろうが、幕府にもいまそんな余裕はない。手軽な恫喝としてあの者をよこしたのであろうが……」

伏見宮が口ごもった。

「宮さま」

「そなたにまで隠す必要はないの。逆になってしまった」

「とおおせられますと」

「主上はお怒りになられた」

「なんと」

元八郎も一度だけではあるが桜町天皇と会っている。若くそして覇気のある人物であったと覚えている。

「恫喝は主上のお怒りをまねいた。このままではせっかく良好であった仲が根底からくずれかねぬ。余は、何度も主上にお願い申しあげた。奉幣使のことはときをお待ちくださるようにと。だが、ああ毎朝恫喝をくりかえされたのではどうしようもない。そこで余は、あの恫喝が将軍家の真意なのかどうかを調べるということで主上にしばらくのご辛抱を願い、吉宗どのにも家重どのにも面識のあるそなたを呼んだのだ」

「わかりましてございまする」

重要な役目である。これでは手紙に書くことなどできるはずはない。東海道をもう一度往復しなければならないが、秘密をまもるためにはいたしかたない。それにこれは父順斎ではできぬ相談である。順斎なら大岡越前守を通じて吉宗と会うことはできるかもしれないが家重と会うわけにはいかない。どちらとも面識のある元八郎にしかできぬ役目であった。

「そうか。では、余は参内して主上にお話し申しあげてまいる。これで今すこしご辛抱いただけるであろう」

伏見宮は、そのまま御所へと向かっていった。元八郎も供についた。昨夜父から禁裏附き同心たちの嫌がらせが最近ひどくなっていると聞いたからである。

一品親王ともなると参内に傘をさしてゆく。雨が降っているいないにかかわらずだ。輿にのることも許されているが、若い伏見宮は歩くことを好む。

伏見宮屋敷から御所にむかうには石薬師御門を通り、御所を左手にしながら、乾御門手前で南に折れ、御台所門から入る。その途中、近衛家屋敷の西南角今出川御門の前であざけりの声が聞こえた。

「雨でもないのに傘などさして、なにがふってくるというのやら」

「矢玉をふせぐには、ちと薄かろう、その傘じゃ」

「その前に傘持ちの小者が倒れるのじゃないか、ほれ、またゆらいだわ」

元八郎が視線をくれると、そこには頭にはちまきを巻き、たすきがけに袴の股だちをとった禁裏附き同心たちがいた。

「おのれ」

「ほっておけ。相手にする必要などないぞ」

走りだしかけた元八郎を伏見宮がおさえた。

「口だけで手だしをしてくるわけではない。捨ておけ」

「はあ」

伏見宮にそう言われ、元八郎は思いとどまった。

「では、ここで待っていてくれ」

御台所門のなか、供待ちで元八郎は腰をおろした。朝議がない日なのか、供待ちには数人しかいない。侍姿は元八郎だけだった。

「おたくさん、伏見宮さまのお供かいな」

初老の雑色（ぞうしき）らしいのが声をかけてきた。雑色とは、公家の家の雑用をこなす小者のことである。

「はあ」

「珍しいこともあるもんやな。いまどきどこのお家も侍を抱えるほど余裕はないはずやが。伏見宮さまのところは、内証裕福なんやなあ」

「失礼ながら、あなたは」

「儂かいな。儂は烏丸家の雑色で摂津介（せっつのすけ）というもんや」

烏丸家は広橋家とならんで武家伝奏をつとめている。摂津介とは六位にあたる官位のことだ。

「なんや、このごろよく参内しはるでな、うちの旦はん。この暑いのに付いて歩かんならんのは、かなわんで。それに禁裏附きの同心どもがようけからんできよるでな。

うっとうしいてたまらんわ」

「わたくしは、今日はじめてお供で参ったものですから、知りませんでしたが、よくないようですね」

「あかんで。朝廷と幕府の仲がだんだん悪くなってきてるで。ちょっと前までは、武家伝奏が来たというたら所司代はなにをおいてでも出てきたもんやが、新しい所司代はごっつ態度が悪い。多用やとか病気やとか抜かして、つっかえしよる。戦にはならんやろが、万一に備えて田舎に地所でも買っておこうかなと思うわ」

　摂津介は嘆息した。

「烏丸どののお供のかた」

「おう、旦はんのお帰りや。ほなら」

　摂津介は、供待ちをでていった。

「待たせたな」

　供待ちに伏見宮が顔をだした。

「参ろうか」

　御所をでたところで、元八郎は今聞いた話を伏見宮にした。

「たしかに、朝廷のなかに幕府に対するいきどおりはうずまいてきている。だが、武力を持たない朝廷に幕府をどうこうする力はない。このまま鬱積していけば、どういうことになるかちと不安ではある」

伏見宮も憂慮していた。

「もうお帰りか。行って帰ってそれですむとはいいご身分じゃ」

またもや今出川御門まえで同心たちがこれ見よがしにあざ笑った。

「宮さま」

「いかんぞ、挑発にのってはな。あれにのっては所司代の思いどおりになる」

「はあ」

「所司代は、悪口雑言につっかかってくる公家がでてくるのを待っておるのじゃ。誰かが堪をきらせて手をだせば、それを見せしめに捕らえ罪に落とすつもりじゃ。主上がそれをお助けになりたくば譲位をということになる」

「…………」

幕府の御家人として元八郎は、顔をあげられないほど恥ずかしい思いであった。

屋敷に戻ってすぐに伏見宮は、桜町天皇から元八郎にことを託すという勅意があったことを伝えた。

「おそれおおいことでございまする」

元八郎は平伏した。

「これを持っていけ。主上のお手筆が一番なのだが、主上のものとなれば勅諚となり、ことが大きくなりすぎる。余の書状ではあるが、そなたに頼んだことをあらためて書き記してある。吉宗どの、家重どのに披見してもらえればいい」

伏見宮は手紙を元八郎に託した。

「お預かりいたしまする。三田村命にかえましても、これを江戸へ届けまする」

「届けるだけではないのだ。よいか、かならず無事に京へ返答を持って帰ってきてくれよ」

伏見宮の言葉に元八郎は目を熱くした。

「では、これから参ります」

「今日一日ぐらい休め」

「いえ、一日でも早いほうがよろしいかと」

「すまぬな」

「いえ」

元八郎が伏見宮の前からさがると順斎が待っていた。

「父上、すぐに江戸へ戻りまする」

「宮さまの命か」

「はい」

「そうか。香織どののことは儂にまかせよ」

「お願いいたしまする」

「元八、こい」

順斎は庭に元八郎を連れだした。

「これをもて」

順斎は手にしていた木刀を元八郎にわたした。自分も木刀を構える。

「よく見ておけ」

二人の間合いは三間半（約六・三メートル）ある。少し多い。

「撃ちこんでこい」

順斎に言われ、元八郎は大きくふみこみ上段から斬りおろした。順斎も同時に跳ぶ。

「あっ」

元八郎は叫んだ。

「わかったか」

「はい」

「では、いけ」

旅立つ元八郎を涙を目に一杯浮かべた由が見送った。

「お気をつけて」

元八郎は力強く頷(うなず)いて、ふたたび東海道へと足をすすめた。

第四章　京洛の闘い

一

「なかなか強情な女だ」

主膳が冷ややかな笑いを浮かべた。

「柳橋芸者がお庭番だとは思わなかったが、卑怯者（ひきょうもの）の吉宗ならそれぐらいのことはやりかねないか」

主膳が太刀のこじりで香織の顎（あご）を持ちあげた。

「外面以菩薩（げめんじぼさつ）、内心如夜叉（ないしんにょやしゃ）とはよくいったものだ。この顔で人を殺すか。何人殺した」

主膳がしげしげと香織の顔を見た。

「おまえがお庭番ということは三田村も庭番か。いや違うな。あいつには忍の非情さがない。心が弱すぎる」

「……………」

「そろそろ白状したらどうだ。吉宗の命令で宗春さまのお命をねらいにきたと」

「……………」

「三田村はどこにいる」

「……………」

「わしは気の長いほうではない。あまり強情を張っていると、体に訊くことになるがな」

主膳が、こじりを顎から香織の胸にさげ、乳房に押しつけた。乳房は女の急所である。はじめて香織が呻いた。

「助けがくると待っているなら無駄なことだ。大坂屋は、押しこみ強盗にやられて一家全滅だそうだ」

主膳の言葉に香織はきっと顔をあげた。

「ふふふ。おまえがここに捕らわれていることを知っている者はもういない。楽に死ぬか、苦しみ抜いて死ぬか、どちらかを選ぶしかないぞ。誰だかわからないほど切りきざまれた死体で三田村に会うか、綺麗な死に顔で会うか。ゆっくりと考えておけ。まあ、おまえがこたえなくても三田村を呼びよせる手づるにはなるがな」

主膳は、香織が閉じこめられている土蔵から出ていった。

あの晩、主膳によって当て落とされた香織が、目覚めたとき土蔵の大黒柱にきつく縛られていた。それからすでに三日になろうとしていた。香織が名古屋に忍びこんできていることを知っている大坂屋は主膳の手によって壊滅させられ、香織の死生はまさに主膳のてのひらに握られていた。

元八郎の跡を追うように京をでて、名古屋に入った順斎は、城下で途方にくれた。名古屋にいるはずの香織との連絡のとりようがないのである。

「さて、どうするか。任せておけと元八郎にいったが。つなぎの手段ぐらいは決めておかねばならなかったな」

日頃ぬかりのない順斎であったが、元八郎の生死がわからなかったあせりから重要なことを忘れていた。それが今になってひびいていた。

「うろうろ歩きまわって偶然嫁女と会うということはないだろうしのう」

順斎は、まず宿をとることにした。

「本日はようこそのお泊まりで」

　宿帳をつけに番頭がやってきた。

「お世話になりますよ。隠居の遊山旅でな。いつまで逗留するかわかりませんが、よろしくな」

「それはそれは、名古屋はいいところでございます。ゆっくりとご滞在くださいませ」

　番頭が心づけをもらってにこやかに笑った。

「番頭さん、ここ最近なんぞ変わったことなどはございませんかね」

　順斎が訊いた。香織ほどの美貌なら、なにかあれば噂になっているだろうと思ったからである。

「そうですねえ。大きなことといえば、先のお殿さまが、隠居慎みをお上から命じられて三の丸にお引き籠(こ)もりになられているということでしょうかねえ。ああ、そうそう、そういえば、一昨日、この先の小間物商いの大坂屋さんが押しこみにあって、一家斬殺(ざんさつ)されました」

「ほう、それは物騒な」

　順斎は、興味深げな顔をした。

「詳しい話をお望みでしたら、大坂屋の側に住んでいる女中がおりますので、後ほどうかがわせましょうか」

「いやあ、そうしていただくとありがたい。なかなかそういう大きなことを見聞きすることはないでな」

「夕餉（ゆうげ）のあとにでも」

番頭が下がっていくのを見送った順斎の目が鋭くひかった。

夕餉を終えた順斎の部屋に一人の女中がやってきた。部屋付きの女中より少し若く、まだ独り者のようである。

「もう、よろしいでしょうか」

「おお、あんたが番頭さんの言っていた」

「はい。常（つね）と申します。大坂屋さんのことをお聞きになりたいとか」

「お常さんか。まあ、これを取っておいてくれ。いやあ、年寄りはもうちょっと悟らなければならぬと思うのだが、騒動のこととなると血がさわいでな」

順斎が手渡した心付けに常は目を丸くした。

「二分（一両の半分）も。こんなにいただいて、お話だけでよろしいんですか」

常が色っぽい目をむけた。宿屋の女中はそのほとんどが客の求めにおうじて寝間にもはべる。

「いや、お常さんほどの美人なら、一晩と思わんでもないが、もう役に立たなくてな。残念だわ」

　順斎が頭をかいた。

「ご隠居さん、おもしろいお方ですね」

　うち解けたお常は問われるままに大坂屋の一件について語った。

「ことがあったのは、一昨日のことなんですよ。夜明けすぐに大坂屋さんの前を通った豆腐屋さんが、潜り戸があいたままになっているのに人の気配がしないことに気づいてのぞきこんでわかったんですが……」

　お常の話は自分の目で見てきたというだけあって、こまかく臨場感にあふれていた。

「主人夫婦に奉公人あわせて十四人が殺されていたというのかい」

「はい。皆殺しですよ。あたしの家は大坂屋さんの裏手の長屋なんですが、大坂屋さんは珍しい江戸ものの簪(かんざし)や櫛(くし)をおいておられるので、ちょくちょく行ってましたので、よく知ってますが、誰一人として助かった人はいません」

「みんな一刀のもとにかい」

「はい。そう親分さんが言ってましたよ」

お常が身を震わせた。

名古屋も江戸と同じであった。町奉行所の同心にやとわれた手下が、実際の治安を維持している。

「へえ。その親分さんと会えないかねえ」

「鬼瓦の親分さんとですか。よろしゅうございます。明日でよければご案内させていただきますが」

「悪いな、頼むよ」

「いえ」

「ところで、大坂屋さんは、老舗かい」

順斎は話を変えた。

「いえ、その名のとおり大坂から名古屋に移ってこられたお方で、まだ十年にはならないと思いますが。将軍さまの倹約令でどこも小間物の売れ行きが悪いのに、名古屋だけはお殿さまのおかげでよく売れると聞いたからとお引っ越しの挨拶にこられたときに聞きましたが」

「なるほどねえ。たしかにどこのご城下よりもここは繁華だ」

「でも、最近はよくないんですよ。ちょっと前までは、本当に派手だったんですけどねえ」

寂しそうに言うお常に翌日のことを約束させて順斎はもどらせた。

翌朝お常は順斎と鬼瓦の弥介を引きあわせた。

「あっしに大坂屋のことでご用とうかがいましたが」

鬼瓦の弥介が、順斎を見つめた。通り名のとおりいかつい顔立ちである。小悪党なら顔を見ただけで縮みあがるだろう。

「忙しいときにすまんな」

順斎は、身分を名乗ることにした。

「元江戸南町奉行所の……」

弥介の見る目がかわった。探索にたずさわるものにとって江戸町奉行所というのは、あこがれの的である。

「その旦那がどうして名古屋のことに」

「まずは、大坂屋の被害者の斬り口を見たいのだが」

「ですが、仏は、検死が終わったので荼毘にふしてしまいましたよ。なんせ、この暑さで。身内が皆大坂だというもので、引き取りまでおいておくと腐っちまいますんで」

「絵図はないかい」

順斎は訊いた。こういう大きな事件では仏の絵図を残すのがきまりである。

「奉行所にございます」

「なんとか見れねえか」

「お話しくださいますか」

弥介に言われて、順斎は江戸で見た辻斬り(つじぎ)の話をした。

「辻斬りと押しこみですか。しかも江戸と名古屋で。そりゃあ、ちょっとお見こみちがいじゃございませんか」

弥介はなかなか首肯しない。そこをねばりにねばって順斎は承知させた。なんの手がかりもなかったことが、弥介をして順斎の話に乗る気にさせたのであろう。

「ちょっと待っててください」

弥介がそう言って出ていってもどってくるのに一刻(約二時間)ほどかかった。

「全部というわけにはいきませんでした。主と番頭のものだけですがね」

弥介が差し出した絵図を順斎は奪うようにうけとった。

「間違いない。おなじ斬り口だ」

順斎は手にした絵図をおいた。

「なんですって」

弥介が驚きの声をあげた。

「まずまちがいあるまい。江戸で辻斬りが出なくなって長くなるが、こっちに来ていたとはな」

順斎は知っていながらとぼけた。

「どんな野郎なんで」

「侍に違いないことはわかるな」

「へい。これだけの斬り口は並大抵のものじゃありません」

「どこかの藩士か浪人かもわからないが、身の丈は五尺六寸（約一七〇センチメートル）でやせ型。顔つきは目が細く眼光鋭い。鼻と口が大きく、顎はそれほど張っていない」

順斎が言ったのはそのまま主膳の姿であった。

「わかりやした。一度それで手配してみます」

「見つかったら教えてくれ」

順斎は鬼瓦の弥介の家を出ると、大坂屋を見にいった。

大戸は閉められ、潜りも釘づけにされているのか閉まったままである。昼間は人目があるのでそのまま順斎は宿にかえった。

「ちょっと出てきますよ」

夕食をすませて順斎は宿を出た。すでに陽は落ちている。

宗春が藩主の座を降ろされてかなり寂れたとはいえ、まだ名古屋の町は賑やかである。一度派手やかなことに慣れた人はなかなか地味に戻ることはできない。酔客の足取りもかるく、遊郭へとむかっている。

だが、大坂屋の周辺はまるで人の気配がなかった。十四人もの人が殺されたとなると不気味がって夜になると人がよらない。周りの店も客がこないから早じまいしてしまう。

順斎はたやすく大坂屋の塀を乗りこえた。

大坂屋のなかに灯はない。順斎は用意してきた懐がん灯を取り出した。小さな庭を数歩歩くと母屋にとどく。すべての雨戸は閉められていた。

小柄を差しこみ雨戸の一枚を外した。

「血のにおいが抜けてないな」

がん灯に照らされる床、畳にどす黒く変色した血の跡があふれていた。現役のころにもよくにた経験はしているとはいえ、順斎は嫌な顔をみせた。

「相変わらず人を殺すことを屁とも思ってないようだ」

順斎は部屋のなかを探しはじめた。しかし、なにもない。

「奉行所が探したろうしな。見逃しがちなところはどこだ」

天井裏も畳の裏もなにひとつない。

半刻ほども探したろうか、順斎の動きが止まった。

「やれやれ、やっと来たか」

順斎は、開いた雨戸のすき間から外を睨んだ。

「そんなところから見ていないで入ってきたらどうだ」

順斎の言葉に庭の石灯籠の影から手裏剣が飛んできた。順斎は素早く脇差ではじいた。

「よせよせ。儂はおぬしが狙っている相手ではないぞ」

順斎は、脇差を鞘にもどして害意のないことを示した。

「おそらく同じ相手を探していると思うのだがな。柳生主膳のゆくえを」

柳生主膳の名前を出したとたん、相手からものすごい殺気が放射されてきた。だが、それは一瞬で消えさり、男が歩みよってきた。

「灯を消されよ」

小さく男が言った。

「わかった。顔を見られるのが困るということか」

順斎は灯を消した。

「儂は忍のことについては詳しくはないが、ここを見張っておられたということは尾張藩のお方じゃな」

「………」

「大坂屋はお庭番の宿。それが全滅となったら、かならずお庭番のつなぎの者がやってくると睨んでここを張っておられたのであろうがな。来たのは、こんな小汚いじじい一人」

順斎の戯れ言にも男はなにもこたえない。

「おぬし、ここにつなぎの者が来ることがないぐらいはわかっていたろうが。隠密がわざわざ目立つところにやってくるわけない。それを知っていてもここを張っているしかないのは、柳生主膳を探しているからであろ」

「うるさいじじいだ」

はじめて男がしゃべった。

「主膳に恨みがあるのであろう。わしは、息子を傷つけられ、嫁女の行方がわからなくなっている」

「仲間がやられた」

男の声にすごみがくわわった。

「それもむごたらしく一寸刻み五分試しにかけられてな」

「あいつならやりかねんな」

「おまえのいう嫁女とはお庭番の女のことだな」

「知っているのか」

「宗春さまのお屋敷の床下に忍んでいたわ。それにたしかに主膳とやりあってもいた」

「そのときにお主の仲間もやられたのか」

「ああ。俺ではとてもかなう相手ではない。仲間を呼びに行ってもどってきてみれば……」

「くされ外道が」

順斎も怒った。

「しかし、主膳は尾張を放逐されたのではないのか」

「表向きはな。だが、柳生の門弟が多い名古屋では、いくらでもあいつをかばうものにはことかかない」

「見つけるのが難しいか」

「手がかりがない。五千人からの藩士の家を全部見てまわるわけにもいかぬ。宗春さまのもとにも来ぬ」

「見張られていることを知ったからか」

二人とも沈黙した。

「おびき出すしかないか」

順斎がつぶやいた。

「どうやって」

「噂を立てる。大坂屋に幽霊がでるでもいい。物音がしたでもいい。主膳の耳に入りさえすればいい。あいつがいま探しているのはわしの息子だ。そのために嫁女を人質にした。いま大坂屋に奇妙な噂がたてば、かならずあいつはたしかめに出てくる」

「なるほど」

「おぬしは、主膳に見つからなかったほどの術者であろう。ならば、お主がここを見張ってくれればいい。あとは、出てきた主膳のあとをつければ、どこに潜んでいるかがわかる」

「それを俺が教えると思うのか」

「信じるしかあるまい。それしか手だてはない。わしが嫁女を救うにはそれしかな」

「お庭番は、われらが仇敵じゃ。過去、五名がお庭番によって葬られた。おまえの嫁とて敵にはちがいない。知らせずに殺すかもしれぬ」

「主膳をおびきだす報酬としてくれぬか」

「…………」

順斎の顔を男がじっと見つめた。

「約束はできぬぞ。殺されたものの身内が許せばだ」

「おお。それでいい」

順斎は喜んだ。

「主膳のほうが今の我らにとってじゃまだからな。あのまま捨てておけば、尾張藩が改易になりかねぬ。藩とひきかえにできるほどお庭番の命は高価ではない」

男はそう言うと、たちまち闇に消えた。

「儂の泊まっているところなど訊かずともわかるか」

小さく首を振って順斎も大坂屋をあとにした。

「いやあ、驚いた驚いた」

順斎は慌てて宿屋にかけこんだ。

「お帰りなさいまし。どうかなされましたか」

番頭が出迎えた。

「いま、大坂屋の前をとおったんですが、家のなかから妙な音と光とうなり声が……」

「えっ。やはり出ましたか」

番頭は真っ青になった。

「あれだけのことがあったんですからね。なにもないとは思いませんでしたが、もう出ましたか」

番頭と順斎の話を聞いていたお常などは顔色を失っている。無理もなかった。家に帰るにはどうしても大坂屋の前を通るしかないのだ。

噂は翌日には名古屋中をかけめぐった。

「どうやら、来たようだぞ。おまえのいとしい男がな」

主膳がうれしそうに香織に話しかけた。

「馬鹿な奴だ。女のために命を捨てにくるとはな。楽しみにしておけ。もうすぐおまえに三田村の首をだかせてやる」

甲高い笑い声をあげて、主膳が出ていった。

その夜、噂のおかげでいっそう人気のなくなった大坂屋に主膳がはいりこんでいた。

「そこにもここにもあさった跡がある。噂は本当だったようだな」

主膳はあちこちと見てまわった。

「遅いな」

主膳がいらだってきた。来るはずのない元八郎を待ちくたびれた主膳は夜明け前に大坂屋をでた。それを利き目が見ていた。

利き目の視線を感じたのか、主膳が立ちどまり、あたりを見わたした。

常人の数倍の視力をほこる利き目の姿を主膳はとらえられなかったのか、そのまま歩きだした。それを利き目は辛抱強く追った。

主膳が角を曲がる。利き目はそれ以上追うのをさけた。じっと見ているとしばらくして角から主膳が顔をだした。待ち伏せしていたのだ。人影のないのをみてやっと主膳の姿が消えた。

翌日、利き目はあの角を見渡せるところに潜んだ。少しずつ少しずつ慎重にあとをつけた結果、三日目に主膳が潜んでいる屋敷を確認することができた。

毎日利き目からの連絡を待って、名古屋の城下をうろついていた順斎は、一休みにたちよった茶店で声をかけられた。

「そうか、わかったか」

「お馬廻り役、佐藤謹之助の屋敷に主膳はいる」

「そちらとしてはどうするつもりだ」

「正直な話、われらでは全員集まっても主膳に勝てまい。武道に長けた者を庭番との戦いで失ったからな」

「ではどうする」

「おまえ、主膳に勝てるか」

「わからぬ。たちあったことはないからな。だが足どめぐらいはできよう」

「よし、ならば今夜うちこむ。我らが佐藤と家人をおさえる。おまえは主膳をな」

「嫁女は」

「我らが助けだしてくれる」

利き目がきっぱりと言った。

「頼む」

「では、今夜四つ(午後十時)に。主膳はいつも四つすぎに屋敷をでる」

佐藤の屋敷の場所を教えて利き目は去っていった。

「お世話になりましたな」

順斎は、夕方勘定をすませ、宿屋をでた。香織を助けだしたらそのまま京へ夜旅をかけるつもりである。お常に見おくられた順斎は、古着屋で女一通りの衣服を整えると、居酒屋で食事をしながらときを待った。

「いくぞ」

佐藤の屋敷の前にはすでに数人のお土井下組が集まっていた。

「油断するな。これだけの人数だ。もう気配は覚られているだろうよ」

順斎の言うとおりであった。

打ちこんだ一同は佐藤謹之助とその家人にむかえうたれることになった。

「主膳どこだ」

順斎は脇差を抜いて奥へと走った。一人お土井下組の者がしたがう。

「なんだ、三田村が親父か。隠居が死ににきたか」

廊下の奥から主膳が刀を手にあらわれた。

「嫁女を返してもらおうか」

「ふん、息子はどうした。怖じ気づいたか」

「元八郎は、おまえごときにかかわっているほど暇ではないのだよ」

順斎は脇差をだらりとさげて、間合いを詰めていった。

「室内での戦いは脇差が優位か。馬鹿め、柳生流はどこであってもかわらぬ」

主膳が太刀を下段にかまえた。

「浦波か」

「息子に聞いたか、わが剣の鋭さを」

「やれやれ、これだから剣術遣いはどうしようもないのだ。なんでも自分が一番強いと思いこんでしまうからな」

「あほうめ、ものがわからぬのはおまえだ。柳生新陰流は無敵だ」

主膳が滑るように間合いをつめてきた。下段の太刀がうなるように襲う。

「ぬえい」

順斎は大きく気合いを発し脇差で受けた。

順斎の脇差は厚重ねの古刀である。火花を散らして主膳の刀は止められた。

「いいものを持っているな。おまえを殺してもらうとする」

「息子にゆずると決めているのでな、そうはいかぬよ」

今度は順斎が斬りかかった。低い位置からすりあげるように裏籠手(こて)をねらう。

「りゃあ」

主膳は体をひねってかわすと、そのまま水平に薙いできた。順斎が地を這うようにして避けた。

「太捨流か。息子よりできるな」

「おまえも口だけのことはあるようじゃな」

二人は三合打ち合ったが、決め手に欠けた。

「主膳どの、お逃げくだされい」

玄関先から佐藤の悲鳴がした。

「持ちこたえられぬようだな。しかたあるまい。佐藤の腕ではな」

主膳は、刀を青眼にかまえた。

「受けてみるか、柳生の奥義」

「…………」

順斎は無言で構えなおした。

「おうりゃああ」

主膳の太刀がわずかにあがると、しなるように首筋へ落ちてきた。順斎は、脇差の峰でそれを弾こうと振りあげた。

主膳の刀が不意に軌道を変えると、脇差をあげたことで空いた左腋へ伸びてきた。

「あぶない」

甲高い音がして主膳の刀が止められた。

「ちい」

主膳が順斎と体を入れかえ、振り返った。

「おまえか。殺しておくべきだったな」

主膳が助けだされた香織をにらみつけた。香織は順斎の危機を見て廊下にかかげられていた手燭を投げつけたのだ。それが主膳の刀に当たった。

「まだ寿命があったようだな、じじい。今度会うときがおまえの命日になる」

そう言い捨てて主膳が、逃げだしていった。

「助かったわ、嫁女」

順斎が脇差を鞘にもどした。

「ご心配をおかけいたしまして」

「なあに、馬鹿息子にはすぎた嫁じゃ、たいせつにせねばな」

「とりあえず、ここを」

「なに」

二人は雨戸を蹴破って庭に出、木戸を開けて外へ逃れた。

「これに着替えなされ」

順斎はあらかじめ隠しておいた古着を出した。

「すいません」

香織は素早くその場で着替えた。

「おい」

着替え終わるのを待っていたかのように利き目がやってきた。

「見ていたのか、このすけべめ」

順斎が笑った。

利き目はにこりともせずに香織に言った。

「今回は見逃してくれる。残念だが、殿よりお庭番には手をだすなと厳命されたからな。だが、二度と名古屋に足を踏みいれることは許さぬ。見つければ殺す」

利き目はさっと闇に消えた。

「お父さま。あれはお土井下組では」

「そうじゃ。嫁女を救い出すのに力を借りた」

「お土井下組は藩主に直属し、他の誰の命もきかぬと聞きましたが」

「なあに、年寄りの言うことは別じゃ」

順斎は、それ以上言わなかった。

「よいかな、では、参ろうか。京に急がねばならぬ」

追分けについたとき、香織が立ちどまった。

「どうした、嫁女」

順斎が足をとめた。

「お父さま、勝手を申しますが、調べたきことがございます」

「なにか見つけたのか」

「まだわかりませぬが」

香織にもはっきりとはしていないのであろう。

「わかった。元八郎めには江戸で待っていると伝えておく」

「申しわけありませぬ」

香織は素早く身をひるがえし、順斎とは逆の伊勢道のほうへ消えていった。

「やれやれ、えらいのを嫁にしたものだ」

順斎は、腰を叩きながら夜道を京へと歩き始めた。その腋（わき）から血がにじみ出てきているこことを本人だけが気づいていた。

二

少し旅慣れたものは東海道を十日で往き来する。早飛脚は六日で走ったという。元八郎は京をでるなり馬を借り、宿場ごとに乗りかえることで五日で江戸に戻った。

「これは三田村どの」

大岡出雲守の屋敷で出迎えた伊藤がおどろいた顔を見せた。

「出雲守さまにお目にかかりたいのだが」

「今日もお城で宿直でございますが」

「急ぎの用なのだ。なんとかしてくれぬか」

「主より三田村さまがお戻りになればいつなりとて報せよと命じられております。しばらくお待ちくださいませ」

伊藤は急いで出ていった。

江戸城につめているとはいえ、人と会えぬわけではない。与えられている休息所までなら定められた家臣は入ることが許されている。そこで御殿坊主に呼びだしをかけてもらうのだ。もちろん、そのために日頃から御殿坊主に何くれと金品は使ってある。

すぐに大岡出雲守は休息所にあらわれた。

「三田村、帰ってきたそうだな」

伊藤とともに大岡出雲守が屋敷にもどってきた。

「お目にかかることもなく江戸を出ました非礼をお詫びいたしまする」

元八郎は頭をさげた。

「そのようなことはよい。で、急いでおるようじゃがどうした」

「お人払いを」

「うむ」

出雲守はすぐに人をさらせた。

「今日は、伏見宮貞建親王の使いでまいりました」

「伏見宮さまの使いか」

出雲守はすぐに上座からさがった。

「宮さまのお手紙を」

手紙を受けとった出雲守はうなった。

「そのようなことが京で起こっておったのか。知らなんだわ。わかった。ただちにお世継ぎさまのお考えをうかがってまいる」

出雲守はあたふたと登城していった。

「三田村どの、主が呼んでおりまする」

伊藤に言われ、元八郎は江戸城へとむかった。休息所で大岡出雲守が待っていた。

「お話し申しあげたところ、三田村ならば会いたいとお世継ぎさまがおおせられた。しかし、そなたはお目見えできる身分ではないゆえ、西の丸お玄関脇でお出ましになったお世継ぎさまに偶然お声をかけられたというかたちになる。よいか」

「承知いたしました」

家重が西の丸から出るときにつかう玄関は広壮である。駕籠をそのまま式台にあげることができ、警固の侍も詰めることができる。そこで元八郎は膝をついて待った。

「いさいいさあ」

家重が喜色をあらわに近づいてきた。

「ひさしいなとおおせじゃ」

「ああいああうあえあ」

「なにやらまた苦労をかけているようだが、許せと」

元八郎は平伏した。

「お世継ぎさまは、こう申されておられる。徳川の家はけっして朝廷をないがしろにすることなどはなく、いつも崇敬の念をもってご守護いたしておりますと」

大岡出雲守が言ったのに家重は何度もうなずいた。

「お世継ぎさまをお疑い申しあげるようなことをいたしました無礼、なにとぞおゆるしくださいますよう」

元八郎は地面に額をこすりつけてわびた。

「よおい」

家重の言葉は元八郎も理解できた。家重は顔をあげた元八郎に暖かい笑みを見せると出雲守にめくばせをした。

「お世継ぎさまから、そなたにくだされものがある。城内では手渡すことができぬゆえ、後ほどになるが、太刀を一振りくだされる」

「ありがたく頂戴つかまつりまする」

ふたたび顔をさげた元八郎を満足そうに見つめて家重は、館内へともどっていった。

元八郎は江戸城を出ると大岡出雲守の屋敷ではなく、外桜田へまわり大岡越前守に面会をもとめた。

「三田村元八郎が参っただと」

大岡越前守はすぐに元八郎をとおした。町奉行と違い寺社奉行は役宅を持たない。大岡越前守は屋敷で政務をとっていた。

「ひさしぶりだが、どうした」

元八郎は大岡越前守が南町奉行であったときに、その配下の定町廻り同心であった。そして大岡越前守が寺社奉行に転じたとき、引きぬかれて家臣となりその手足として活躍した。

もともと小柄であった大岡越前守だったが、ながく激務に耐えた身体は背中が曲がり、いっそう小さくなっているが、元八郎にとって頭のあがらない人物である。

「そのようなことになっていたか」

元八郎の話を聞いた大岡越前守は嘆息した。

「曾根五郎兵衛が禁裏附き支配となったと聞いたときに、ちと嫌な予感はしたのだが、禁裏附き支配ぐらいには上様はかかわりあいになられぬからな。老中のどなたかのお手配であろうが……」

大岡越前守は途中で言葉をにごした。

「裏があるようじゃな。上様が朝廷との和をたいせつになされていることは、幕府の者なら誰もが知っておるはず。それなのに朝廷を恫喝するようなまねをするのはあわぬな」

大岡越前守の考えはいつも深い。元八郎や大岡出雲守が及ばないのは、ここにあった。

「わかった。上様にはわしが伏見宮のお手紙をお渡ししよう。ひそかにおぬしがお目通りを願うべきであろうが、もしなにやらよからぬ企みをいたしておる者がおるなら、それは逆に敵に報せることにもなりかねぬでな。儂ならば、毎朝お目通りを願っておるゆえ目立たぬであろう。心急いてはおろうが、明日の朝まで待て」

大岡越前守の配慮に元八郎は、さきほど大岡出雲守を通じて家重に目通りを願ったのはまずかったのではないかと思った。

「家重さまにお目通りしたのか」

そのことを話すと大岡越前守は腕組みをして瞑目した。

「ふうむ、おぬしが家重さまの子飼いだということはちょっと目端の利くものにはすでに知れておる。ただ、先年の京のことまでは、さすがに漏れてはいないと思うゆえ、家重さまにおぬしがお目通りを願ったくらいで、それを曾根のことに結びつける輩はそうはおるまいと思うが……」

「はあ」

「江戸ではあまり派手に動かぬことじゃ。微禄とはいえ、おぬしは新規お抱えの身。だれのひきで出てきたかなど注目をあびておる。六年前のことが表沙汰になることだけは避けねばならぬ」

徳川の将軍継嗣にかかわって、兄弟が争い、老中筆頭が内大臣と結託して実権を握ろうとしたというような話は、将軍家の威信を傷つけるだけである。

「承知いたしましてございまする」

「では、明日の昼八つ（午後二時）ごろにもう一度来い」

大岡越前守にそう言われて、元八郎は外桜田の屋敷をでた。

ふたたび元八郎が大岡出雲守の屋敷を訪れたときすでに出雲守は帰着していた。

「越前守どののところか」

「はっ」

出雲守は元八郎が吉宗に会うには大岡越前守の力を借りるしかないと知っている。実際は香織の兄お庭番村垣三太夫の伝手もあるのだが、将軍にのみ仕える庭番は融通がきかない。けっきょく、大岡越前守に頼むしかなかった。

「どうであった」

「明日にでもうかがってくださると」

「そうか」

大岡出雲守が、立ちあがると床の間におかれていた三方を目より高くおしいただくと元八郎の前に立った。

「ご拝領物じゃ」

「ははっ」

元八郎は一歩下がって平伏した。

「関兼元（せきかねもと）の太刀じゃ、ありがたくお受けいたせ」

「それは……」

元八郎は耳をうたがった。

関兼元、関の孫六として有名な刀鍛冶である。室町のころに、伊勢の関にその祖を発し後に代を変えて美濃に移った系譜をもつ。身幅を広く重ねを薄くして刃通りをよくした独特の形を持ち、その波紋は三本杉といわれ、切れ味では、群を抜いている。重ねが薄いにもかかわらず強靭（きょうじん）で、打ち合えば相手の刀を斬るとまでいわれる。戦国時代から名の知れた名物も多く、大名道具のさいたるものであった。初代から三代までの刀はあがなうにどれだけの金がかかるかわからないほど高価なものであった。

「徳川の家には名刀が秘蔵されておる。見て美しい刀もあれば、実戦でものいう刀もある。孫六は使うことで真価を発揮するもの。死蔵しておくよりは、三田村のようなものに持たせてこそよい。余の代わりに遣ってやれとのお言葉じゃ」

「………」

元八郎は言葉が出なかった。

「銘には美濃赤坂兼元とある。おそらく三代であろう」

「三代兼元」

戦国時代に名をはせた刀鍛冶で、真柄斬り、笹露、二念仏など異名を持つものが多い。それだけ大業物なのだ。

「よいか、お世継ぎは遣えとおおせられた。そのことを忘れるな」

出雲守から太刀を受けとった元八郎は、体の震えがとまらなかった。

「泊まってまいるか。儂はまた城に戻らねばならぬが」

「いえ、家に戻ろうかとおもいまする」

「そうか、では、これを持ってゆけ」

大岡出雲守が五十両差しだした。

「足らぬようであれば、いつでも飛脚をよこせよ」

出ていく大岡出雲守に元八郎は深く頭をさげた。

大岡出雲守の家臣伊藤に借りていた太刀を返し、拝領の孫六を腰に差して、元八郎は江戸の町にでた。陽は落ち、あたりは薄暮に包まれていた。

夜が明けたかどうか、まだ薄暗いなかを貞五郎がやってきた。

「旦那、お帰りだったんですか」

「よくわかったな」

元八郎はまだ布団から出たばかりであった。

「大岡出雲守さまから、ご使者がお見えに」

「そうか」

出雲守は泊まらずに帰ると言った元八郎のことを気づかってくれたのだろう。

「それより、旦那、柳生はいったいどうなりやした」

貞五郎の傷は癒えているようだが、気になることなのだろう。

「三人は倒した。だが、主膳はまだだ」

「また出やしたか。江戸の柳生家からは誰も東海道をのぼってないんですがねえ」

貞五郎は柳生屋敷を見張っていた。

「大和柳生道場の者だそうだ。柳生は大和の出だ」

「そうでしたか」

貞五郎はうなずいた。

「で、今日はどうされるんで」

「昼過ぎにお奉行さまのところへむかう。そのまま旅に出ることになるだろう」

「お供できやすね」

「いや、駄目だ。今度は急ぎなんだ。馬を飛ばして京へもどらなきゃならねえ」

「そんなあ。あっしは旦那の手下ですぜ」

貞五郎が泣き声をあげた。

「すまねえが、おいらの用じゃねえ。お上のご用だから、勘弁しな」

元八郎は貞五郎をなだめたその足で香織の実家お庭番村垣家をたずねた。

「なに用かの」

むかえたのは隠居した先代の三太夫で掃竹(そうちく)と号している香織の父であった。

「香織どののことでござる。ご迷惑をおかけいたしまして」

元八郎が頭をさげるのを掃竹がさえぎった。

「香織がいまどこでなにをしているかは、知らぬ。おぬしに詫びてもらうことではない。お役目である。さあ、帰られよ」

掃竹はそう言うと元八郎に背中をむけた。とりつくしまもなかった。

お庭番の家柄は特殊である。もとは紀州家の藩主直属の隠密であった。それを吉宗が将軍になるときに連れてきたいわば将軍の懐刀である。便宜上お広屋敷番頭に属してはいるが、支配は受けない。将軍家のみにしたがう。そのせいか、他者との交わりを嫌い、婚姻も組内でしかおこなわない。

元八郎と香織のことは、将軍家お声掛かりということで慣例を破った唯一の婚約であった。

なにひとつ得ることなく、元八郎は浜町の広屋敷番組屋敷を出た。

一度自宅に戻った元八郎は、旅ごしらえをととのえて大岡越前守の屋敷にむかった。ちょうど八つの鐘が鳴りひびいていた。

「お待ちくだされ」

大岡越前守は寺社奉行として八つまで城中にいなければならない。屋敷に帰り着くまで小半刻（約三十分）以上はかかる。元八郎は客間で待った。

「待たせたようだな」

大岡越前守が客間に入ってきた。戻ったばかりで着替えもしていなかった。

「要件だけを伝える。上様は、朝廷とことをかまえるつもりは毛頭お持ちではない。

京都所司代が過敏におうじたことが、老中どもに伝わって曾根五郎兵衛の派遣となったようじゃ。かともうして、一度老中どもが認めた曾根を禁裏附きからなにもなく外すことはできぬ。三田村、そなたにすべてを託すとのおおせじゃ」

「おそれいりまする」

元八郎は平伏した。

「これは、儂の老婆心から申すことじゃが、どうも今度のことはささいな齟齬で起こったものではないように思える。少し調べてみたが、曾根がことは松平左近将監が言いだしたらしい。かといって、それ以上の動きはいたしておらぬ。上様とお世継ぎさまのご不興をかった左近将監が、何かしでかすとは思えぬが、儂も気を配っておくゆえ、三田村もけっして油断をせぬようにな」

「お心遣いありがたくぞんじまする」

元八郎は越前守の言葉に礼をのべた。

「行くか」

「はい」

「かつて儂がそなたを引きこんだことが、尾を引いたようじゃな。すまぬことをした」

越前守が頭をさげた。

「いえ、これが人の定めともうすものでございましょう」

元八郎はにこやかに笑った。

「ほう、一枚大きくなったようじゃな。では、頼むぞ」

越前守の見送りを受けて、元八郎は江戸を発った。

三

大津の宿で元八郎は馬をおりた。早馬で京に入ることで目立ちたくなかったからだ。無理に無理を重ねた元八郎はへとへとになって伏見宮の屋敷に着いた。

「なに」

元八郎は驚きの声をあげた。

伏見宮の屋敷の門は固く閉ざされ、大きな貼り紙がされていた。

「勅勘により、伏見宮を閉門にするだと」

貼り紙にはそう書かれている。門の中央に貼られた紙は、処分について報せるとともに封印の役目もはたす。勅封を破れば、いかに宮家といえども無事ではすまなかった。

　元八郎はそのまま門前を過ぎると、角を曲がり人目がないことをたしかめて塀を乗りこえた。

「三田村でございます」

　伏見宮の居室はまだ明るいというのに雨戸をめぐらしている。屋敷内にまで忍びこむのをはばかって元八郎は、庭から声をかけた。

「戻ったか、入ってまいれ。台所口は開いている」

　なかから意外と元気そうな伏見宮の声が返ってきた。

「はっ」

　元八郎は庭をぐるりと回ると台所の勝手口からはいった。

「ご苦労であった。で、どうであった」

　居室に伺候した元八郎をせかすように伏見宮が訊いた。夏の盛りだというのにしめきった部屋のなかは蒸し風呂のようであった。だが、伏見宮は衣服も乱れず、汗さえもかいていなかった。

「将軍家、お世継ぎさまともにご朝廷との和を乱されるおつもりはないとのことでございました」

「そうか。そうであろうな」

伏見宮家は貞建親王の妹であった比宮が家重に輿入れしただけではなく、何代にもわたって将軍家と婚姻を重ねてきた朝廷きっての公武合体の家柄である。伏見宮がほっとしたのも当然であった。

「だが……」

伏見宮家の表情がくもった。

「余はいま主上のお怒りをかって謹慎の身の上じゃ。これを主上に申し上げることができぬ」

「宮さま、いったいなにがあったのでございますか。お聞かせいただけましょうか」

元八郎は気になっていたことを訊いた。

「じつはな、三田村が京を出た翌日の夕刻、ついに若い公家が禁裏附き同心のからかいに我慢しきれなくなってな。手にしていた笏で同心を叩いて、所司代にとらえられてしまったのだ。すぐに主上からお呼びがあってな。いつものように清涼殿へうかがった。公家を捕まえるなど朝廷に対する威嚇じゃとお怒りの主上に辛抱をたまわるようにと強く申しあげて戻ったのだが、その後を追うように勅使がまいってな。参内停止と謹慎を仰せつけられた」

「お咎めのわけは」

元八郎は重ねて問うた。

「主上にたいしたてまつり不遜の言動多く、御心にかなわずとのことだ」

伏見宮がため息をついた。

「宮さまが、主上の御心にかなわずとは、あまりに……」

元八郎は絶句した。伏見宮ほど桜町天皇のことを考えている人物はいないことを知っているからだ。

「これは何かの間違い、いえ、偽勅……」

「三田村、口がすぎるぞ」

伏見宮が厳しい声を出した。

「勅状には玉印がまさに押されていた。何人も主上のご意志に逆らいたてまつることは許されぬ」

「申しわけございませぬ」

元八郎は深く詫びた。

「うむ」

「しかし、主上のご信頼あつき宮さまに前もってお言葉もなく謹慎とは……まさか、近衛の……」

「内大臣は六年前のことで主上のご不興をかって以来、おとなしくしておる。武家伝奏の柳原弾正尹(だんじょういん)も同じじゃ。柳原など腑抜(ふぬ)けたようになって朝議でもものさえ言わぬ」

「広橋さまにおうかがいになっては」

伏見宮と親しい広橋侍従兼胤は、桜町天皇のお気に入りとして側に仕えている。

「それはできぬ。罪人である余からの使いがまいったとあれば、心ないものが侍従も同腹と騒ぎたてるやもしれぬ。世捨て人に近い余とちがい、侍従はこれからの朝廷を支えていく人物じゃ。経歴に傷をつけてはならぬ」

伏見宮が首を振った。

「いずれにせよ、余にはやましいことなどなにもないが、主上のご勘気をこうむった以上お許しがでるまで謹慎いたすしか他にない」

元八郎は伏見宮の言葉になにも返すことができなかった。

「おおっ、そなたの父と妹は淡路屋に移した。閉門の身では人の出入りができにくいゆえな。順斎には御所の警衛もしてもらわねばならぬ。平安のころと違い北面の武士などはおらぬ。また主上をお守りすべき禁裏附きがあの有様では信用できぬでな」

曾根五郎兵衛の都入りが将軍家の命でないとなれば、いつ刺客にかわらないともかぎらない。警固のものに命を狙われたのでは防ぎようがない。

「うけたまわりましてございます。わたくしもこれから淡路屋へ参りまする」

「そうしてくれ」

元八郎は失意の伏見宮の前をさがった。

淡路屋は京でも老舗の履物屋である。比宮姫のお輿入れの品をそろえたことで伏見宮家にも出入りを許されている。また、主の淡路屋後右衛門は、江戸の但馬屋後兵衛とは顔なじみであり、六年前元八郎が京へ来たときに紹介してもらった。

淡路屋の店は御所を南に下がること数丁のところにある。京の町家の特徴で、間口は狭く、奥行きが深い。

「ご無沙汰いたしております」

主の後右衛門は、元八郎を迎えてにこにこと笑った。

「こちらこそ、都合のときだけおじゃまいたして申しわけございませぬ」

身分としては元八郎のほうが上だが、後右衛門にはずいぶん世話になっている。元八郎の言葉遣いはていねいであった。

「離れにお出でになられますよ」

後右衛門自身に案内されて元八郎は、懐かしい離れへととおった。

「おう、帰ってきたか」

肘枕で寝ていた順斎が、体を起こした。由の姿はなかった。

「父上、のんびりされていていてよろしいので」

伏見宮の閉門で元八郎の気はうわずっている。つい厳しい声が出た。

「ふん、おまえに言われなくても大丈夫じゃ。人というものは気を締めるときは締め、緩めるときは緩めぬと切れてしまうぞ」

「まあまあ、ひさしぶりにお顔を合わされたというのに」

口げんかする後右衛門があきれた顔をした。

「いやあ、お恥ずかしい。不肖の息子で」

順斎が頭をかいた。

「世話の焼ける親父で」

元八郎も負けていない。

「このたびは、宮さまのおためになられてくださるそうで、ありがたく存じまする」

後右衛門が頭をさげた。

京の町人というのは、侍をはなから嫌っている。応仁の乱を引き合いに出すまでもなく、京を焼くのはいつも武家だからであった。かといって公家びいきではなかった。働かず人にたかることしか能のない公家は武家よりはましというていどにしか見ていない。

しかし、天皇家とその血筋に関しては別である。崇めているのだ。後右衛門はとくに伏見宮へ肩入れしているだけに、今回のことでは元八郎たちを応援してくれている。

「淡路屋どの、ここ最近朝廷ではどなたがお力をお持ちでしょうかな」

「さようでございますな。近衛さまの跡をとなりますと、やはり関白の一条さまでございましょうか」

「一条さまか」

「はい、一条兼香さまと仰せられまして、もともとは鷹司家のご出身で。ご子息が鷹司家へ養子に入られ、当主になられておられます」

元八郎がこんなことを訊いたのにはわけがある。いかに天皇の怒りをかったとはいえ、親王のなかでももっとも地位の高い伏見宮に閉門を命じるには、朝議を経なくてはならない。さらに、京都所司代にも通じ、その許しもいる。右から左というわけにはいかない。それがわずかな時間でおこなわれたということに疑問を抱いたからであった。

「近衛が動かないならば、朝議で五摂家の勢力図は、一条の思いのままと考えていいのかな」

順斎も身を乗り出した。

「はい。日頃は二条家と九条家が手を結び、一条さまに対抗なされておられるのですが、このたびはどちらも伏見宮さまの閉門にご賛成なされたと、というより競って伏見宮さまの悪口雑言をならべられたとのことで」

京で商売を続けていくのに公家の動向はかかせない。淡路屋は要所に金をまき、かなり詳しく内情を知っていた。

「五摂家が伏見宮さまの敵に」

「近衛さまが、伏見宮さまをお恨みであるのはご承知のとおりでございます」

淡路屋はそこで言葉を切った。

「そこまではわかりますが」

元八郎は淡路屋に問うた。

「二条家と九条家にもわけがございました」

「それは」

元八郎と順斎が淡路屋を見つめた。

「二条家当主宗基さまのお母上は尾張徳川継友卿のご息女、九条家当主稙基さまの母君は、尾張徳川吉通卿の姫君なので」

「なんと」

「まことに」

二人は驚きの声をあげた。徳川吉通は尾張徳川家四代当主、継友はその弟で六代当主。ともに七代将軍家継が継嗣なくして死んだときに八代将軍の継承者として吉宗と争った人物である。二人とも若くして亡くなっている。尾張と縁戚の摂家が、将軍家にちかい伏見宮を嫌うのは当然である。

「五摂家の内三つまでが敵に回っては勝負にならぬな」

順斎が嘆息した。

「しかし、それらの家は分かりますが、一条はなぜ、伏見宮の処分に異を唱えなかったのでしょうか」

「さあ、一条兼香さまと伏見宮さまのあいだになにかあったという話は聞きませんが、なにぶん主上のおためとなると歯に衣着せぬお方でございますから、朝議を司るものにとっては煙たい人であったには違いございませんでしょう」

親王家は朝議での発言をしないのが通例であるが、伏見宮はそういうことにとらわれる人ではない。

「主上のご信頼あつい伏見宮さまがその今上帝のお怒りにふれた。五摂家にしてみれば好機到来とばかりに朝議をとおしてしまった。所司代にしても伏見宮は今上帝の支えたる人物。それこそ喜んで了承したであろう」

元八郎はあきれるしかなかった。

「朝幕両方の目の上のたんこぶをということか。世の中、ものが見えぬ者が多すぎるわ」

順斎の言葉に淡路屋もうなずいた。

「この小さな国に西と東、二つも権があることがそもそものまちがいなのじゃ。両雄並び立たず。かならずどちらも相手をくらおうとする。いままで朝廷は、権の名をとり実を捨ててきた。それで落ち着いていたのをなぜひっくり返そうとするかのう。実を握る幕府もそれで満足しておけばよいのに、名を貶めようとする。それだけ権というものは魅力ということでもあるが」

順斎がなげいた。

「ここで不平を垂れていてもしかたないの。伏見宮さまがお動きになれぬ以上、われらでなんとかせねばならぬ。上様はどうだ」

「所司代にせよ、曾根にせよ、落ち度があるわけではないので口出しはできぬとのことでございまする」

「左近将監を追い落としたばかりだからな。いままた幕閣どもに処罰をくわえることはできまい。続けざまに執政に咎めを与えるとなると、その者たちを選んだ責を上様もお取りにならねばならぬからな」

大岡越前守を懐刀に将軍親政をおこなっていた吉宗にも往年の覇気はない。また、吉宗のあとを継ぐ家重は言葉がうまく話せないためどうしても手慣れた優秀な執政たちの協力が要る。吉宗から家重へ権力の移行を控えて、遠く離れた京への援助は望めなかった。

「おまえが江戸へ戻っているあいだにちょっと調べたところによると、京都所司代の牧野越中守貞道（まきのえっちゅうのかみさだみち）は、強引に今上帝のご譲位をすすめるつもりのようじゃ。すでに摂関家はおとされていると考えてよいであろう。残るは帝のみ」

「まさか、お命を……」

淡路屋が青ざめた。

「そこまでする根性はあるまいが、玉体に傷をつけ、療養のために譲位というかたちにするやもしれぬ」

「曾根ぐらいの遣い手になれば、命を奪わず四肢を動けぬようにするなど容易でしょうし」

「直心陰流には、裏があるという。もともと愛洲移香斎（あいすいこうさい）の起こした陰流の流れであるから、わが太捨流とも祖を等しくするのだが、太捨流のように戦場剣法として技より力と速さを重んじたのと違い、技を磨いた流派だ。見えぬ部分があると思え」

順斎は、若いときに江戸中の道場を訪ね歩きかなり他流にも精通していた。しかし、どの流派でもそうであるが、奥義というものは伝えられる者以外には見せないものだ。

「はい。心しておきまする」

元八郎はかるく頭をさげた。

「ところで、元八、おまえ儂に聞きたいことがあるのだろ」

順斎が笑った。

「いや、あの」

「ふっ。これで大丈夫かのう」

順斎があきれた顔をした。

「まあ、よいわ。安心せい。嫁女は儂が助けだしておいた」

「では、香織は無事で」

「ああ、傷一つないわ。気丈な嫁じゃ。先が目に浮かぶわ。おまえが尻に敷かれるのがな」

「で、香織はどこに」

元八郎は順斎の嫌みを聞きながした。

「なにか調べたいことがあるというてな、どこぞへ行ったわ。江戸で待っているとそなたに伝えてくれと申してな」

「そうですか」

元八郎は、香織がまだお庭番であることを知っている。会えないのは残念だがあきらめるしかない。

「で、主膳は」

「逃がした。いや逃げてくれたと言うべきか」

順斎の顔に緊張が浮かんだ。

「元八郎、あれは人ではない。虎じゃ。獣じゃ。人と思うて立ちあうと負けるぞ」

「…………」

元八郎は黙ってうなずいた。

「さて、そろそろ行くか」

順斎が腰をあげた。

「父上、どこへ」

「御所じゃ。禁裏附きがいらぬことをせぬようにな、見張っておるのよ」

いかに無謀な曾根といえども白昼御所に乱入することはできない。日が暮れてからがこわいのだ。

「では、わたくしが」

元八郎が立ちあがろうとしたのを順斎はおさえた。

「いずれはかわってもらうがな。まず、旅の疲れをとることだ。疲れは体の筋を縮めるだけでなく、心もおかしくするからな」

順斎が離れを出ていった。

「では、お食事の用意をいたしましょう」

淡路屋も立った。

しばらくして夕餉の膳をもって由が離れにやってきた。

「兄さま。わたくしが給仕をいたしまする」

由がかいがいしく飯を盛ったり、茶を注いだりしてくれた。

「どこに行っていたのだ」

元八郎は離れに由の姿がないことを気にしていた。

「ここのお女中に縫い物を教わっておりました」

「そうか、もう由も嫁入りする歳ごろだからなあ。だれか好きな男でもできたか」

「そのような」

由が頬をおさえて照れた。

娘らしい仕草をする由を見て元八郎は、ふと考えた。今でこそ百俵取りの貧乏御家人の娘であるが、由は将軍吉宗の孫である。好きな相手ができたからといって、では嫁入りにというわけにはいかない。そうなったときに由がどのように悲しむかと思えば、元八郎の胸は痛んだ。

四

数日がすぎた。だが、元八郎も順斎も有効な手をうてずにいた。

「御所うちのことがなにもわからぬのではどうしようもないの」

さすがの順斎も御所という結界のなかまでは手出しできない。

「なんとかして、帝とお話をさせていただかねばなりませんが」

一度御所に入ったこともある二人だが、紫宸殿にしか行っていない。天皇の生活する清涼殿についてはなにひとつわからない。

「伏見宮さまにはかたく禁じられましたが、やはり広橋侍従さまにおすがりするしか」

元八郎の言葉に順斎もうなずいた。

「しかし、わしらが出向いたのでは目につくぞ。武家伝奏ながら帝に忠実な広橋さまは、所司代に目をつけられている。絶えず見張られているであろう」

「淡路屋の者を使いに……」

「だめじゃな。それでは広橋さまが信用なされまい。だれぞおらぬかな。広橋さまと面識があって、目立たぬもの」

二人は黙りこんだ。

「あのう、わたくしではいけませぬか」

順斎の帷子を縫っていた由が口をはさんだ。

「そなたがか。とんでもない」

順斎は一言のもとに却下した。

「なぜでございます。わたくしは先年、広橋さまにもお目通りいただいておりますし、女子の身、目立つことはないかと思いますが」

由の言うとおりであった。だが、吉宗の孫娘にそのような危険なまねをさせることはできない。順斎はがんとして首を縦に振らなかった。

だが、それ以上にいい手は見つからなかった。

「他に手はないのでは」

「危険すぎる」

何度か繰り返されたその会話に由が怪訝な顔をした。

「どうして、そんなに危険なのでございましょう」

由はなにも知らされていない。町同心の娘として育ってきた。父や兄が苦労しているのを見かねて手伝うと言い出しただけなのに、あまりに頑固に反対する順斎に不審を抱いたようであった。

「うっ」

順斎が詰まった。

「他に手立ても思いつきませぬ。どうでょう、私が広橋さまのお屋敷に入るまで由の、蔭供をいたしまする」

元八郎の言葉に順斎が黙った。

「……………」

「とうさま」

「わかった。だが、わしが呼んだらすぐに戻るのじゃぞ」

「はい」

「では、父上が蔭供に」

「当たり前じゃ。おまえだけでは安心できぬわ」

順斎にそう言われて元八郎は鼻白んだ。

「まず、おまえが行け。で、安全とわかれば、合図をしろ。それからわしらが行く」

「承知」

元八郎は、先に淡路屋を出た。

広橋大納言の屋敷は、御所の南堺町御門を入って突き当たりにある。堺町御門の西には九条家が、東には鷹司家がある。そのあいだを通らないと広橋家には行けない。

広橋家の真向かいで槌音(つちおと)がひびいていた。仙洞御所である。隠居した天皇が住む御殿である。桜町天皇の父中御門上皇が亡くなられてからは無住であったのを幕府が補修しているのだ。これは桜町天皇へ譲位をうながすためであった。

「これか」

元八郎は呟いた。仙洞御所からなら広橋家は丸見えである。出入りしている職人、あるいは監督に来ている所司代の役人、見張りの目は山ほどあった。

「うん」

元八郎はそのなかの一つの視線に殺気を感じた。諸藩の京屋敷に派遣されてきた藩士が、御所見物に来たというふりを装いながら、さりげなく周囲を見わたすと、仙洞御所の開け放たれた潜り門の脇に一人の壮年の侍がじっと元八郎を見ていた。手に竹の杖（つえ）を持っているところからここを差配しているものだと知れた。

目が合ったので元八郎は軽く頭をさげた。侍同士の礼儀である。だが、相手は元八郎の会釈を無視した。

――あれが曾根五郎兵衛か。

曾根は殺気を露骨に放射している。針が刺すようなどころではない、釘で全身をつかれるぐらい強力である。あそこまでいくと剣の修行を積んでいない者でさえ、冷たいものを感じるであろう。

元八郎は憤然と目をそらすとそのまま歩きだした。御所の壁にあたり南に曲がるまで視線は元八郎の背中から離れなかった。

元八郎は御所の西、蛤（はまぐり）御門からでて、ふたたび堺筋にもどった。

「どうだった」

元八郎が戻るのを順斎と由は堺筋二条の茶店で待っていた。

「曾根がいました」

元八郎は見てきたことを伝えた。

「それはまずいな」

順斎はうなった。

「わたくしは顔をおぼえられました」

先程の今である。元八郎がもう一度行くのは、まずかった。

「門前まで由を送れぬではないか」

足の運びだけでも順斎の腕は知れる。腕利きの剣士に連れられて広橋家に入れば、かえって由が目立つ。

「ひとりで大丈夫ですわ、とうさま」

由が立ちあがった。

「行って参ります」

「おい」

順斎があわてて手を伸ばしたが、元八郎が制した。

「任せましょう。父上」

順斎は由にちいさなころから小太刀を修練させている。武芸に通じた吉宗の血なのか、筋はいい。

二人は由から十間（約一八メートル）ほど離れて歩いた。

「案ずるより産むがやすしでしたね」

誰にも見咎められることなく由が広橋家に消えた。

「ふむ。では、わしも曾根五郎兵衛の顔を見てくるかな」

小半刻ほどして、順斎が言った。

元八郎と同じように堺筋御門から入った順斎は、改築中の仙洞御所の前に立ち止まり、しげしげと眺めた。

「何者だ」

曾根五郎兵衛が、近づいてきた。

「ただの隠居ですよ。家督を息子に譲って暇ができたので京まで旅してまいったのでござるが、これが御所でござろうか」

順斎は物怖じもせずに五郎兵衛に問いかけた。

「ここは仙洞御所だ。御所はあそこだ」

五郎兵衛が指さした。

「仙洞御所といいますと、御所とは違いますのかな」

　隠密廻り同心で江戸市中に潜むことが多かった順斎はなかなか芝居達者である。

「仙洞御所は、帝が退位されてからお住まいになるところだ」

「はて、今の帝はまだお若いのではございませんでしたかな」

「まもなくご譲位なされるのだ。雲上人のことなどおまえが知らずともよい。さっさと行け」

　五郎兵衛は、手ではらうように順斎をおった。

「おじゃまをいたしましたな」

　順斎が歩きだしたそのとき、五郎兵衛が順斎の背中めがけてふいに杖を振った。

「これはおたわむれを」

　ふわりとかわして順斎が、にこやかに笑った。

「ただ者ではないな」

「いえいえ。今はただの隠居でございます」

「今は。昔はどうだったというのだ」

「おこたえいたす義理はございますまい。では」

　順斎は小腰をかがめた。

「やれやれ、京の町中でいきなり襲われるとは、物騒な世のなかになったものじゃ、くわばら、くわばら」

去っていく順斎の背中を五郎兵衛は鋭い目でにらみつけていた。それに気づきながらも、順斎は目につく公家の屋敷すべてを覗きこんでうなずいたり、首を振ったり見物をよそおった。

どのくらい五郎兵衛の視界にいたのか、順斎がやっと御所の角を左にまがった。

順斎が曾根五郎兵衛とやりあっていたころ、広橋家では由が広橋侍従兼胤と会っていた。

「おう、たしかに三田村の娘じゃな。伏見宮さまのお屋敷で見かけたわ」

男女七歳にして席を同じくせずである。伏見宮家で会ってはいても言葉は交わしていない。

「三田村順斎が娘、由でございまする。本日はご無礼もかえりみず、お目通りを願いましたことをお許しくださいませ」

「いや、伏見宮さまにかかわることならば、咎めだてはいたさぬ」

由は順斎から言われてきたことを伝えた。

「そうか、伏見宮さまは、余を巻きこまぬようにとお気づかいくだされていたのか」

広橋侍従はそっと頭をさげた。

「伏見宮さまが三田村にお命じになったことについて、直接聞きたいが、わが屋敷は見張られておるらしいな」

広橋侍従も気づいていた。

「なんとか主上にお話をしてみよう。だが、なかなか難しいかもしれぬ。余は伏見宮さまと親しいからの。主上に近づくのをじゃまするやからもでておる」

広橋侍従が苦い顔を見せた。

「だが、余は誓ったのじゃ。朝廷と幕府の架け橋になると。さいわい、明日は余が参内いたす日じゃ。主上からお呼び出しがかかっておる。なんとしてでも主上にお伝えする」

広橋侍従は、若い顔に決意をあらわにした。

「お願いいたしまする」

役目をはたした由は、ほっと頭をさげた。

あらためて顔を見あわせた二人が頰を染めてうつむいた。これほど間近で二人きりで異性と同室したことなど互いになかった。

「では、失礼いたしまする」

由が蚊の鳴くような声で言った。

「あ、明日には詳しいことも判っておるであろう。また明日も寄ってくれるように」

広橋侍従の声もうわずっていた。

「はい」

走るように由が部屋を出た。

「ここじゃ、ここ」

小走りにやってくる由の姿を見つけて順斎は手をあげた。傍目にもわかるぐらいほっとした顔をしていた。

「無事でよかった」

「広橋侍従さまにお伝え申しあげました」

由の顔が上気していた。

「明日参内なされたときに、主上にお話しくださると」

「そうか。ご苦労だったな、さあ、もどろう」

順斎が由の肩を抱いて歩きだした。

　翌朝、参内した広橋侍従は、紫宸殿にて御簾越しに桜町天皇に拝謁した。周囲には五摂家をはじめ朝議に出席する高位の公家が居並んでいた。

「侍従よ、幕府は、朕の求めに対し、いまだに応諾をいたさぬ。そればかりか、これみよがしに仙洞御所の手入れをいたし、清涼殿まで槌音を届けてまいる。また、罪なき公家を縄目にかけるなど朝廷をないがしろにするにもほどがある。今より所司代に出向き、朕の望みをしかと伝え、返答を求めてまいれ」

　桜町天皇の声は怒りに燃えていた。

「主上、勅意まさにうけたまわりましてございまする」

　平伏しながら広橋侍従はこたえた。

「所司代のもとにまいります前に、主上にお伺いいたしたきことがございまする」

「無礼であろう、侍従」

　同席していた九条稙基が、声を張りあげた。

「勅命を問いなおすなど前例がない」

　二条宗基も広橋侍従を指弾した。残る人々もさわいだ。

「不敬である、下がれ、広橋」

　一条兼香が口を開いた。

「いえ、下がりませぬ。主上」

広橋侍従は、きっと背筋を伸ばした。

「職を解く。屋敷に帰り謹慎いたしておれ」

一条兼香が叫んだ。

「待て」

桜町天皇が制した。

「侍従よ。朕の命に従わぬと申すのか」

「いえ、勅命にそむきたてまつることなどはけっして」

「では、なにが申したいのだ」

「ただご確認をお願いいたしたく。主上の勅意を所司代に伝え、万一所司代が拒否いたしましたときはいかがなされますか」

紫宸殿がざわめいた。誰もがそれを気づいていながら口にできなかったことを広橋侍従が言ったのであった。

「きまっておる。勅意に逆らうものは朝敵になるのだ。所司代は京における将軍の代弁者。所司代が拒否するときは、将軍がその責を負うことになる。つまり将軍吉宗が朝敵になるということだ」

一条兼香が大きく声をあげた。

「朝敵……いかに関白どのとはいえ、そのようなことを軽々しく口になされるのはいかがなものかと存ずる」

広橋侍従は兼香をにらんだ。

「侍従、これは主上の思し召しである」

「幕府を朝敵にいたすことはたやすうございましょう。ですが、朝廷に幕府を討つだけの力などございませぬ。西国の諸藩に勅諚をお回しになられますか」

広橋侍従は、桜町天皇に顔をむけた。

「侍従」

御簾のなかから暗い声がかえってきた。

「朕はもう我慢できぬ。朝廷に幕府を討つだけの力がないことはわかっておる。だが、朝敵の汚名を着せることはできる。侍従、朕が命じゃ。所司代にそう伝えてまいれ」

紫宸殿は静まりかえった。

「では、勅諚を頂戴いたしたくぞんじまする」

朝敵を作るというのは朝廷でもっとも重いことである。言葉だけですむ問題ではない。ただちに少納言、文章博士が集められ、過去の勅諚をもとに作成された。

「侍従、近こう」

広橋侍従はわずかに持ちあげられた御簾の下から差し出された勅諚を受けとるために膝行した。

「受けとるがよい」

御簾の手前で平伏し、手を伸ばしながら広橋侍従は、小さな声で桜町天皇にささやいた。

「主上、今宵、ご寝所にかの者を参らせまする。なにとぞお目通りをお許したまい、勅諚の発意を明日までお止まりくださいませ」

「かの者とは、三田村か」

「はっ」

「…………」

「主上」

「侍従、さがれ」

桜町天皇が命じた。

「ははあ」

それ以上迫ることはできない。広橋侍従は定められた席へともどった。

「暦学博士」

桜町天皇が呼んだ。

「これに」

紫宸殿の回廊にいた老人がこたえた。

「本日の吉凶はいかに」

「ははあ。本日は東風強く、雲気明らかでなく凶と存じまする」

「よし、勅諚は明日所司代につかわすものとする」

桜町天皇はそう言うと立ちあがって、清涼殿へと去っていった。

「勅意じゃ、わかっておるな」

兼香が、広橋侍従の前で足をとめた。

「…………」

「朝廷と幕府の仲を取り持つ武家伝奏とはいえ、広橋家は代々の公家ということを忘れるな。伏見宮のように罪を受けては、家に傷がつくぞ」

兼香が、笑いながら朝堂から消えていった。

「侍従どの」

誰もがことの大きさに呆然としていたところへ、蔵人頭(くろうどのとう)が声をかけてきた。

「勅意のご発意は明日になりましてございまする。帝のご文書の保管はわれら蔵人の責務。勅諚をお預け願いたい」

広橋侍従は、受けとった勅諚を蔵人頭に渡した。

「侍従、大役じゃぞ」

九条稙基がやってきたが、広橋侍従は返答もせず紫宸殿からたちかえった。

御所をさがった広橋侍従が屋敷にもどったとき、由はすでに来ていた。

「待たせたか」

「いえ」

二人は目を合わせてすぐにうつむいた。

「主上にお話し申しあげた。今宵、そなたの兄を常御殿へむかわせると」

「まあ」

由は驚きの声をあげた。その由の目をじっと見つめながら広橋侍従は紫宸殿でのすべてを語った。

「わかりましてございまする」

成長した由もことの重大さがどれほどのものかわかっていた。

「かならず兄をむかわせまする」

「頼んだぞ。朝幕のあいだは、そなたの兄の肩にかかっておる」

広橋侍従は御所の見取り図を書き、それを持たせて由を帰した。

「またぞろ御所へ勝手に入りこむのか。罰が当たるぞ」

順斎があきれた顔をした。御所と言えばこの国でもっとも尊いところである。しかも天皇が起居されるところへは公家でも入ることはできない。そこへ不浄役人とさげすまれたこともある元八郎が足を踏みいれるのだ。

「広橋さまが、決死の思いでなさってくださったことでございます。われらも命をかけて対すべきではございませんか」

元八郎は胸をはった。

「しかし、これで帝をおなだめできなければ、伏見宮さまも広橋さまも無事ではすまぬぞ。大丈夫か」

簡単に言う元八郎を順斎が危ぶんだ。

「そのおりは、親子二人腹切っておわびしましょう」

「嫌だな。この歳になるまで生きてきたのだ。天寿まっとうしたいわ。よいか。なにがあっても使命をはたせ」

「はい」

かつて桜町天皇と会ったのは丑の刻（午前二時）であった。今夜もそうすべく元八郎は少し寝ておくことにした。順斎と由は元八郎の眠りをさまたげないようにと母屋に移ることになった。

「そうか、うまくいったか」

「明日広橋がまいる。勅諚を持ってな」

兼香があざわらった。

「くくく、幕府を朝敵になどできるはずがないではないか」

「今上帝は勅諚までお作りになられましたぞ」

「あはははは。ついに罠にはまられたな」

「さよう」

「では、今上帝の仕事は終わられたな」

牧野越中守は、じっと一条兼香を見た。

「将軍家を朝敵にとの勅諚さえあれば、ことはいい。これが表にでると尻馬にのりたがる馬鹿者が出ぬともかぎらぬ」

「仙洞御所は、もう仕上がりましたかな」

兼香が、真顔になった。

「建物は問題ない。残りは外塀だけだ」

「お住まいになるに支障はないと」

「うむ」

「皇太子八穂宮(やほのみや)さまは、まだ三歳とご幼少でおじゃるが、われらが補佐いたせばすむこと」

「摂政をおかねばなるまいが、関白どのが兼任されれば……」

「ふふふ」

二人が顔を見合わせて笑った。

一条兼香が去ったのち、越中守は曾根五郎兵衛を呼んだ。

「かねて申しつけてあるとおりにな」

「承知つかまつった」

五郎兵衛はいそいで禁裏附き屋敷にもどった。

寝ようと思ってもなすべきことの重大さに寝つけなかった元八郎は、にわかに淡路屋が騒がしくなったことに気づいた。

「なにごとで」

離れから母屋に向かった元八郎は、主の部屋で順斎が曲者をとり押さえているのをみた。

「父上、そやつは」

「起きたか。盗人じゃ」

「盗人ですか」

「儂がおるとも知らずに屋根裏からはいってきおったのよ」

「はあ」

元八郎の父順斎は元南町奉行所の廻り方同心で、現役のころ鞘無しと異名をとっていたほどの腕利きであった。

「その声は、ひょっとして三田村の旦那じゃ」

取り押さえられていた盗人が声を出した。

「菊次郎か」

元八郎は驚愕の声をあげた。

「なんだ、おまえら知り合いか」

みょうな顔をした順斎にわけを話して、元八郎は菊次郎の縛めをといてもらった。

「旦那のおやじさんが、あの鞘無しの……」

菊次郎がそっと順斎を指さした。

「知っているのか」

元八郎も小声になった。

「大岡越前守さまのお手下で江戸中の悪党を震えあがらせたお方じゃございませんか」

「ああ」

「何をこそこそ二人で話をしておる。元八郎そろそろ出かける時刻ではないのか」

順斎が不機嫌な顔で言った。

「はい」

「今頃からお出かけとは、祇園(ぎおん)ですかい」

菊次郎が覆面をとった。

「ふうむ」

順斎がしげしげと菊次郎の顔を見た。

「あっしの顔になにかついてやすか」

相変らず菊次郎の口が減らない。

「夜火とかいったな」

「へい」

「おめえ、元八郎の供をしな」

「はあ」

元八郎と菊次郎の二人が同時に間抜けな声をあげた。

「一人では手が足りないかもしれぬからな」

「父上はどうなさるので」

一緒に行くと思いこんでいた元八郎は訊いた。

「伏見宮さまのお屋敷にまいる」

順斎の言葉に元八郎は納得した。朝幕のあいだに大きな役割をはたす伏見宮に万一のことがあっては、ひび割れた両者の仲をおさめることが難しくなる。

「儂は、先に行く。元八郎、遅れるな」

順斎がまず出ていった。

「どういうこってす、旦那」

わけがわからないといった顔をしている菊次郎に元八郎は言った。

「夜遊びじゃなさそうですが」

「御所に忍びこむ」

「げっ」

元八郎の言葉に菊次郎が目をむいた。

武力を持たない御所の警衛は所司代の役目であるが、太平の世が続いて、いつのまにかまじめに夜回りする者もなくなっていた。

「ここからはいりましょう」

菊次郎が指さしたのは、蛤御門と下立売(しもたちうり)御門のなかほどにある柵(さく)であった。高さは人の背丈ほどしかなく乗りこえるのは容易であった。

乗りこえたところは九条家と広橋家のあいだの路地であった。

子(ね)の刻（午前零時）を過ぎた内裏には人影もない。日中、人足の出入りで騒がしい仙洞御所も静まりかえっていた。

「こっちだ」

元八郎は菊次郎に声をかけ、すばやく屋敷と屋敷のあいだをぬけていく。月明かりが二人の行く手を明るく照らした。

「ここだ」

御所南門を右にまがり、御所の東側の塀を乗りこえる。広橋侍従の地図どおり泉水を配した庭になっていた。池を越え築山をまわりこむと清涼殿が見えた。桜町天皇の寝室はそのもう一つ向こうにある常御殿だ。

「不用心なところでやすねえ」

菊次郎があきれた声をだした。警衛の武士どころか、庭に灯りすらない。

「金がないのさ」

「誰も盗みにはいらねえから、用心しなくていいと」

菊次郎が盗賊らしい納得のしかたをした。

「床下から入るぜ」

「へい」

暑い夏にそなえて御所の床下は人一人が中腰で歩けるほど高くなっている。二人はなんなく天皇の寝所下へとついた。

「旦那、慣れてやすね」

菊次郎が感心している。それに黙るようにと手で合図して、元八郎は床板をそっとたたいた。

「参ったか」

上からかえってきた声は、聞き覚えのある桜町天皇のものであった。

「入ってまいれ。ここには誰もおらぬ」

「いえ、このままで」

元八郎は天皇の寝室にはいることを避けた。

「玉声はうけたまわれまする」

「そうか」

天皇の寝所は床板の上に一枚の薄縁(うすべり)をしき、その上に夜具をかさねただけの質素なものだ。元八郎と桜町天皇の距離は板一枚、二寸(約六センチメートル)もなかった。

「先年以来じゃの。息災であったか」

「おそれいりまする。お上におかれましてもごきげんうるわしく、三田村恐悦至極にぞんじあげたてまつりまする」

床下で元八郎は平伏していた。その隣で菊次郎も平伏しながらこまかく震えていた。

「伏見宮からきいたか」

「はっ」

「で、将軍はどのように申しておった」

「吉宗も家重もお上に対したてまつり、異心などみじんも持ちあわせておりませぬ」

「では、あの禁裏附きの者はなんじゃ」

「ご無礼は承知で申しあげまする。禁裏附きはもともと後水尾帝の中宮として徳川家より嫁しました和子さまのお身のまわりを警護するために設けられましたもの。所司代などと違い身分軽き者にございますれば、将軍がそのものを選ぶことなどなく、執政どもが任じましたもの。あのようなまねをいたすとは吉宗の思いもよらぬことでございまする」

「では、朕が願いである奉幣使についてはどうなのじゃ」

「おそれながら、吉宗の言葉をそのままお伝えさせていただきまする。先年、大嘗祭をお手伝いさせていただきました。それに続いて奉幣使の復活となりまするとみょうな野心を持つ者がでてまいらぬともかぎりませぬ。戦乱が潰えて百五十年余り、なにとぞ今しばらくの日をお待ちくださいますようにとのことでございまする」

「日を待てとは、奉幣使をいつかは復活させてよいということじゃな」

「まずは、新嘗祭をおこなわれるのが、順かと考えちかく奏上いたしますとのこと」

このことについては大岡越前守がとくに吉宗から申しわたされたと元八郎は聞かされていた。

「旦那」

菊次郎が小声で元八郎を呼び、庭を指さした。

「何人か来ますが、お呼びになりやしたか」

「なに」

元八郎は、素早く床下に這うと空にすかすようにして庭に目を向けた。こうすれば月明かりを利用してよく見えた。

「主上、曲者でございまする」

「そうか」

桜町天皇は落ち着いていた。

「なにか、思い当たられることでも」

「勅諚を書いたからの。幕府を朝敵となすというのをな。誰ぞ所司代にさっそく注進したのであろう」

「では、あれは刺客」

「おそらくの」

「主上」

元八郎は、迎え撃とうと起きあがった。

「手かげんしてやれ。あやつらは命じられただけの小者じゃ」

「はっ」

菊次郎に「頼む」と言い残して、元八郎は床下を飛ぶように走った。

「あっ」

常御殿の雨戸に手をかけていた二人が元八郎に足を薙（な）ぎはらわれて倒れた。

「ぎゃっ」

鞘ごと抜いた太刀で臑（すね）を強打したのだ、足の骨がくだけた。

「何者だ」

残った四人が元八郎を中心に円をえがいた。

「おまえらこそ、おそれおおくもご寝所近くに入りこむとは何者だ」

元八郎は力強く返した。

「じゃまだてすると、そのぶんにはおかぬぞ」

曲者が脅した。

「あほうめ。すでにじゃましておる」

元八郎は右に斬りかかると見せて、体をひるがえし左の男の肩に太刀を叩きつけた。

日本刀というのは引かなければ斬れない。しかし、打つと鉄棒で殴られたに等しい。

「ぎゃっ」

悲鳴をあげた左の男が倒れるのを見ず、元八郎はそのまま素早く身体を回し、もう一人の腰骨をくだいた。

「おのれ」

頭分らしい中央に立っていた男が、剣をふりあげて右袈裟、左袈裟と連続でうってくる。なかなか手練れであったが、元八郎の動きはそれをまさっていた。流れた切っ先をこじりではねのけ、顔を触れあうほどに間合いをせばめて、柄で鳩尾を突きあげた。

「ぐええ」

激しく嘔吐しながら、頭分は気を失った。

「さあ、残るはおまえ一人だ。どうする。こいつを抱えて引き上げるというなら見逃してくれるぞ。それとも身分を調べあげ、反逆の徒として一族郎党罪にまみれるか」

一人残った男が大きく震えた。

「情けないことだ。毎朝の稽古はなんだったのか」

陰からゆっくりと男が月明かりのなかに姿を現した。

「やっとでてきたか。曾根因幡守五郎兵衛」

「わしの名前を知っているか」

すっと太刀をぬく。

「おい、そいつらを連れて帰れ」

五郎兵衛が、残った一人に命じた。ふるえていた男は、怪我人たちに手を貸しながら御所から去っていった。

「さて、邪魔者はいなくなったな」

あらためて五郎兵衛が元八郎に体をむけた。

「北面の武士、御所忍ともに滅びて百年をこす。おまえは何者だ。先日仙洞御所で見かけたようだが」

「覚えていたかい」

「きさま、京じゃないな。江戸だな」

五郎兵衛が、にらみつけた。

「御所をまもるべき禁裏附きが帝のお命を狙うぐらいだからな。江戸ものが御所にいてもおかしくはあるめえ」

「御家人か。ならば、邪魔をするな。これは幕府のためにやることだ。心配するな、帝のお命をちょうだいしようというわけではない。少しお傷を負わせるだけ。譲位されるに必要なだけのな」

「てめえ、なにを言っているのかわかっているのか。帝であろうが将軍であろうが、庶民であろうが、誰かのつごうでその座を引きずりおろすなど思いあがりもすぎるぞ」

「真の公武合体をなすには、今の帝ではこまるのだ。なにも知らぬくせによけいな口出しはするな」

青眼にかまえた刀の先を五郎兵衛が小さくゆらしはじめた。

「そうか。話をしても無駄のようだな。直心陰流、袋竹刀の実力見せてもらおう」

元八郎は高青眼に太刀をあげた。

直心陰流は門弟一万を数える最大流派であった。直心陰流が隆盛をむかえたのは、袋竹刀をつかった稽古をはじめたからである。体に当たっても怪我することのない袋竹刀、皮袋のなかに割り竹をいれたものをつかうことで、ふみこみが深くできるようになる。他流のように木刀で稽古していると当たっただけで大怪我、場合によっては死ぬことさえあることを思えば、人が集まるのは当然だ。

しかし、袋竹刀を使った直心陰流の稽古が邪道として他流からさげすまれているのはたしかであった。

「なめるなよ」

軽やかに五郎兵衛が足を運ぶ。絶えることなく動いた。

「めまぐるしいことだ」

それに比べて元八郎は、つま先で地面を抉るようにじりじりと間合いを詰めていく。

「えいやあ」

五郎兵衛が、背筋と手そして剣をそろえたように伸ばして踏みこんだ。

「おっと」

元八郎は危うく後ろに体をひいてかわした。

「思ったより伸びるじゃねえか。それが命のやり取りのない稽古の成果か」

「ほざけ」

ふたたび五郎兵衛が斬りこんできた。

「二度はねえよ」

元八郎はしっかり五郎兵衛の太刀筋を見極め、体を少し半身にするだけでかわした。

「かなりできるようだが、真剣勝負は初めてだな」

刃先に怖れがないことを元八郎は感じていた。

「命の危うさを知らねえから、そこまで間合いをつめられるのだろうが、それは命取りだぜ」

「逃げているばかりでなにをいうか」

五郎兵衛の剣先が、小さな幅で跳ねる。元八郎は刃先を合わせるように間合いを詰め、かるく峰で五郎兵衛の太刀を押しさげた。

元八郎に押されるのを待っていたように、五郎兵衛の刀が沈み、そのまま元八郎の足を襲った。

足を狙う太刀は表芸には少ない。試合で使えば邪剣、卑怯の罵倒はさけられまい。だが、真剣勝負ではどのようなことをしても許される。負ければ死ぬのだ。死人はなにひとつ言うことができない。

「おっと」

順斎に聞かされるまでもなく、元八郎に油断はない。足を踏みかえて五郎兵衛の太刀を外すと、背中の伸びた五郎兵衛に柄の一撃を喰らわせる。

「ぐっ」

呻きながらも五郎兵衛は、体勢を持ちなおした。

「裏太刀かい。なかなかおもしろかったぜ。次はなにを見せてくれるか」

「ほざけ」

五郎兵衛が、叫んだとき、常御殿の雨戸が一枚繰りあけられ、桜町天皇が顔を見せた。

「殺すな」

その一言が引き金になった。五郎兵衛が三度跳んだ。深くくいこんできたが、元八郎はすでに見きっていた。

「ぐあ」

二人の姿が止まったとき、五郎兵衛の手から太刀がおちた。

「左肩の筋を斬った。二度と刀はふるえまい」

「くそっ」

脇差に右手をかけた五郎兵衛へ桜町天皇が声をかけた。

「因幡守よ。命を粗末にするな。そなたが、ここで命を落とせば、どうなる。御所内で刀を抜いただけではなく、朕の身をねらったとなれば、一族すべてが許されぬ。朕は将軍家と争うことを止めた。おまえのしたことは無駄になったのだ」

呆然と桜町天皇を見ていた五郎兵衛は、はっと我にかえり一目散に逃げていった。

「三田村、それに床下のものよ、近うよれ」

元八郎は刀を鞘にもどし、その場において丸腰になって膝行した。床下からは菊次郎が顔をだした。

「主上、なに用でございましょうか」

元八郎が顔を伏せたまま訊いた。

「陽明殿の右手に蔵人の間がある。そこの倉に勅諚がある。それを取り替えてきてくれぬか」

桜町天皇の手には一本の巻物が握られていた。

「後水尾帝のころまでは、御所にも忍がいたそうな。その者になにかを手渡すときには深夜こうやったそうだ」

「これは」

「勅諚じゃ。新しいな。昨夜書いておいたのだ。広橋侍従がそなたをよこすと言ったからの。これは朕から将軍家へ大嘗祭の礼を述べたものよ」

元八郎は勅諚を押しいただいた。

「六年前の大晦日、そして今宵とそなたは朕の命を二度救ったことになるな。聞けば、将軍には庭番と申す忍がおるそうじゃが、そなたは朕の庭番じゃな」

桜町天皇の言葉に元八郎は、感動に震えた。

「そろそろ満月になるな。秋の月は白く明るいが、夏の月の青さもまたよいの」

桜町天皇が月を見あげた。

「旦那、そいつは、あっしにやらせてくだせえ」

ふいに菊次郎が言った。

「たいせつなもののようでございやす。倉には鍵もかかっていやしょう。取りかえるということは、倉が開かれたあとが残っても困るわけでござんしょう。あっしならできやすぜ」

「…………」

元八郎はじっと菊次郎の顔を見た。

「旦那」

「主上、このお役目、ここにおりまする菊次郎と申すものに任せてよろしゅうございましょうか」

「何者じゃ」

「鼠族にございまする」

「盗人か。それはまたおもしろい男じゃな。現物をみるのは初めてじゃ。鼠族といえども常人とかわらぬな。よかろう。そなたに任せる」

「ありがてえ」

「こらっ」

元八郎は、はしゃぐ菊次郎をたしなめた。

「では、さっそく」

「場所はわかるのか」

「だてに二十年も盗人稼業をしてませんよ。倉のありかなんぞは、匂いでわかりやさ」

　菊次郎が、素早く庭をかけた。

「相変わらずおもしろい者どもじゃ」

　小さく桜町天皇が笑いをもらした。

「おそれいりまする」

　元八郎は苦笑した。

「主上、一つお伺いさせていただいてよろしゅうございましょうか」

「伏見宮のことか」

「はっ」

「朕が伏見宮に閉門を申しつけたのは、誰がこのたびのことを企んだのかをはかるためじゃ。伏見宮が朕を守護してくれていることは周知のことじゃ。さきの近衛内大臣のときもそうであったように。その伏見宮が朕の怒りをかったとなったときに、五摂家の誰が、朕に伏見宮の寛恕を求めてくるかとな。だが、誰もかばうどころか、逆に罪をいつのって親王籍を奪おうとまで言いだしおった。これで朕が伏見宮を許せば、摂家どもの伏見宮憎しはよりたかまるであろう。よってやむなく閉門を命じたのよ。心配せずともよい。朕は誰がなにを考えておるのか見誤るほど呆けてはおらぬな」

「御心を存じもせず、無礼なことを申しました」

「よい、よい。伏見宮は幸せじゃな。そなたたちにいつでも会えるのだからな」

桜町天皇が寂しそうにつぶやいた。元八郎は何も言うことができなかった。

「へい、やってまいりやした」

菊次郎が懐から巻物を取りだした。

「主上、これを」

元八郎が勅諚をささげた。

「それをやろう」

「はっ」

元八郎は耳をうたぐった。

「菊次郎と申したか。そいつにそれをわたしてやれ」

「主上」

元八郎は呆然とした。勅諚といえば、将軍でさえ、土下座せねばならぬものだ。しかも幕府を朝敵となすということのかかれた重大な勅諚を菊次郎にやるというのだ。

「菊次郎よ。盗人というのはいかぬ。盗みというものがあるかぎり、人と人のあいだに信というのは生まれぬ。またぞろ悪心起こしたなら、それを見て心をおさめるようにいたせ。無駄になった勅諚ではあるが、そのぐらいの役にはたとう。それに、そなたが持っていたところで誰も本物とは思わぬ。なまじ朕の手元においては、それを利用しようというものが出るやもしれぬ。かともうして朕の心を書いたものを焼き捨てるのは忍びぬ」

桜町天皇の言葉を聞いて元八郎は、身の引き締まる思いであった。侍が自らを省みないいま、人と人のあいだに本当の繋がりはできていない。朝廷と幕府、二つの権力が重なることはまだ無理なのだ。

「だ、旦那」

菊次郎が元八郎の袖をひいた。

「こんなおそれおおいものをあっしは持てやせん」

「主上のおおせだ。お言葉どおりにしな」

元八郎は桜町天皇の心情を思い、勅諚を菊次郎の手に握らせた。

「さあ、もう行くがよい。人が来てもこまる」

「主上」

「また、来い。いつでもな。床下を叩いてくれる日を待っておるぞ」

桜町天皇の言葉に二人は深く平伏し、御所を離れた。

「旦那、いったい何者なんでやすか」

夜の京の町を歩きながら菊次郎が訊いた。

「元町同心で今は百俵の貧乏御家人よ」

「そんな人が天皇さまとか宮さまと直接お話なんぞできやしねえでしょうが」

「ちょいとした縁だな。おめえだって勅諚を持っているじゃねえか」

元八郎に言われ、菊次郎はあらためてふところから巻物を取りだした。

「そうでやすねえ。縁……」

菊次郎はそのあと黙りこんだ。菊次郎はそのまま元八郎の前からきえた。


「おい、こんな夜中に迷惑じゃな」

伏見宮屋敷の北塀を登りかけた男たちがぎくっと動きを止めた。覆面もまだしていない。

辻を挟んで反対側の屋敷の塀際の暗闇から現れたのは順斎であった。

「おまえは」

「夜半に他人さまの屋敷に忍びこもうという連中に誰何(すいか)されるとはな」

順斎が笑った。

「じゃまだてするとそのぶんには捨ておかぬぞ」

「あほう。じゃまするために声をかけたんだろうが」

順斎が顔をひきしめた。

「夜中に伏見宮さまの屋敷を襲う狼藉ものども、無事には帰さぬ」

一瞬で順斎が脇差を抜いた。

「いけ」

一人の言葉に順斎にもっとも近かった男が刀を抜き打ちに胴をねらってきた。

「遅いわ」

順斎のほうが速かった。膝を深く曲げ腰を落とし間合いをつめた。

「相手の間合いを読めぬと勝てぬぞ」

懐に入られると長い刀は不利だ。あわてて間合いを取ろうとしたが、順斎の一撃が下から上へと抜けた。

「うっ」

男の手から太刀がおちた。

「御所近くじゃ。血でけがすわけにはいかぬ。命までは取らぬゆえ帰れ」

順斎が男を突きとばした。

「次、いけ。素早いぞ。大きく振るな」

「はっ」

二人目が刀を抜いた。慎重に足を進めてくる。順斎の実力を知っただけに青眼の構えをくずさない。

「堅いな」

左手に脇差をだらりとさげて順斎が無造作に近づく。

「ええい」

間合いは十分と見た男が、突いてきた。

「握りがあまい」

男の太刀がはじけとんだ。

順斎が脇差で突いてきた太刀を巻きあげたのだ。

「あっ」

あまりのことに呆然としている男の右肩に峰打ちをくわせる。骨が折れる鈍い音がひびいた。

「次」

稽古のように順斎がうながした。

「わあ」

最後の一人が、刀を振り回しながらせまってきた。

「落ち着け」

順斎が動きを見極めてかわすと、すれ違うように動いた。

「あっ」

男が崩れた。

「背中の筋を切った。剣はふれぬな」

「くそっ」

「致しかたあるまい。宮さまのお命を狙うなどというやからに剣を使わせるわけにはいかぬからな」

「武士のくせに長袖をかばうか」

長袖とは武家が公家のことを悪くいうときの呼称である。

「伏見宮さまは、朝幕のあいだをいつも思ってくださっておられるお方。どうやら禁裏附きの同心らしいが、おまえも幕臣ならば、どうすべきお方かわかっておるだろうに」

「きさまなどのわからない上の方にとっては都合の悪いこともあるのだ」

同心の一人がわめいた。

「上に立つ者が人の命をなんとも思っていない世のなかのほうがおかしいとは思わぬのか」

話しながらも油断なく順斎はかまえている。

「幕府のためならば、たとえ宮であろうが、帝であろうがわれは遠慮せぬ」

倒れながらも同心たちは気迫を失っていない。

「どうやら、組頭の曾根五郎兵衛がうまくいっていると思っているようだが、そうはいかぬよ」

「なに」

「御所には、せがれがおるでな。儂より強いぞ、あいつは」

順斎がそう言ったとたん、同心たちの威勢がきえた。

「いね」

順斎に怒鳴られて、同心たちは肩を落として去っていった。

「忍でもない旗本たちがああも簡単に親王家を弑しようとする。所司代や老中ていどが裏じゃできないな。根はどこまで深いのか」

順斎は脇差を拭いながらふたたび闇に姿を紛れこませた。夜明けまでまだ二刻（約四時間）はあった。

翌朝、興奮した顔で朝議に出席する公家たちが紫宸殿に集まってきた。

「広橋侍従」

一条兼香に呼ばれ、広橋侍従兼胤は桜町天皇の座される御簾近くに膝行した。

「侍従、朕の意たる勅諚を征夷大将軍源吉宗につかわす」

「ははあ」

兼胤は、わずかに持ちあげられた御簾から差しだされた勅諚を受け、うやうやしく頭上にさしあげた。

「侍従、間違いなく所司代に届けるのだぞ。なにかあれば、広橋の家はお取りつぶしになると思え」

紫宸殿をさがった兼胤を兼香が追いかけてきて脅した。

「主上の思し召しは、わが命よりも重い。ご心配あるな」

昨日とうってかわった明るい顔に兼香が首をかしげたが、兼胤は相手にせずその足で所司代へとむかった。

京都所司代牧野越中守は、広橋侍従兼胤を玄関までむかえた。奥座敷で下座に平伏した牧野越中守の顔色がさっと変わった。

「それが勅諚でございますか」

「主上のお言葉を疑うか」

兼胤に一喝されて、牧野越中守は小さくなった。

「この勅諚をもって余が江戸へ参ることになった。警衛を頼むぞ」

「ははあ」

牧野越中守は平伏するしかなかった。

「なんですと、内容が違うですと」

「それに曾根五郎兵衛とも連絡がつかぬ」

「失敗しましたな」

一条兼香は夜半訪ねてきた牧野越中守の話を聞いて、苦い顔を見せた。

「広橋め」

「どういたす、関白どの」

「こうなっては致しかたございますまい。しかし、今上からのお咎めがないところを見ると、なにもなかったことにされるおつもりではござらぬか」

「では、このままじっとしておけと言われるか」

「さよう。またの機会を待ちましょう」

「わしはどうであろうか」

「越中守どののことは、水戸さまが何とかしてくださるであろう」

「そうじゃな、わしを所司代にしてくださったのは水戸公じゃ」

安堵の顔を見せて牧野越中守は一条の屋敷をでた。

「あほうめ、水戸はそんなに甘くはないわ。たかが先祖の妻が将軍家に犯されたぐらい、いまさらどうでもよいことではないか。そのおかげで七万石もの大名になれたのだから、恨むのは大間違いじゃ。そのていどの男だから、水戸に利用されたのだがな。今度のことはあいつを切りすてることで終わりになろう」

一条兼香が寝所へはいった。

「やれやれ、儂の代に一条家を五摂家筆頭に引きあげられると思ったのだがのう。近衛がころんだ今がよいと考えたのだが。まあ、よいわ。千年を重ねたわが家じゃ。一代や二代なにほどのことでもないわ」

淡々とした顔で一条兼香が眠りについた。

勅諚は江戸へと向かうことはなかった。内容を知った一条兼香が、止めたのである。

「主上の御心はまちがいなく将軍家に伝わることでございましょう。時季外れのときに勅使をお出しになって、世情を騒がせることは主上のお考えにはそぐいますまい」

「なるほど、関白の言うとおりじゃな」

桜町天皇は、一条兼香の言葉を入れ、勅使の派遣を止めた。それがことを表沙汰にせぬように一条兼香ができる唯一のことであった。

伏見宮の勅勘はその日に解けた。

「みな、いろいろとすまなかったな」

集まった一同へ伏見宮が頭をさげた。

「なにをおおせられますか。お顔をおあげください」

広橋兼胤があわてた。

「このたびは、余はなにもできなかった。礼ぐらいは言わせてくれ」

内々の祝いの席は、和やかだった。

「ゆっくりできるのであろう、三田村」

伏見宮が訊いた。

「いえ、すぐに江戸にもどらなければなりませぬ。家重さまのお命を狙う者がまだおりますゆえ」

「そうか、残念じゃが、致し方あるまい。では、順斎も帰るのか」

「はっ。戻らせていただきまする。こやつの婚儀もそろそろおこなわねばなりませぬゆえ」

順斎が元八郎を見た。

「父上、まだ急がなくても大丈夫です。しばらく京におられては」

元八郎は曾根五郎兵衛のこともあるので、もう少し順斎に京にいてほしかった。

「いや、小石川の家も処分せねばならぬしな」

「どういうことで」

元八郎はきょとんとした顔をした。

「相変わらず鈍いのう」

順斎があきれた顔をした。

「宮さまはおわかりでございましょう」

「侍従と由のことじゃな」

伏見宮が微笑んだ。兼胤と由が真っ赤になる。

「えっ」

まだ元八郎は状況がのみこめていない。

「好きおうておるのだ、二人はの」

二人がなんども互いの顔を見ていることで伏見宮も気づいた。

「近くて遠いは男女の仲と言うが、まったく油断も隙もないわ」

順斎が笑った。

「…………」

兼胤が下をむいた。

「とうさま、わたくしと広橋さまでは身分が違いすぎまする。そのようなことどうぞおおせにならないでくださいませ」

由が涙声で言った。

「さて、どうしたものかのう」

順斎が元八郎の顔を見た。そして伏見宮の顔も。二人ともうなずいた。

「由、今から言うことをよく聞け。いや由姫さま」

順斎は言葉遣いをあらためた。

「あなたさまは、わたくしの娘ではござらぬ……」

すべてを聞いた由は呆然とし、やがてはげしく首を振りはじめた。広橋兼胤も驚いていた。

「そんな、わたしは、そんな生まれではありません。わたしはとうさまの娘です」

「………」

順斎は黙った。由の激情がおさまるまで沈黙が続いた。由が首を振るのをやめたとき、伏見宮が口を開いた。

「誰の娘でもよいではないか。由と順斎、元八郎のすごしてきた年数はけっしてなくなるわけではない。思いだせるであろう、そのときを。それがすべてじゃ。生まれがどうあろうとも今の由は変わらぬ」

厳しい目つきで伏見宮が順斎をにらんだ。

「そもそも順斎がよくないの。いつかは話さねばならぬことではあるが、なにも言葉遣いを変えることはあるまい。そなた由を娘として育ててきたのではないのじゃな」

「いえ、けっしてそのようなことは……」

「ならば、今までどおりでよいではないか。由が侍従に嫁すに身分が困るというのでそのようなことを申したのなら、いまの順斎の話はなかったことにせよ。そして由は余がもらう」

「宮さま」

兼胤が叫んだ。

「勘違いいたすな。由をわが養女にするのだ。ならば、問題はあるまい。余の姻戚になるのはいやか、侍従」

「とんでもございませぬ。喜んで」

兼胤があわてた。

「宮さま、侍従さま」

順斎の目に涙がうかんだ。

「余の勅勘がとけ、由の嫁入りがきまったときに涙とは、無粋なじじいじゃ」

伏見宮がすねたような顔を見せた。

「おそれいりましてございまする」

座はふたたびにぎやかにもどった。由もやっと笑った。

翌日、元八郎は一人先に京を旅立つことになった。

瀬田川まで順斎と由が見送りに出た。

「由、武家育ちと言われぬようにおしとやかにな。おまえはじゃじゃ馬なところがあるからな」

「失礼な」

袖でうつまねをする由の目には涙が浮かんできていた。元八郎はあえてそれを見ないように背を向け、東海道を江戸へと足をすすめた。

終　章

日本橋平松町へ戻った元八郎を待っていたのは、果たし状であった。もちろん、差出人は柳生主膳である。

「夕七つ（午後四時）深川の材木置き場にて待つ」

主膳は一度戦った場所を指定していた。決着をつけられなかったことがよほど腹にすえかねたのであろう。

元八郎は、二日家で休み体の疲れをとった。なんどか但馬屋と貞五郎がきたが、戸締まりをし、留守を装った。

元八郎の左腕は日常では不足ないまでに回復したが、完全ではなかった。とくに全身を一本の槍のようにして太刀を突きだす宝蔵院一刀流の型をつかえば、わずかにひきつれる。だが、完治まで敵は待ってはくれない。元八郎は関の孫六に白研ぎをかけると家をでた。

「待たせたかな」

今度は元八郎のほうが早かった。

「いや。お主ほどではないな」

元八郎は首を振った。

「待ったぞ、十日もな」

主膳の姿は見る影もなかった。月代（さかやき）は伸び、衣服は垢（あか）にまみれていた。

「名古屋を去らざるをえなくなってから、地に伏し、草を噛んで江戸まできた。きさまを倒すことだけを考えてな」

主膳が元八郎を指さした。

「ご苦労なことだ。男にそこまで惚れられてもうれしくないが」

元八郎の緊張もあがっていく。

「戯（ざ）れ言はもういい。参るぞ」

主膳は太刀を抜いた。

「柳生新陰流、柳生主膳」

「宝蔵院一刀流、三田村元八郎」

元八郎も応じて太刀を抜いた。

二人の間合いは五間（約九メートル）ある。互いに相手の様子をうかがった。

「尾張柳生にのみ伝えられた秘太刀を見せてやろう」

主膳は右上段に刀をふりかぶった。半身になると攻撃を受ける部分が左側面だけになる。

「…………」

元八郎は、じりじりと足先をすすめ、間合いを詰めた。

「りゃあ」

主膳が鋭い気合いをあげる。これは誘いの気合いである。緊張に堪えかねた相手はこの気合いに誘われて撃ちに出てしまい、待ちかまえた一刀のえじきになる。

「うるさいな」

元八郎は、誘いにのらない。

「…………」

主膳が足を進めた。一足一刀の間合いに入った。

「おう」

主膳が太刀を振りおろす。元八郎もあわせて突きだす。伸びた両手のあいだに主膳が太刀を差しこんできた。

「ほう」

主膳の一撃が見せ太刀であったように、元八郎の突きもおとりである。さっと間合いを開けて元八郎は主膳の刀をかわした。

「花車をかわしたか」

主膳はふたたび右上段にもどった。

「小手先を傷つけようとは、こまかいことだ」

「一撃必殺だけが剣ではない」

二人はふたたび間合いをつめた。

「こい」

主膳の誘いに元八郎はのった。大きく足を踏みだし、喉に突きをうつ。主膳は右足を送って後退すると、刀を下段におろし、天空に突きだされた元八郎の籠手を下から斬りあげた。

「裏技か、さっきの」

元八郎は左に大きく跳んでこれをかわした。

「明身もかわすか」

主膳は青眼に構えをかえた。

「ならば柳生流、燕飛(えんび)をうけてみよ」

主膳が駆けより、片手上段から斬りおろす。元八郎は、左足を軸に体を回してかわしざまに、胴を払った。大きく後ろに跳んでかわした主膳が、八双から袈裟懸(けさが)けにくる。それを下段から跳ねあげ籠手を狙う。主膳がふたたび間合いをあけてかわした。

「少しは腕をあげたな」

「おまえがおちたんじゃないのか」

二人の間合いは三間（約五・四メートル）をきっていた。

「そろそろ決着をつけよう」

「よかろう」

うなずいた主膳が下段にかまえた。

「浦波(うらなみ)か」

「…………」

主膳が膝を折り、姿勢をどんどん低くしていく。主膳の膝が地についた。

元八郎は、その一挙一動から目を離さない。やがて、視界から主膳以外のすべてが消えた。

「来る」

主膳が獲物に飛びかかる獣のように跳ねた。

金属音と火花が散り、二人は背をむけて残心の形をとっていた。

「柳生流、小転」

そう言った主膳が、喉から血を噴きだして倒れた。

「わるいな。まだ名前がねえんだ、この太刀には」

元八郎は太刀にぬぐいをかけ鞘にもどした。

下段から突きあげるように腹を狙ってくる一撃を右腰に引きつけた太刀を繰りだし、刀を添わせることで左に弾き、右半身になると同時に柄から左手を離し、片手突きに喉を突き破った。一動の間に元八郎の太刀は大きく変化したのだ。

「親父から太捨流の片手撃ちを教わってな、それを加味したのさ」

最初から片手なら、相手の渾身の一撃を弾くことは難しい。そこまでを両手でおこない、そこで伸びきらない左手を離すことで十分な伸びを太刀にあたえる。元八郎は新しい技を一つ修得したのだった。

「じゃあな」

まだ血を流しつづけている主膳を残して元八郎は木場をあとにした。

元八郎の心にまた重いものが残ったが、それは一生背負っていかなければならないものだと割りきるしかなかった。

「やあれ、めでたい」

但馬屋後兵衛が、歓びの声をあげた。元八郎と伽羅こと村垣香織の婚儀がおこなわれていた。身内だけの祝いということで、料亭などは使わず、但馬屋の根岸の寮に貞五郎の店播磨屋から仕出しをとってのこぢんまりとした宴ではあったが、あたたかい雰囲気に座は大きく盛りあがっていた。

「おめでとうございまする。いっときはわたくしが生きておるあいだには無理かと思いましたよ」

少しの酒に酔った後兵衛が、元八郎に笑いかける。

「申しわけない」

裃（かみしも）に身を整えた元八郎は頭をさげた。その隣で角隠しをつけた香織が、小さく笑っていた。順斎も由も貞五郎もにこやかである。香織の父掃竹もふだんとちがい和やかな顔をしていた。

「嫁女、これを預かってきたわ」

順斎が懐から小さな箱をだした。

「これは」

香織が訊いた。

「伏見宮さまから、そなたにとな。櫛（くし）だそうな」

箱から出てきたのは、蒔絵（まきえ）のほどこされた見事な造りの櫛であった。

「よろしいのですか」

香織が元八郎の顔を見た。

「送りかえすか」

「とんでもないことを」

「じゃ、遠慮なくいただいておけ」

元八郎は伏見宮の心遣いがうれしかった。

「兄さま、わたくしも預かりものが」

由が小さな箱を捧げてきた。

「広さまからか」

元八郎は広橋侍従からの贈りものと思った。

「いえ、お開けくださいまし」

なかには使い古した筆が納められていた。

「これは……」

じっと元八郎は筆を見た。香織ものぞきこむ。

「元八郎さま、柄になにか」

香織の指さす先に紋章が彫られている。

「菊……まさか」

目をあげた元八郎に由がうなずいた。

「あのときの詮を書いたお筆だそうでございます」

「なんというものを」

元八郎は筆を目の上にかかげた。

「三田村さま、どうかしましたか」

後兵衛が元八郎を見た。

「いや、なんでもない」

「わたくしに隠しごとをなさるとは、お情けない。仲人と言えば親も同然」

後兵衛が、膝を進めた。かなり酔ってきている。

「あのう、お客さまが」

そこへ、播磨屋から手伝いにきている仲居が顔をだした。

「誰じゃ、今ごろ。まあ、めでたい日じゃ、入ってもらえ」

順斎がそう言ったとき、廊下から声がした。

「始まっておったか」

その声に元八郎も順斎も飛びあがった。

「お奉行」

顔を出したのは大岡越前守であった。

「ひえ」

後兵衛と貞五郎が目をむいた。長く江戸南町奉行をつとめた大岡越前守の顔は江戸庶民に知られていた。

「前で止まるな。入れぬではないか」

その大岡越前守を押しのけて吉宗が現われた。

「上様」

元八郎が膳を押しのけて平伏した。香織も掃竹も従う。

「すまぬな。せっかく楽しんでおるのに。躬も入れてもらおうと思っての」

吉宗は、座敷の中央に腰をすえた。

「酒をくれぬか」

「へ、へえい」

後兵衛が震える手で杯をさしだし、由がついだ。由は、酒を飲み干す吉宗の顔をじっと見つめていた。

「うまいな」

にこりと吉宗が由に笑いかけた。由も微笑みをかえした。

「いい娘になったな」

「はい」

「すこやかにすごせ」

「ありがとうございまする」

祖父と孫娘の会話はこれだけで終わった。

「元八郎、供いたせ」

吉宗が縁側から庭におりた。元八郎がつきしたがう。

「ご苦労であったな。また家重が助けられた」

「おそれおおいお言葉」

元八郎は膝をついた。

「このたびもいろいろあったが、表沙汰にはできぬでな。そなたにはまた褒美をくれてやれぬ」

「いえ、そのようなことは」

「余も老いた。そろそろ隠居しようとおもう。心配いたすな。有象無象は連れてまいる」

「………」

「家重をたのむぞ。まだまだ無事にはすまぬであろう」

「ははっ」

「徳川の血は呪われているのかもしれぬなあ。権力という呪いにな」

吉宗はそう言うと、大岡越前守を従えて江戸城へと戻っていった。

「妹をよろしくたのむ。あまり跳ねさせぬようにな」

いつのまにか、香織の兄村垣三太夫が隣にいた。元八郎にさえ気配を感じさせない。

「香織は、庭番とはいえ、当主ではない。すべてを知ることは許されぬのだ」

「どういうことでございまするか」

元八郎は訊いた。

「香織からなにも聞かされておらぬのなら、知ろうとせぬがよい。紀州には近づかぬことだ。それがお世継ぎさまのご命令でもな。香織はあやうく……」

三太夫の顔から表情が消えた。

「義兄上」

元八郎は息をのんだ。

「お主の功績で許されていることもある。ではな」

蔭供をつとめているのだろう。三太夫が、吉宗を追って消えた。

「元八郎さま」

香織が庭へおりてきた。

「兄がなにか」

「いや、すべてなにもなしさ」

元八郎は笑った。


その年、曾根五郎兵衛は、御所を襲ったすぐあと、勤務ぶりよろしからずとお役ごめんのうえ小普請入り閉門を命じられた。また、家重が将軍職を継いだのち、京都所司代牧野越中守貞道は、京都において急死した。

桜町天皇は、吉宗の援助で新嘗祭をとりおこなったが、その後体調をくずし、延享四年に譲位、皇子の桃園天皇があとを継いだ。その一年前一条兼香は、関白を辞して隠居している。

尾張に蟄居（ちっきょ）した宗春は、その後も生き続け、六十九歳の長寿を保った。すでに吉宗も家重もこの世にいなかったが、宗春の罪は死後も許されず、墓石に金網がかけられた。これは明治新政府ができるまで外されることはなかった。

江戸時代を通じて譜代大名への復帰をねがった付け家老たちであったが、独立した大名としてあつかわれるのは、明治維新後、廃藩置県まで待たねばならない。

水戸家当主宗翰は、その後何事もなかったように生き、宗春が死ぬのを待っていたように逝った。

徳川の名を持ちながら差別された水戸家から将軍が出るには、まだ百年早かった。幕末、十五代将軍慶喜（よしのぶ）は水戸家から一橋家に養子に入ってついに将軍にまで登り詰めたが、その座にあること一年あまり、水戸から将軍出るとき幕府は倒れるとの言い伝えどおりついに徳川宗家は朝敵の名を負い、幕府は倒れるのである。

この作品は2002年3月徳間書店より刊行されたものの新装版です。

本書のコピー、スキャン、デジタル化等の無断複製は著作権法上での例外を除き禁じられています。本書を代行業者等の第三者に依頼してスキャンやデジタル化することは、たとえ個人や家庭内での利用であっても著作権法上一切認められておりません。

徳間文庫

将軍家見聞役 元八郎㈡

孤狼剣(ころうけん)

〈新装版〉

© Hideto Ueda 2011

2011年8月15日 初刷

著者 上田秀人(うえだひでと)

発行者 岩渕徹

発行所 株式会社徳間書店
東京都港区芝大門二—二—二〒105—8055
電話 編集〇三(五四〇三)四三五〇
販売〇四八(四五一)五九六〇
振替 〇〇一四〇—〇—四四三九二

印刷 凸版印刷株式会社
製本 ナショナル製本協同組合

ISBN978-4-19-893413-2 (乱丁、落丁本はお取りかえいたします)

徳間文庫の好評既刊

上田秀人

将軍家見聞役　元八郎㈠

竜門の衛

八代将軍吉宗の治下、老中松平乗邑は将軍継嗣・家重を廃嫡すべく朝廷に画策。吉宗の懐刀である南町奉行大岡越前守を寺社奉行に転出させた。大岡配下の同心・三田村元八郎は密命を帯びて京に潜伏することに。やがて桜町天皇の身辺にも危害が及び、真相を知った天皇の勅使一行は東海道を下向する。立ちはだかるは甲賀者、そして示現流の遣い手。陰謀の網に元八郎の太刀が振るわれる！